经典历险故事

气球上的五星期

[法]凡尔纳 著

叁壹 编译

陕西新华出版
太白文艺出版社·西安

图书在版编目（CIP）数据

气球上的五星期 / （法）凡尔纳（Verne, J.）著 ；
叁壹编译. -- 西安 : 太白文艺出版社, 2011.8（2024.5重印）
（经典历险故事）
ISBN 978-7-5513-0049-0

Ⅰ. ①气… Ⅱ. ①凡… ②叁… Ⅲ. ①科学幻想小说
—法国—近代 Ⅳ. ①I565.44

中国版本图书馆CIP数据核字(2011)第171543号

气球上的五星期

QIQIU SHANG DE WU XINGQI

原　著	[法]凡尔纳 (Verne,J.)
编　译	叁　壹
责任编辑	荆红娟　李丹　张晨蕾
封面设计	佳图堂设计工坊
版式设计	刘兴福
出版发行	太白文艺出版社
经　销	新华书店
印　刷	三河市嵩川印刷有限公司
开　本	700mm×960mm 1/16
字　数	200千字
印　张	15
版　次	2011年8月第1版
印　次	2024年5月第4次印刷
书　号	ISBN 978-7-5513-0049-0
定　价	56.80元

联系电话：029-81206800
出版社地址：西安市曲江新区登高路1388号（邮编：710061）
营销中心电话：029-87277748　029-87217872

前　言

《语文课程标准》明确提出："培养学生广泛的阅读兴趣，扩大阅读面，增加阅读量；提倡少做题，多读书，好读书，读好书，读整本书。"

由于青少年受到知识、阅历以及阅读欣赏爱好的限制，他们对于读物的选择往往倾向于趣味性、故事性。因此，历险、科幻、探案类读物在多次中小学生阅读情况调查中，都被大多数青少年列为自己最感兴趣、最爱看的图书之一。

历险、科幻、探案类故事有着极其曲折的故事情节，极其丰富的想象力，因此，对青少年有着十分强烈的吸引力，阅读此类读物中的经典作品，可以极大地提升青少年的勇气与智慧，培养他们正直、勇敢和坚强的良好品德。

例如，英国作家柯南·道尔所著、风靡世界一百多年的"福尔摩斯探案"系列作品，故事曲折、情节紧凑，既不血腥，又很有趣，十分适合青少年阅读，而主人公福尔摩斯正义、坚强、机智的品德和敏锐的观察力、准确的判断力、严谨的分析和逻辑推理能力，备受青少年推崇，成为各个时代、各个国家青少年心目中不朽的英雄。

同样具有广泛影响力，被翻译成多国文字出版，受到世界各地读者热烈欢迎的法国著名作家儒勒·凡尔纳的系列科幻、历险作品，则将探险和科学完美地结合起来，书中不仅有曲折动人的故事情节，还包含大量各类学科的知识，犹如一本百科全书，令读者爱不释手。凡尔纳在他的作品中，不遗余力地歌颂了人类在科学领域孜孜不倦的探索精神和临危不惧、百折不挠、患难与共的高尚品质。

而美国作家马克·吐温的许多青少年题材作品，则更符合少年儿童的阅读口味。这些作品多以儿童为主角，以对比的手法描述了儿童世界与成人世界对待财富、宗教等事物态度上的区别，从儿童本位的价值观出发，肯定和赞美了孩子的生命活力和天真纯洁的本质，并从儿童的视角，抨击了自私、残忍、冷酷等人性的丑恶面，歌颂了勤劳、勇敢、正直等优秀的品德，对青少年有很大的教育和启迪意义。

青少年是国家和民族的未来。一本好书就像一盏明灯，会照亮他们将来的人生道路。经典文学作品中包含着人类长期思考所积淀下来的精神文明的精髓，承载着作家的道德品质和道德理想，是人类文化的宝库。青少年正处在一个认识世界、了解人生的关键阶段，这些历经时间考验的经典作品可以帮助青少年建立正确的世界观、人生观、价值观，可以丰富他们的人生经验，充实他们的课外生活，犹如最好的导师和朋友，伴随他们一同成长。

目　　录

第一章 演讲在热烈的掌声中结束

——介绍塞缪尔·弗格森博士
——“Excelsior”——博士的风采
——彻头彻尾的宿命论者
——“旅行者俱乐部”的晚宴
——不失时机的频频祝酒

1862年1月14日，滑铁卢广场13号，伦敦皇家地理学会的一次会议上，听众如云。学会主席弗朗西斯·M爵士在向他可敬的同行们做一场重要的学术报告。他的话常常被阵阵掌声打断。爵士最后用几句慷慨激昂的话结束了这次少有的动人演讲，这几句话中洋溢着无比的爱国热情：

“英国总是走在世界各国的前列。”（因为大家都知道，国家的发展总是有个先后顺序的）“这都是由于该国的旅行家们在地理探险上的大无畏精神。”（大家一致赞同）“塞缪尔·弗格森博士，英国人民最优秀的儿女之一，他是不会辜负祖国母亲的厚望的。”（“他当然不会的！”从会场的各个角落都传来这样的呼声）“这一尝试如果能够取得成功，”（“它一定能成功的！”）“就能将世界在非洲地图学方面的零散知识完善并连贯起来；”（热烈的掌声）“如果失败了，它也至少可以作为人类精神史上最大胆的设想而留在史册上！”（雷鸣般的喝彩声）

“万岁！万岁！”激动万分的听众喊道，他们完全被这番慷慨激昂的话激荡得热血沸腾。

“勇敢的弗格森博士万岁！”一位热情奔放的听众脱口喊道。

充满激情的喊声久久回荡，震撼了整个会场。弗格森的名字在每一张嘴里滚动，以致我们相信它只靠英国人的嗓子就会迅速传遍世界。

这些生性好动、不甘寂寞的漫游于世界五大洲的勇敢的旅行者们啊！此时此刻，他们就在这儿，他们为数众多，年迈而疲惫。所有这些人都或多或少地在肉体上或精神上有过劫后余生的经历。他们逃脱过海难与火灾，挨过印第安人的铁棒、野人的木棍，上过土人的刑架，领教过波利尼西亚人的牙齿。然而尽管他们见多识广，在弗朗西斯·M爵士的演说过程中，仍心跳加速，激动不已。这显然是伦敦皇家地理学会有史以来最为成功的一次演说。

但是在英国，激情并非仅仅停留在口头上。它制造钱币的速度比皇家造币厂的铸币机还要快。立刻，当场投票通过了一项为弗格森博士拨款的决议，金额达到2500英镑。这笔款子数量之大，与这项事业的重要性十分相称。

在问询主席后，一位学会成员提出，是否能让弗格森博士正式与大家见个面。

“朋友们，他随时听候大家的吩咐。”弗朗西斯爵士回答道。

“请他进来！请他进来！”人们高喊着，“我们都应该亲眼看看这位勇敢、杰出的人！”

“这个探险计划令人难以置信，弄不好只是一个欺骗我们热情的骗局而已！”一个业已中风瘫痪的老船长说道。

“弗格森博士也许根本就不存在！”有人恶意地大喊着。

“那就把他虚构出来吧！”这个严肃的学会中一个喜欢开玩笑的会员随口应道。

“请进来吧，弗格森博士。”弗朗西斯爵士微笑着说。

就这样，在雷鸣般的掌声中，神态自如的博士从容不迫地走进大厅。他中等身材，40岁左右，超乎寻常红润的面容表现出多血质的特征。他五官端正，长着一个很大的鼻子。温和的目光中与其说充满胆量，不如说饱含智慧，这使他的外貌极具魅力。他双臂修长，两只脚稳稳地踏在地上，显出一个大旅行家的风采。

博士浑身上下透露出一种平静的庄重，人们绝不会认为他会做出任何哪怕是最无意的欺骗行为。

欢呼声和掌声经久不息，弗格森博士做了一个优雅的手势，要求会场安静下来。他向为他准备好的扶手椅走去，站定之后，目光炯炯地注视着会场。他竖起右手食指朝向天空，张开嘴吐出了一个词："Excelsior!"（拉丁语，意思是高尚的、不断向上的。）

无论是布莱克先生和何布登先生在国会上语惊四座的质问，还是帕默斯通勋爵为了巩固英国海防而做的精彩演讲，都没有获得过如此巨大的成功。相形之下，弗朗西斯·M爵士的发言也黯然失色。博士显得既高贵威严，又谦虚谨慎；他只说了符合当时情形、恰如其分的一个词："Excelsior!"

老船长折服了，转而坚决地站到这位外来人一边。他请求在《伦敦皇家地理学会公报》上"全文"刊载弗格森的演讲。

那么这位博士到底是怎样一个人，他又将投身于一项怎样的事业呢?

弗格森的父亲是一位勇敢而又正直的英国海军舰长，他一直将儿子带在身边，从很小的时候起，弗格森就体验到了父亲所从事的职业的冒险和乐趣。这个勇敢的小家伙好像从来就不知道什么叫作害怕，小时候便显示出善于动脑、思维敏捷、智力超群的天赋，并且十分热爱科学研究；他在摆脱困境方面也表现出了非同寻常的才智；他从来不会被难倒，即使是在第一次使用刀叉吃饭的时候——一般情况下，很少有哪个孩子在这件事上会取得成功。

对冒险和航海探险之类书籍的阅读很快燃起了他的幻想。他执迷地关注起19世纪初期的那些重要发现。他梦想获得蒙戈·帕克、布鲁斯、卡耶、勒瓦杨获得的那种荣誉。哪怕获得少许塞尔扣克那种鲁滨逊式的荣誉，他觉得也不坏。他与塞尔扣克一起在胡安·费尔南德斯岛上度过了多少时光啊！他常常赞成这位被抛弃的水手的看法，有时也对他的计划和设计提出异议。年青的弗格森认为，如果换了他，他会采取别的做法，那样或许更好，起码不会比塞尔扣克干得差！然而，事情明摆着，如果换了他，绝不会躲避开那个令人非常快乐的小岛的。在那儿，他会快活得像一个没有臣民的君王。即使叫他当海军部大臣，他也绝不会离开!

在弗格森周游世界、充满冒险经历的青年时代，他这些天性的发展可想而知。此外，由于他的父亲受过良好教育，自然不会忘记为儿子打下扎实的科学理论基础，以便他发展超群的才智。他督促儿子认真学习水文地理学、物理学、机械学，同时还教给他植物学、医学和天文学方面的基础知识。

塞缪尔·弗格森22岁那年，令人尊敬的舰长去世了。这时，弗格森已经环绕地球一周。他曾加入孟加拉工程兵部队，并立了几次战功。但是士兵生涯并不十分适合他，他无意于命令别人，同时也不喜欢服从于别人。于是他提交了退伍申请，然后一边收集植物标本，一边打猎游历，朝印度半岛北方前进，从加尔各答到苏拉特，穿越了这个半岛——对他而言，这只是一次业余的旅行而已。

1845年，他动身去了澳大利亚，参与了斯特尔特船长带领的远征探险队，寻找传说中存在于新荷兰中部的那个内陆海。1850年前后，他返回英国，已经变得比以往任何时候都更着迷于旅行探险。因此，他又去参加远征队，陪同麦克·鲁尔船长，从白令海峡环绕美洲大陆，到达费尔韦尔角。这次远征直到1853年才宣告结束。

虽然经历了各种各样的艰难险阻以及千变万化的气候的考验，弗格森的体质始终保持着惊人的强壮，即使是在最艰苦的条件下他也能应付自如。这是个标准的旅行家，他的胃根据需要可小可大，他的腿根据睡眠条件能屈能伸。他可以在白天的任何一刻安然入睡，也可以在夜晚的任何一突然刻醒来。

我们毫不惊奇地看到，自那以后，这位不知疲倦的旅行家在1855到1857年间，和施拉甘特维特兄弟一起游历了西藏的整个西部地区，并且带回了一些稀奇的、人类学方面的观察报告。

这几次的探险之旅，让他——弗格森，成了《每日电讯报》最活跃也最引人注目的通讯会员。尽管他不是任何学者团体的成员，不是伦敦、巴黎、柏林、维也纳或圣·彼得堡皇家地理学会的成员，也不是任何探险者俱乐部的成员，更不是皇家工艺学会成员（他的朋友统计学家科克伯恩正是该会的主要会员），但是他的名字依然为人熟知。弗格森对那些学者团体总是敬而远之，由于他是埋头实干、不愿多言的人，因此他认为把时间用于探索和发现，比争来论去、夸夸其谈好上百倍。

据说，一天有位英国人特意前往日内瓦观赏日内瓦湖。他上了一辆老式马车，这种车像公共马车一样，座位在车内的两侧。无巧不成书，我们这位英国人恰恰被安排坐在背对湖的一侧。车稳稳地绕湖一圈，这期间他甚至没有回过头去看上一眼，最后竟然还满足地离开日内瓦湖回伦敦了。

弗格森博士在他的旅途中可从未忘记过回头，而且还不止一次地回头，所以看到了许许多多的东西。在这点上，他听从的是他天性的召唤。我们有充分的理由认为他是相信命运的，但应该说他是个彻头彻尾的宿命论者，相信自己，相信上帝。他自称在旅行中，与其说是被吸引，不如说是被驱使；而在旅行的时候，他就像一个火车头，不是自己领着自己走，而是路领着他走。

“我是不赶路的，是路在赶我。”他时常这么说。因此，在面对皇家学会的掌声时，他显得镇定自若，没有丝毫傲气和虚荣感；他认为给弗朗西斯爵士提出的这个建议很正常，从来就没想到自己竟会引起轩然大波而成了风云人物。

会议结束后，博士在一行人的陪同下来到帕尔玛尔大街的旅行者俱乐部。大家在那儿为他举办了一场盛大的宴会。酒菜的丰盛显示出宴会的这位主角的重要性，餐桌上的鲟鱼竟然跟博士本人差不多长。

一杯又一杯的法国葡萄酒被敬给那些因非洲探险而享有盛誉的旅行家们。人们为他们的健康和荣誉干杯。人们遵循传统的英国方式，以名字的首字母为序敬酒。他们是：阿巴迪、亚当、阿丹逊、安德森、阿诺、贝吉、贝得温、巴尔特、巴杜达、贝克、贝尔退姆、杜贝尔巴、本巴基、波罗涅斯、勃罗威科、勃罗早尼、波内曼、布里索、布朗、布鲁斯、布朗·罗莱、布尔彻利、布克哈尔特、伯顿、凯伊特、卡伊、卡贝尔、夏普曼、克莱普顿、克罗·贝、克罗·米尔、库尔瓦勒、库明、卡涅、德·波诺、德肯、德纳姆、德萨万彻、狄更斯、迪克逊、多查特、杜察佑、敦坎、杜朗、杜鲁雷、杜维里耶、俄哈特、德斯卡里克、德·罗杜尔、费莱、弗里斯内尔、卡里涅、卡尔通、齐弗里、卡尔伯里、海恩、海尔姆、哈涅、海克卡特、欧格林、奥内曼、胡格通、安贝尔、卡夫曼、诺布莱齐、克拉普夫、卡曼、拉法格、雷因、拉亚伊、米勃、拉米哈尔、兰蒲里尔、约翰·兰德、理查德·兰德、勒菲勃伏尔、勒让、列瓦扬、利万斯通、马卡迪、马奇拉尔、梅桑、马尔扎克、莫法、莫连、莫特罗、莫里森、蒙哥·帕克、纳蒙、奥万伍弗、彼内、巴达里卢、帕斯卡、帕斯、帕迪、帕涅、帕斯里克、蓬塞特、帕里克斯、拉法内尔、里斯、雷伯曼、理查逊、里利、里奇、罗查·德里卡尔、隆格威、罗歇尔、罗帕尔、索涅、斯佩克、斯苔得内尔、蒂博、汤姆逊、汤内通、图尔、图斯涅、特罗特、图基、梯尔威特、伏德、维歇尔、万桑、万克、弗格尔、瓦勒贝尔格、沃里通、华盛顿、威尔纳、华尔特，还有最后一位：塞缪尔·弗格森博士。他那大胆的尝试将把前辈们的发现联系起来，完成非洲大陆最系统的探险。

第二章 《每日电讯报》上的一篇文章

——学术刊物之间的争论
——彼得曼博士支持他的朋友弗格森博士
——学者科内尔的答复
——众人纷纷打赌
——给博士提的各种建议

第二天,1月15日,这一期的《每日电讯报》中刊登了一篇文章:

“非洲终于要公开它那辽阔荒野的秘密了。一位现代的俄狄浦斯将告诉我们60个世纪以来的学者文人们都没能揭开的谜底。过去,寻找尼罗河的发源地被视为异想天开,被视为是一个实现不了的梦。

“巴尔特博士沿着丹纳姆和克莱普顿的足迹一直走到了苏丹;利文斯通博士从好望角到赞比西亚盆地进行他那无畏的探险之旅;伯顿船长和斯佩克船长发现了那个巨大的内陆湖,为通向现代文明开辟了三条大道,这三条路的交叉点正好就是非洲的心脏,从来没有哪位旅行家有幸抵达此地,现在我们应该不惜一切代价努力完成这一重任。

“这些坚强的科学界先锋们未完成的事业如今就要变成现实了,因为塞缪尔·弗格森博士提出了一个大胆的计划,他从前的神奇探险经历,早就得到了读者的认可。

“这位勇敢的探险者,准备乘气球从东到西,穿越整个非洲。据可靠消息得知,这次冒险旅行的出发地将设在非洲东海岸的桑给巴尔岛。至于终点,那就只有上帝才知道了。

“这次科学探险计划,已于昨日正式递呈皇家地理学会。学会表决通过并划拨了2500英镑,作为该活动的经费。

“这次计划,是史无前例的地理界与探险界的大事,我们将随时向读者提供最新的消息。”

正如我们预料的那样，这篇文章引起了巨大的反响。它首先激起了怀疑的浪潮，弗格森博士被当成是一个纯粹虚构的人物，被认为不过是丹纳姆博士的创造罢了。后者曾在美国“工作”过一段时间，据说目前又准备打英伦三岛的主意。

在日内瓦出版的《地理学会会报》2月号上刊登了一篇调侃式的文章，把伦敦皇家学会的旅行家俱乐部和那条非同凡响的鲟鱼都嘲笑了一番。

但是，德国地理学家彼得曼先生在哥达出版的《地理学通报》上做了一番陈词，使日内瓦的学报不得不沉默下来。彼得曼先生与弗格森博士很有交情，他挺身而出，为他这位勇敢朋友的无畏精神做出担保。

另一方面，所有的怀疑很快就不攻自破了：旅行的准备工作已在伦敦迅速地展开；里昂的几家工厂都收到一张大订单，订购制作气球所用的丝绸；英国政府还将皮耐特船长率领的“决心号”运输船指派给探险者自由支配。

成千上万封鼓励信与贺电随后纷至沓来。随着准备工作的进行，有关探险的详细情况，全部刊登在巴黎地理学会的学报中。布伦先生主持的《旅行、地理、历史和考古新年表》刊登了一篇引人注目的文章。在《德国地理学报》上，科内尔博士发表了一份详细的分析报告，论证了这次旅行探险的可行性、成功的把握、可能出现的困难以及空中旅行这种方式的各种优点，足以令人信服。他只是对出发地提出了质疑，并提出从马苏亚这个阿比西尼的小港口出发会更好些。1768年，布鲁斯就是从马苏亚出发去寻找尼罗河源头的。此外，他还对弗格森博士积极进取的精神和敢作敢为、绝不回头的坚强决心，毫无保留地表示了赞赏。

《北美评论》看到英国得到这样的荣誉十分不快。它把博士的计划说成是一个笑话，并恶意地怂恿博士干脆径直飞到美国来。

总而言之，从《福音教会公报》到《阿尔及利亚与殖民地杂志》，从《传教年鉴》到《传教士新闻》，所有的科学杂志都用各种文体来详细报道此事，更不用说全世界的报刊了。

在伦敦乃至整个英国，有许多人都在以下这些问题上下了赌注：第一，是否真有博士其人；第二，博士是否会真的去旅行；第三，旅行是否会成功;第四,博士能否平安归来。人们押上了巨大的赌注,就像是在埃鲁斯姆的赛马场上似的。

于是,信也好,不信也好,无知者也好,博学者也好,所有的人都把目光集中到博士身上;他就这样不知不觉地成了个当代英雄。博士很乐意就他的远征提供详细的回答。于是他自然备受大家喜爱,并被认为是世界上最诚恳朴实的人。不止一位的大胆冒险家主动提出愿与博士一同前往,但博士不做任何解释,一概谢绝了。

许多专门研究气球转向机械结构的发明家蜂拥而来,推荐自己的产品,但他一概不予接受;当有人问起,他自己是否已经发现了某种可以取代这一机械结构的系统时,他总是拒绝给予任何解释,只是比以往更加积极地投身于旅行的准备工作中。

第三章　博士的朋友

——追溯他们的友谊
——迪克·肯尼迪来到伦敦
——建议出乎意料，但落实具体让人放心
——令人忐忑不安的谚语
——有关在非洲殉难者的几句话
——气球的优点
——弗格森博士的秘密

弗格森博士有一位朋友——事实上，他们的性格并不完全一样，因为两个完全相像的人之间是不可能存在什么友谊的。

但是，尽管迪克·肯尼迪与塞缪尔·弗格森两人拥有不同的品质、才能与秉性，却又心心相印，差异并没有给他们的交往带来什么大碍，而且事实恰恰相反。

肯尼迪是位地地道道的苏格兰人。他性格坦率，处事果断，头脑固执。他住在爱丁堡附近的利斯小城。那地方算得上是“老熏炉”真正的郊区。他有时喜欢捕鱼，但无论何时何地最喜欢的还是打猎。这对一位生长在喀里多尼亚，经常在苏格兰高地的大山中走来走去的孩子来说不足为奇。他是当地公认的优秀射手。他不仅能用枪击中刀刃，把子弹劈成完全相等的两半，如果你随后用秤称一称，还会发现两半子弹的重量也分毫不差。

肯尼迪的相貌使人想起沃尔特·司各特的小说《修道院》中的赫伯特·格兰丁宁。他的身高在6英尺以上，举止优雅而从容，而且看起来似有赫拉克勒斯般的臂力。他有一张被太阳晒得黝黑的脸庞，一双黑而有神的眼睛和一股与生俱来的勇敢坚毅的气概。总之，他浑身上下透露出来的都是苏格兰人的朴实和稳健。

这对朋友是在印度相识的，当时他们同属一个团队。当迪克外出捕猎狮子和大象时，塞缪尔就去搜集植物和昆虫标本。他们每一个人都堪称是自己那一行中的佼佼者。许许多多稀有的植物成了博士的战利品，这些标本在科学领域所产生的重大影响绝不亚于一对大象牙。

这两位年轻人从没有过机会救对方，也没帮过对方任何忙。但是，他们的友谊始终不渝。命运有时使他们分离，但心灵的相通往往又使他们重逢。

从印度退役返回英国后，他们两人常常因博士出门旅行而分开一段时间。不过，博士每次回来，必然去苏格兰朋友家，当然不是去寒暄几句，而是住上几个星期。肯尼迪谈谈往事，弗格森说说未来：一个前瞻，一个后顾。由此看出，弗格森生性不安分，肯尼迪却沉稳、平和。

西藏探险的两年里，博士几乎没有提过任何新的探险计划，肯尼迪以为他的旅行瘾和冒险欲在逐渐淡下去。为此，他十分高兴。他认为探险非常危险，一个人无论多有经验，也不能总是安然无恙地穿行于食人族和猛兽之间。因此，他竭力劝说弗格森，不要再去探险。何况，他在科学方面的贡献，已远远超过人们所给予他的荣誉。

博士对这番劝告，不做任何回应，依然想着他的事，苦心钻研他那深奥的计算，昼夜摆弄着数据和仪器。谁也不知道他那些稀奇古怪的机械都有什么作用。他的脑海里，显然正酝酿着一个伟大的设想。

当他的朋友在1月份回到伦敦时，肯尼迪心里不禁泛起了嘀咕："他到底在琢磨些什么呢？"

一天早上，他在《每日电讯报》上找到了这个问题的答案。

"天哪！"他叫了起来，"他疯了！荒唐！乘坐气球穿越非洲！他就差这个没干过了！原来他两年以来一直在绞尽脑汁想这件事！"

如果您把每句话后头的惊叹号都换成一记记重重敲在脑瓜顶上的拳头，您就可以想象得出迪克在说这些话时是怎样一种心情了。

他那忠心耿耿的老管家埃尔斯拜丝想方设法安慰他，说也许这整件事情只不过是一个骗局。

"绝不可能！"他说，"我还能不了解我的朋友？这正是他一向的处事风格！空中旅行！他现在居然嫉妒起海鸥来了，真是岂有此理！不！我敢向你保证,他不能这么干！我得想个办法阻止他才行！他！要是由着他的性子来,总有一天他会飞上月球的!”

肯尼迪又急又气,当天晚上便坐上了开往伦敦的火车,第二天一早便到了伦敦。

弗格森亲自为他打开了门。“肯尼迪?”他表情平静地问。

“是我。”肯尼迪不满地说。

“怎么了,我亲爱的朋友,冬天正是打猎的时候,你怎么跑来伦敦了?”

“是啊,来伦敦了。”

“可是,你来做什么?”

“来阻止一件荒唐的事!”

“荒唐?”博士问道。

“报上所说的,可是真事?”肯尼迪递过一份《每日电讯报》,问道。

“哦,原来你说的是这个事儿啊！报道都是真的。我太不谨慎了！好了,我的朋友,请坐吧。”

“我不想坐。你真要做这趟旅行吗?”

“当然,准备工作进展非常顺利,并且我……”

“那些东西在哪里？我要把它们全都毁掉,我一定要把它们砸个稀巴烂。”

“冷静点儿,亲爱的肯尼迪,”博士接着说,“我早就知道你会生气。你生气我没告诉你我的新计划。”

“上帝！这就是你的新计划?”

“是的,我很忙,”弗格森不容打断地继续说,“要做的事太多了！不过请放心,我不会不写信给你,就直接走的……”

“嘿！我倒不怎么在乎……”

“因为我想让你与我一起去。”

苏格兰人活像一只受惊的岩羚羊似的敏捷地往前一跳,吃惊地嚷道:“啊！居然有这种事！你是想让别人把咱俩关进白特尔汉姆疯人院吗?”

“亲爱的肯尼迪,我确实指望你去。况且,我早已选中了你,好多人想去都被我拒绝了。”

肯尼迪目瞪口呆愣在那儿。

“如果你肯听我讲 10 分钟，”博士冷静地说，“你就会感谢我的。”

“你是认真的？”

“非常认真。”

“如果我拒绝和你一起去呢？”

“你不会的。”

“如果我非拒绝不可呢？”

“我就自己去。”

“咱们坐下来，平心静气地谈谈。”猎人提议，“既然你不是开玩笑，这事得好好商量商量。”

“亲爱的肯尼迪，如果你不反对的话，咱们就边吃早饭边谈好了。”

两位朋友面对面在一张小桌子前坐下。桌上放着一碟三明治和一把大水壶。

“亲爱的弗格森，”猎人开口道，“你的计划太荒诞！行不通！它完全不像一个合情合理、切实可行的计划！”

“这要在我们试了后才知道。”

“但是你压根儿就不应该去尝试。”

“那么，为什么不应该呢？”

“因为这事太危险、太困难了。”

“说到困难，”弗格森语气严肃地回答道，“它是等着人们去克服的；说到危险，谁敢保证自己一辈子都不会面临危险？生活中的所有事情都包含着危险；甚至坐在自家的桌子旁都有可能是危险的，或者将帽子戴在自己的头上。并且，我们应该把即将发生的事看成是已经发生了的，我们必须从未来中看到现在的影子，因为未来就是不久以后的现在呀！”

“好了好了！”肯尼迪耸了耸肩，叫道，“你还是和从前一样，宿命论者！”

“可以从正确的一面去理解‘宿命论’。因此，我们不必去想命运为我们安排了什么，但也不要忘记我们英国的优秀谚语‘要被吊死的，绝不会被淹死！’”

肯尼迪无话可说。

两人争了 1 个小时之后，肯尼迪说：“不过，你既然铁了心要横穿非洲，你觉得这对你的幸福很重要，为什么不走正常的路，而一定要从空中飞越过去呢?”

“为什么?”博士激动地说:“因为所有从陆地走的尝试,迄今为止都失败了!因为自蒙戈·帕克在尼日尔河被杀,到弗格尔的瓦代失踪;奥德内死在米尔;克莱普顿死在萨卡图;法国人麦桑被剁成肉酱,少校莱恩被图阿雷格人杀害;1860 年初,汉堡的罗舍尔丧命;非洲探险的殉难者名单上,已记录下了多少人的名字!因为,与饥饿、干渴、热病、猛兽等自然力量搏斗,特别是和更凶恶的野蛮部落做斗争,是不可能胜利的!因为,用那种方式无法办成,就理应尝试别的办法!总之,从中间走不过去的,就该从旁边绕过去,要不就从上面飞越!”

“不是从‘上面’”,肯尼迪特意强调道,“而是从‘上空’过去!”

“那又怎么样?”博士用最沉着的口吻答道,“又有什么能让我感到畏惧的呢?过不久你就会承认,我的办法足以保证气球不掉下来。即使出现差错的话,顶多也就是掉到地上,落在和别的探险家一样的环境里。但是我的气球不会辜负我的,这种情况用不着考虑。”

“恰恰相反,必须要考虑。”

“好了,亲爱的肯尼迪,在到达非洲西海岸前,我根本不打算离开气球。有了气球,什么都可能做到。如果没了它,以前探险队遇到的危险、大自然的困难又都来了。乘上气球,无论酷暑、激流、风暴、沙漠、干热风、有害气候,还是野兽、土人,我都不用怕!如果太热,就升高些;如果太冷,就降低些;遇到高山,就越过它;遇到悬崖绝壁,就穿过去;遇到河流大川,就飞过去;遇到狂风暴雨,爬到它上面;遇到激流,我还可以像鸟儿一样掠过水面!我毫无疲倦地前进,我停下来不是因为需要休息!我在新城上空翱翔!我疾风般地时而飞在最高空,时而紧贴地面滑行。你瞧,非洲地理概貌就像世界上的一幅大地图展现在我眼前。”

善良的迪克开始动心了,呈现在眼前的图景使他眼花缭乱。他望着博士,目光中流露出钦佩,同时又有点害怕,他仿佛已经在空中摇摇晃晃了。

“让我们再来看一看,我亲爱的塞缪尔,”他说,“那么你已经找到操纵气球航向的办法喽?”

“什么办法也没用。这是幻想。”

“那你将飞到……”

“听天由命地飞。不过要由东向西。”

“为什么?”

“因为我打算利用信风。它的风向很稳定。”

“哦！原来如此!”肯尼迪陷入了沉思,“信风……当然……不过也许会碰上意外……还会出现一些情况……”

“还会有什么情况！不,我好心的朋友,我们什么都有了。英国政府拨给我一艘运输舰,还同意在我到达前后,派三四艘海轮在西海岸来回行驶。三个月或再长些时间,我将到达桑给巴尔。我会在那儿给我的气球充上气。我们也将在那里开始我们的远征……”

“我们的!”肯尼迪叫道。

“怎么,你还有哪些意见？说说吧,迪克。”

“不同意见,我有不少呢！不过,别的暂且不讲,先给我讲讲你任意升高降低的旅行,不消耗气体,你就不可能办得到！到现在为止,还没有听说不消耗气体的办法呢。这正是一直阻碍长途空中旅行的技术障碍。”

“亲爱的迪克,我只告诉你一件事:气体的一个原子、一个分子,我也不会浪费。”

“那你能够任意升降吗?”

“是的。”

“怎么做到?”

“秘密。请相信我,老朋友。让我的‘Excelsior’这个座右铭,也成为你的座右铭吧!”

“那就为了‘Excelsior’吧!”猎人回答道,虽然他一丁点儿拉丁文也不懂。

但是他已经下定决心,要千方百计地阻止他朋友的动身。他表面上装作同意,暗地里却在观望。至于塞缪尔,他又去监督他的准备工作了。

第四章 到非洲的探险家

——巴尔特、理查森、奥韦尔韦格、沃纳、
布伦·罗莱、珀尼、安德里·德博诺、
米阿尼、纪尧姆·勒让、布鲁斯、
克拉普夫和雷布曼、麦桑、
罗舍尔、伯顿、斯佩克

弗格森博士打算走的空中航线不是偶尔选定的，出发地点也经过了认真的研究。他决定从桑给巴尔岛升空不是没有道理。该岛靠近非洲东海岸，在南纬6度线上。也就是说，在赤道下方距赤道430地理里的地方。通过大湖地区去寻找尼罗河源头的一支探险队刚由该岛出发不久。

但有必要指出，弗格森博士有意把那些探险活动联系起来，尤其是其中的两次主要探险活动：1849年巴尔特博士领导的探险和1858年伯顿与斯佩克两位上尉领导的探险。

巴尔特博士是汉堡人，他为自己和他的同胞奥韦尔韦格争取到了参加英国人理查森的探险队的机会，后者肩负着到苏丹去的使命。

这一广大地区位于北纬10度到15度之间；也就是说，要想到达该地区，探险者必须步行1500英里，深入到非洲大陆内部。

直到那时为止，该地区只有丹纳姆、克莱普顿和奥德内于1822至1824年间到过。理查森、巴尔特和奥韦尔韦格巴望着把他们的调查推进得更远些。他们像前人一样先到了突尼斯，然后经过的黎波里，最后抵达费赞的首府穆尔祖克。

这时，他们放弃了与赤道垂直的路线，往西绕个急弯向加特进发。由于向导是图瓦雷格人，他们遇到了不少困难。在遭受了上千次洗劫、凌辱、武装袭击后，他们的驼队终于在10月到达阿斯本广阔的沙漠绿洲。巴尔特博士在那里离开了同伴去阿加德兹城旅行了一趟，然后又与探险队会合。12 月 12 日探险队重新登程进发。队伍到了达迈古省后，这三位旅行家分手。巴尔特博士踏上了去卡诺的路。凭借他的毅力和一次次的重金厚礼，最后终于抵达目的地。

尽管患上了极厉害的热病，巴尔特博士还是于 3 月 7 日离开了该城，身边只带了一个仆人。他此行的主要目的是察看乍得湖，而当时他距该湖还有 350 英里远。他先朝东走，到达博尔努的祖利科罗城，该城是非洲大中央帝国的核心。在那儿他得知了理查森因疲劳过度和缺乏补给而去世的消息。接下来，他到了乍得湖畔的库卡，库卡是博尔努的首都。三个星期后，4 月 14 日，也就是离开的黎波里一年后，他终于到达恩戈努城。

1851 年 3 月 29 日，他又和奥韦尔韦格重新动身到乍得湖以南的阿达马乌阿王国去。最后他一直走到了约拉城。这个城市位于北纬 90 度稍南一点，是这位勇敢的旅行者所到达的最南端。

8 月，巴尔特博士又来到库卡。他从那里出发先后经过曼达拉、巴尔吉米、卡奈姆，最后抵达位于西经 17 度 20 分的马塞纳城，这是他往东到的最远的地方。

1852 年 11 月 25 日，他的最后一位同伴奥韦尔韦格去世后，他深入西部，参观索科托，穿越尼日尔河，最后到达廷巴克图。在那儿，他被部落酋长百般虐待，忍受了种种非人待遇和煎熬，度过了漫长的 8 个月。但是，当地人无法容忍一位基督徒长期出现在城里，富拉尼人威胁要围城。于是 1834 年 3 月 17 日，博士离开该城逃往边境，在最艰苦的情形下熬过了 33 天。11 月他得以返回卡诺，而后又到库卡，耽误了 4 个月之后，他重新踏上了丹纳姆曾经走过的路。1855 年 8 月底，他再次抵达的黎波里，于 9 月 6 日回到伦敦，他是那支探险队中唯一生还的人。

这就是巴尔特博士的探险历程。

弗格森博士仔细标出了他的终止地：北纬 4 度、西经 17 度。

现在让我们来看看伯顿上尉和斯佩克上尉在东部非洲的历险经过。

各种各样溯尼罗河而上的探险从未找到过这条河的神秘的源头。据德国医生斐迪南·威尔纳的游记叙述，他在 1840 年进行的、受到穆罕默德·阿里庇护的远征终止于北纬 4 度和 5 度之间的刚多科罗。

1855 年，萨瓦人布伦·罗莱被任命为东苏丹撒丁岛的领事，以代替刚刚死去的沃迪。他从卡尔图姆启程，一路化名为贩卖树胶、象牙的商人亚库伯。他到了北纬 4 度以上的贝莱尼亚。随后因病返回卡尔图姆，1857 年在该地病故。

埃及医务长官彼内博士曾坐汽船到达比刚多科罗低 1 度的地方，回到喀土穆后因精力衰竭而死；威尼斯人米阿尼，曾绕过刚多科罗附近的瀑布，到了第二条纬线的地方；马耳他商人安德烈亚·德·波谱曾顺着尼罗河走到过更远的地方。他们三人谁也没能最终超越刚多科罗这条不可逾越的界线。

1859 年，纪尧姆·勒让先生受命于法国政府，经红海到达卡尔图姆，他率领 21 名船员和 20 名士兵在尼罗河逆流而上，但他没能越过刚多科罗，而且在当地众多的黑人部落的攻击下，险些连命都搭上，当时那些黑人部落充满了反叛精神。代斯凯拉·德·洛杜先生率领的探险队也曾试图到达著名的尼罗河源头，同样也没有取得成功。

这条致命的界限使得每一位旅行家无一例外地无功而返。在古代，尼禄的使者曾经到达过纬度 9 度的地方，然而 18 世纪以来，人类的探索进程只向前推进了五到六个纬度，也就是说，300 到 360 地理里。

有许多旅行家以非洲东海岸为出发点试图到达尼罗河的源头。

1768 年到 1772 年，苏格兰人布鲁斯从阿比西尼亚的港口马苏亚启程，穿过提格雷省，探访了阿克苏姆废墟，看了所谓的尼罗河源头（根本不在那儿），最后，没有获得任何重大发现。

1844 年，英国圣公会传教士克拉普夫博士在桑给巴尔海滨的蒙巴兹建立了一个慈善机构。他和尊敬的雷布曼神甫一起发现了距海滨 300 公里的两座山，这就是乞力马扎罗山和肯尼亚山。霍伊格林和桑顿先生不久前刚攀登过这两座山的一部分。

1845 年，法国人梅桑在桑给巴尔岛对面的巴加马约独自登陆，来到了结拉莫拉。在那里，他被部落酋长用酷刑折磨至死。

1856 年 8 月，年轻的探险家，来自汉堡的罗歇尔和一队阿拉伯沙漠商旅同行，一直走到尼亚萨湖畔，却在睡梦中被人杀害了。

最后，1857 年，伯顿和斯佩克两位中尉（两人都是孟加拉军队的军官）受伦敦地理学会派遣，前去考察非洲的大湖，7 月 17 日他们从桑给巴尔出发，直接向西进发。

在 4 个月的旅行中，他们经受了各种各样闻所未闻的苦难。等他们到达商人与旅队聚汇的中心卡泽赫的时候，行车已被洗劫一空，挑夫也惨遭毒打。那里是月亮山地区，他们在那儿搜集了不少关于风俗、政治、宗教、动植物方面的资料。而后，他们到达了大湖区中的第一个湖：位于南纬3度到8度之间的坦噶尼喀湖。他们在1858年2月14日走到这个湖的岸边，考察了沿湖的各个部落。那些部落大多数还保留着吃人的风俗。

他们5月26日踏上归途，于6月20日回到卡泽赫。在那儿，身心疲惫的伯顿病了好几个月。趁这段时间，斯佩克向北挺进了300多英里，一直走到乌克雷维湖。那天是8月3日。不过，他只是看见了位于南纬2度30分处的湖口。斯佩克8月25日返回卡泽赫。随后，他与大病初愈的伯顿一起踏上去桑给巴尔的路程。第二年的3月份他们到了那里。这两位勇敢的探险家就这样回到了英国。巴黎地理学会向他们颁发了该学会的年度奖。

弗格森博士特别注意到伯顿与斯佩克既没跨越南纬2度线，也没超过东经29度的地方。

这样一来，问题就在于如何才能把伯顿和斯佩克的探险成果与巴尔特博士的联结起来，而要想做到这一点，就必须完成一次跨度达到12个纬度区的冒险之旅。

第五章　肯尼迪的梦

——不恰当的复数称呼
——肯尼迪的暗示
——神游非洲
——圆规两点间的距离
——目前活动着的探险队
——斯佩克和格兰特
——克拉普夫、德肯、霍伊格林

弗格森博士加紧了出发前的准备工作。他亲自指挥气球的制造，并改装了里面的一些东西。但究竟是什么东西，博士对此守口如瓶。

博士学习阿拉伯和曼丁哥人的语言已经有段时间了。由于他在语言方面的天赋，进步十分迅速。

与此同时，他的朋友，那位具有体育家精神的人，一直在密切地关注着他的一举一动——毫无疑问，他是担心博士会悄悄地启程，跟谁也不打招呼。在这个问题上，他曾提出最有说服力的各种理由来跟博士辩论，但是根本说服不了塞缪尔·弗格森，白白浪费了一番苦口婆心的恳求和利诱，后者对这一切似乎根本就无动于衷。总之一句话，迪克觉得博士正从他的手指缝间悄然滑落。

现在，可怜的苏格兰人只要想到天空就心惊肉跳，无比悲哀，甚至每夜都梦见自己从高空中坠落下来。做噩梦时，他还从床上掉到地上过一两次。当时，他最先想到的是让弗格森看看他头上的伤。

“要知道，这才三英尺高！”他庆幸地说，“很低啊！就这么高，还摔了个很大的包！好好想想吧你！”

这充满了伤感的暗示，并没有打动博士。

“我们不会掉下去的。”弗格森博士说。

“但是,如果真掉下去了呢?”

“我们不会掉下去。”

肯定的语气,让肯尼迪无话可说。

最让迪克气恼的是,博士使他——肯尼迪的自我个性做出了完全的牺牲。他把迪克认定是不可更改的空中旅伴,这已经丝毫没有怀疑的余地了。塞缪尔令人不堪忍受地滥用第一人称代词的复数形式:“我们”前进……“我们”将准备好……“我们”将动身……而且还用一大堆第一人称复数形式作为形容词,诸如:“我们的”气球……“我们的”吊篮……“我们的”探险……

当然还少不了跟在“我们的”后面那些复数形式的形容词和名词:“我们的”那些准备工作……“我们的”那些发现……“我们的”上升……

对于这些言辞迪克总是耸耸肩膀不置可否,他已暗自下定决心绝不同去;但他又不想惹恼自己的朋友。我们还需要说明这样一个事实:他自己也弄不明白究竟是什么心理在作怪,他派人从爱丁堡给他捎来了几件厚衣服,还有他最好的猎枪。

一天,肯尼迪假装向弗格森让步,承认只要交好运,总有千分之一的成功机会。但是为了推迟旅行,他开始找各种各样的借口。他左思右想,就探险的用处和时机提出了疑问:

“这次对尼罗河源头的探索真的那么有必要吗?真是为了人类的幸福?归根结底,就算非洲部落变文明了,那儿的人民会更幸福吗?再者,谁能确信,那儿文明化的程度不比欧洲高?也许吧。那么,就不能再等等?总有一天,会有那么一位探险家能跨越非洲,而且用的办法比这更稳妥。也许一个月,半年,最多一年,某位探险家无疑会……”

这番话,让弗格森博士气得发抖。

“你究竟想怎样,可怜的迪克?难道你想让别人去得到这荣誉吗?我怎么能因为这点困难而退缩,背叛我的过去呢?英国政府和伦敦皇家学会为我准备好一切,我却犹豫、怯弱地向他们说声感谢,说我改变主意不去了。我绝做不出来这种事的!”

“但是……”喜欢用这个词的肯尼迪又想插嘴。

“但是,”博士接了下去,“难道你不知道我的这次旅行对那些正在非洲进行的探险事业会有所帮助吗?你不知道目前有一批探险家正在向非洲中心进发吗?”

“可是……”

“好好听我说,迪克,看看这张非洲地图。”

迪克顺从地将目光投向地图。

“沿着尼罗河上行。”弗格森说。

“我沿着它上去了。”苏格兰人乖乖地答道。

“到刚多科罗。”

“到了。”

肯尼迪心想,这样的旅行多方便……仅仅是在地图上。

“拿着这个圆规,”博士继续吩咐道,“把一只脚立在这座最勇敢的人也难以逾越的城市上。”

“立好了。”

“现在,沿着海湾找出在南纬的桑给巴尔岛。”

“找到了。”

“现在沿着这条平行线走到卡泽赫。”

“到了。”

“沿着33度经线朝上,走到斯佩克上尉到过的乌克雷维湖的湖口。”

“找到了!哈,有点过,掉进湖里了。”

“很好!根据沿湖居民提供的资料,你知道有理由做出什么推论了吗?”

“我怎么知道?”

“就是,湖的南岸既然处在南纬2度30分,湖面应同样延伸到赤道北面2度30分,就是说,在北纬2度30分的地方应是它的北岸。”

“是吗?”

“假设从湖北岸流出一条河,即使尼罗河不是这条河,也必然是尼罗河的支流。”

“可真够怪的。”

“假定把你那个圆规的另一只脚放在乌克雷维湖的这一边。”

“放好了,弗格森老友。”

“你算算两点之间有几度?”

“差不多2度。”

“你知道这有多少距离吗，肯尼迪？”

“一点不知道。”

“勉强算得上200英里，也就是说没多远。”

“几乎没多远，弗格森。”

“不过，你知道眼下那里发生的事吗？”

“不，拿我的生命发誓，不知道！”

“好，是这么回事：地理学会认为斯佩克隐约看见的这个湖十分重要。在它的支持下，斯佩克中尉——现在已经是斯佩克上尉了——与格兰特上尉一道在印度军队的保护下，率领探险队的大批人马回到刚多科罗。他们得到了一笔5000英镑的经费。开普敦的总督还拨给他们一队士兵。这个探险队于1860年年底从桑给巴尔出发。与此同时，驻喀土穆的英国领事约翰·帕斯里克收到外交部寄去的大约700英镑的经费。他将在喀土穆装备一艘蒸汽轮船，备好充足的补给，然后前往刚多科罗，在那里等候斯佩克上尉的到来，并定期向他供应物资和粮食。”

“筹划得不错。”肯尼迪说。

“你看，如果我们想参与这个冒险的话，动作就得快一点了。这还不算，当一批探险家在通往尼罗河之源的道路上稳步迈进的时候，另一批探险家正在勇敢地向非洲的心脏挺进。”

“步行吗？”肯尼迪问。

“是的，步行。”博士回答道，根本没有注意到这句问话里所暗含的意味。“克拉普夫博士打算沿着赤道南边的乔伯河向西一直前进。德·德肯男爵已经从蒙巴兹出发，考察了肯尼亚山和乞力马扎罗山，现在正朝非洲的中心深入。”

“还是步行？”

“是的，是步行，或骑骡子。”

“不过，在我看来完全是一码事。”肯尼迪反驳道。

“最后，”博士接着往下讲，“驻喀土穆的奥地利副领事欧格林博士刚刚组织了一支阵容强大的探险队，首要目的是寻找旅行家弗格尔。弗格尔是在1853年被派到苏丹去参加巴尔特博士的探险队的。1856年，他离开博尔努，打定主意要去考察乍得湖和达尔福尔湖之间的一块荒无人烟的地方。然而从此以后，他就再也没有出现过。根据1860年6月在亚历山大港收到的信件来判断,他已被华达夷的国王下令处死了。但这位旅行家的父亲还收到哈特曼博士寄来的另外一些信,信中说,根据从一个博尔努的居民那儿得来的消息,弗格尔只是在瓦拉被俘虏了,所以还有一线希望。在萨克斯·阿布尔·高特公爵的领导下组织了一个委员会,我的朋友彼得曼在那里做秘书。这个有很多科学家参加的探险队已募集了一笔经费。欧格林博士已于6月份从马苏阿动身了。在寻找弗格尔踪迹的同时,他还得考察所有位于尼罗河和乍得湖之间的地区,也就是要把斯佩克上尉和巴尔特博士的工作连接起来。那么非洲就要被从东向西地穿越了。”

“那好啊!”苏格兰人又嚷了起来,“既然一切都进行得那么顺利,我们还去那儿干什么?”

弗格森博士耸了耸肩,没有回答。

第六章　一位难得的仆人

——他能瞧见木星的卫星
——肯尼迪和乔的争论
——怀疑和相信
——称重
——乔·威灵顿
——乔得到半克朗

弗格森博士有一名仆人，他一听到“乔”这个名字就会殷勤地答应。他是个出色的小伙子，对主人绝对忠诚绝对信任，对于主人的事业全身心地支持，甚至能够猜出主人的愿望和即将发布的命令，而且往往十猜九准。总之，他是毫不抱怨的加列布，永远都是一副快活的乐天派样子。他天生就适合担任这项工作，没有人会比他做得更好。弗格森在日常生活中的琐碎小事上完全听从他的摆布，而他一向都做得很完美。无人能及的，忠诚的乔！他是这样一位仆人：为你准备一日三餐，你喜欢什么他就喜欢什么；为你整理行李，绝不会落下一双袜子或者一件衬衣；替你掌管钥匙，替你保守秘密，并且从来不会滥用职权！

博士在这位忠实的乔的眼里，同样是位了不起的人物！他总是恭恭敬敬、毫不犹豫地接受主人的每一个决定。他认为，只有疯子才会去顶撞弗格森的话，只要博士想到的都是对的；只要博士讲的就一定有道理；只要博士吩咐的，就肯定要办到；只要博士想干的，就肯定可以干成。毫无疑问，只要博士干成的，就必须被人赞美。即使要了乔的命，他也丝毫不会改变对主人的看法。这一点，着实是招人喜欢的。

所以，当博士开始制定这个空中飞越非洲大陆的计划时，乔就认为这事已成定局，困难已不复存在。弗格森博士决定出发的那一刻，就意味着已经到达了目的地，当然是带着他忠心耿耿的仆人。因为，这位诚实的小伙子很清楚自己会参加旅行的，尽管他从未提过此事。

而且，旅途中乔会以他的机智敏捷做个最好的仆人。假使有一天，动物园需要给猴子们找个体操教练，乔理所当然是最好的人选。跳跃、攀缘、飞奔、翻上一千个跟头……这对他来说如同游戏一般。

如果说弗格森是头，肯尼迪是臂，那么乔就是手了。他曾随主人做过好几次旅行，并以他自己的方式学到了点科学知识。但他最与众不同的地方是他那快乐积极的哲学，那充满魅力的乐观主义精神。他把一切都看得很容易、很合理、很自然，所以他从来不需要抱怨或发牢骚。

除此之外，他还具有一种令人称奇的本能和异常敏锐的视觉。就如同默斯特林教授、凯普勒教授一样，他也具备一种罕见的能力，那就是用肉眼就能分辨出木星的卫星，能数出昴星团中的 14 颗星星，其中最后面的几颗只是属于九等星而已。然而他并不因此而骄傲自满；恰恰相反，远远地看见你，他就会谦恭地打招呼，只有当情形需要的时候，他才会义无反顾地发挥他那双眼睛的特异功能。

由于乔对博士这样信任，肯尼迪与他发生没完没了的争论，也就不足为奇了。争论是争论，但乔始终没有忘记自己的身份，对博士的朋友还是恭恭敬敬的。

一个怀疑，一个相信；一个顾虑重重，谨小慎微；一个盲目乐观，信心十足。博士恰恰夹在怀疑与相信之间！不过，应该说，不论怀疑，还是相信，他都不关心。

“怎么，肯尼迪先生，您……”乔开口了。

“怎么，我的小伙子？”

“动身的时间就要到了。看来我们将坐上气球到月亮那儿去了。”

“你是想说去月亮山吧！那没有到月亮那么远。不过你放心，月亮山一样有危险。”

“危险，和弗格森博士这样的人在一起会有危险？”

“亲爱的乔，我不想打破你的幻想。可是他着手做的事，的确只有疯子才会干。不管怎么说，他走不成的。”

“他走不成？您难道没看见博士的气球就停在波鲁夫的米切尔工厂里？”

“我可没兴趣去看。”

“那您就错过了一个好机会，先生！多漂亮的气球啊！多美的轮廓！

多迷人的吊篮！我们在里面要多舒服就有多舒服！”

“那么你真的是想和你的主人同行喽?”

“我嘛，”乔坚决地答道，“当然是他走到哪儿，我就跟到哪儿！让他一个人去，那怎么行！我们在一起都跑遍了整个地球！他劳累的时候，谁来搀扶他？他要跳过深渊，谁伸给他有力的臂膀？他生病的时候，谁来照料他？不，迪克先生，乔会永远为博士坚守岗位的。该怎么说呢，永远在博士身边。”

“好小伙子!”

“还有，您也和我们一块儿。”乔又说道。

“可是，你也会和我们在一起的!”

“噢，当然!”肯尼迪说，“我的意思是说，我会和你一起坚持到最后一刻，来阻止塞缪尔干这种荒谬至极的蠢事！我将跟随他到桑给巴尔岛，如果可能的话，在那儿将他拦住。”

“请恕我冒昧，您一点都阻止不了他，肯尼迪先生。我的主人从来都不是爱冒险的狂热之徒，他要做的事，必定是他经过了长期考虑的。一旦他打定了主意，什么也阻止不了。”

“哦？那我们走着瞧吧!”

“这个，请您别抱希望。再说，您去是重要的。对于像您这样一位猎手来说，非洲这块土地是神奇的。不管如何，只要您去了，绝不会对这趟旅行后悔的。”

“对，”乔突然想到了什么，“今天称体重，您知道吗?”

“称体重?”

“是的。我的主人，您和我，三人都要称体重。”

“如同赛马师那样称体重?”

“对。只不过请放心，即使您太重，也不会让您减去多少磅。无论您有多重，都认了。”

“我绝不让人称我的体重!”苏格兰人坚决地说。

“不过，先生，这对于他的机器，似乎是必不可少的。”

“够了！他的机器，不需要我的体重。”

“啊！如果计算不准确，我们就不能升空了!”

“当然！我要的就是这个!”

“您瞧，肯尼迪先生，主人就要来找我们啦。”

“我不去。”

“您不会让他为难的。”

“我会的。”

“好啦！”乔笑了，“您这样说，是因为现在他不在。待会儿他跟您面对面地说：‘迪克，’——请原谅我这样冒昧——‘迪克，我需要知道你的确切体重。’那时您就会去的。我敢保证。”

“反正我不去。”

说话间，博士走进了他的工作室。肯尼迪和乔的谈话就在那儿进行。博士注视着肯尼迪，后者顿时觉得全身不自在。

“迪克，”博士开口，“和乔一起来吧，我需要知道你们俩有多重。”

“可是……”

“称重时你可以不摘下帽子。来吧。”

于是，肯尼迪去了。

他们三人一起去了米切尔先生的工厂，那里早已准备好一台磅秤。为了安排气球保持均衡状态，博士确实需要知道伙伴们的重量。他先让肯尼迪站到磅秤的平台上去。肯尼迪乖乖地做了，嘴里嘀咕着：“好吧！好吧！这可保证不了什么。”

“153 磅。”博士一边说，一边在笔记本里记下这个数字。

“我是不是太重了？”

“噢，不，肯尼迪先生。”乔接过话头，“再说，我很轻。咱俩的体重正好可以均衡一下。”

话刚说完，这个耍贫嘴的乔就兴奋地蹦到了刚才猎人站的位置。他的动作那么猛，险些弄翻了磅秤。他站在上面，摆出的架势活像威灵顿仿效海德公园入口处阿喀琉斯像的姿态。即使手中少块盾牌，乔依然显得威风八面。

“120 磅。”博士又记了下来。

“嘿！嘿！”乔满意地笑了起来。为什么笑呢？他自己也说不出个所以然来。

“该我上了。”博士说道。而后他记下了自己的重量：135 磅。

“我们三个人，”他计算了一下，“加起来不过 400 磅。”

“但是，先生，”乔说道，“如果需要的话，我可以不吃饭，让体重减下二十来磅。”

“用不着，小伙子，”博士回答，“你想吃多少就吃多少。这里有半克朗，去买点你爱吃的东西吧。”

第七章　几何学般的详细

——气球容量的计算
——双层气球
——气球外壳
——吊篮
——神秘的仪器
——食物
——最后的增添

很长时间以来,弗格森博士一直在尽心完善探险计划的每一个细节。不用说大家也知道,他最关心的是气球,因为这一绝妙的飞行器将载着他在空中旅行。

首先,为避免气球的体积太大,他决定往气球里充氢气,因为氢气的重量只是普通空气的十四分之一还不到。要制造这种气体也很容易,当初的飞行试验就是利用氢气取得了最满意的效果。

博士经过周密计算之后,发现为了带上旅途的必需品和仪器,气球得负载 4000 磅的重量。接下去就得算出能够托起这么大重量的升力和气球的容积。

4000 磅的负荷要排开体积为 44847 立方英尺的空气。反过来说也就是 44847 立方英尺的空气大约重 4000 磅。

在这个容积为 44847 立方英尺的气球里面充上的不是空气,而是比空气轻 14.5 倍的氢气,那么总共的重量只有 276 磅。还有 3724 磅的重量差需要平衡。周围空气的重量与气球内部氢气重量之间的这个差距便形成了气球的升力。

不过,假如把我们说的 44847 立方英尺气体都充入气球中,气球就完全装满了。然而,这样做不行,因为,随着气球的升高,大气层中的空气密度逐渐变小,气球里装的气体逐渐膨胀,随时可能胀破气球外壳,所以,气球里一般只能充三分之二的气体。

但是,博士根据只有他才知道的计划,决定只往气球里灌一半气体。不过,既然必须携带44847立方英尺的氢气,他只好让气球具有几乎双倍的容积。

他把气球设计成这种最可取的椭圆形状。气球的水平直径为50英尺,垂直直径为75英尺。这样,就得到了一个容积增加到90000立方英尺的球体。

如果弗格森博士同时使用两个气球的话,他成功的几率就会大大地增加;因为,万一其中的一只气球在升空的过程中撑破了,他还可以抛掉包袱,靠另一只气球来维持。但是这样操作起来十分困难,最大的问题是如何才能使两只气球保持相等的升力。

经过缜密的思考之后,弗格森博士想出了一个绝妙的主意,将两只气球的优势集中起来,同时也克服了它们的不足之处。他设计制造了两只大小不等的气球,将一只套在另一只的外面。外边的那只气球就是我们上面所说的那样大小;里边的那只也呈椭圆形,但只有45英尺的横直径和68英尺的垂直直径,容积不过是67000立方英尺。它将悬浮在大气球内的氢气中。当两球需要相通时,只需打开它们之间的气阀就可以了。

这样的装置有一个好处:如果在降落时要放出氢气,那就可以先从大气球放起,即使大气球里的气被全部放光了,小气球照旧安然无恙。这时就可以把外头的这一层作为多余的重量去掉,而让第二个气球独自漂浮;而且小气球充满氢气,也没有两只装一半氢气的气球招风。

此外,万一出现事故,万一外层气球不巧被撕破,就可以将小气球作为后备。

两只气球都用里昂的斜纹塔夫绸制作,上面涂了具有极强的防水性、不怕酸和气体侵蚀的马来树胶。气球的顶部用了两层塔夫绸,因为,整个压力几乎都作用在那个地方。

这种用塔夫绸做的外壳可以把气体保存到随便什么时候。它每9平方英尺重0.5磅。因此,大气球外壳的表面积为11600平方英尺,重量则是650磅;小气球的面积为9200平方英尺,仅重510磅。也就是说,两只气球的总重量为 1160 磅。

承受着吊篮的网是用非常结实的麻绳编的。两只气球之间的阀门做得尤为精细,因为这就相当于一条船上的舵。

吊篮呈圆形,直径为 15 英尺,是用柳条做的,但有一层铁制的轻骨架用以加固。为了缓冲碰撞,吊篮内壁还装有伸缩弹簧。吊篮和网的总重量不超过 280 磅。

除此以外,博士还让人做了 4 个 2 分厚的铁皮箱子。箱子之间由一些带有开关的管子连接。博士在每只箱子上装上一根约 2 英寸粗的蛇形管,蛇形管的头叉出两条长短不一的直管。不过,长的才 25 英尺,短的只有 15 英尺。

铁皮箱子嵌放在吊篮里,尽可能地少占些地方。蛇形管应该后来装上,因此它暂时另外装箱。一个电力极强的本生电池也是单独装箱的。这套器械组合得十分巧妙,甚至加上盛在一个特制水箱中的 25 加仑水,全部重量还不超过 700 磅。

为这次旅行所准备的仪器包括两个气压表、两个温度表、两个罗盘、一个六分仪、两个测时仪、一个人工地平仪和一个用来测定远方物体位置的地平经纬仪。格林威治天文台已经宣布随时可以为博士效劳。但是后者并不打算做物理实验;他只是想弄清楚自己要走的方向,同时确定主要的山川河流和城镇的位置。

弗格森博士还配备了三个经过可靠试验的铁锚以及 50 英尺长的一条轻便、结实的软梯。

他同样对随身携带的食物重量做了精确计算。这些食物包括茶叶、咖啡、饼干、咸肉和干肉饼。这全是些体积小、营养成分高的物品。除了备有足够的白兰地,另外准备了两个水箱,每箱可容纳 22 加仑水。

随着这些食品的消耗,气球提升的重量将逐渐减轻。因为,要知道,气球在大气中的平衡问题是极其敏感的,哪怕失去一点几乎微不足道的负担,也足以使气球的升降产生非常显著的变化。

博士没有忘记带一顶帐篷将吊篮遮住,也没有忘记带上旅行用的卧具,比如被子和毯子,以及肯尼迪的枪支和必不可少的火药、铅弹。以下就是他所带的各种东西的清单,其中每一样东西的重量都标注在后面:

弗格森:135 磅

肯尼迪:153 磅

乔:120 磅

大气球的重量:650 磅

小气球的重量:510 磅

吊篮和气球网:280 磅

锚、仪器、枪支、卧具、帐篷及各种用具:190 磅

罐头肉、干肉、饼干、茶叶、咖啡、白兰地:386 磅

水:400 磅

全套设备:700 磅

氢气的重量:276 磅

气球压载物:200 磅

合计:4000 磅

这就是弗格森博士打算携带的4000 磅。他只带了 200 磅的压舱物。"仅仅是以防万一。"他说。因为靠着另外一种仪器,他打算尽量不动用这些东西。

第八章　乔的重要性

——“决心号”运输舰的舰长
——肯尼迪的军火库
——上货
——饯行
——2 月 21 日启程
——博士的学术漫谈
——杜韦里埃和利文斯通
——空中旅行详解
——肯尼迪闭上了嘴

一切准备工作在 2 月 10 日左右都将就绪。套在一起的两只气球已完全做好，充上气后，气球的各个侧面都经受住了强大的气压测验。它们的牢固性使人有了很深的印象，制作它们时下的功夫被证明没有白费。

乔兴奋得有点得意忘形了。他整天从希腊街往米歇尔的工场里跑，总是一副忙忙碌碌却又心花怒放的样子，因为要随主人去旅行，乔为此深为骄傲，不等人家问就忙不迭地向他们介绍这次旅行的详细计划。他甚至还靠着展示气球、介绍博士的构想、从开着的窗子里或是在路上给人家指点一下博士的身影而赚了几个克朗。不过这也难怪乔，他是有资格在人们的好奇心和对博士的敬仰之情上捞点好处的。

2 月 16 日，“决心号”运输舰驶入格林威治港抛下了锚。这是一艘载重 800 吨的螺旋桨推进式快船。该船曾负责给上次去两极地区探险的詹姆士·罗斯爵士提供补给。皮耐特舰长是位和蔼可亲的人，他对博士的旅行特别感兴趣，他早就仰慕弗格森博士。与其说这位皮耐特舰长是军人，倒不如说更像位学者，但这并不妨碍他的舰船装上四门大炮。不过，这四门短炮身粗口径的大炮还从未伤过任何人，仅仅是用来发出世界上最和平的声音的。

为适合安置气球，"决心号"的底舱经过了改装。2月18日白天，气球被小心翼翼地运来，以最稳妥安全的方式存放到了货舱尽头。吊篮及附属部件，锚、绳子、食物，到达马苏阿港口时必须装满水的水箱，一切物资都在弗格森博士的监督下用绳索紧固停当。

另外装上船的还有10吨硫酸和10吨废铁，这是为将来制造氢气用的。这些数量大大超过了需求，但为防万一还是多备一些为好。用来制造氢气的设备，包括三十来只空桶，也装到了底舱里。

截至2月18日晚，这些烦琐的准备工作终于宣告完成。船上为弗格森博士和他的朋友肯尼迪准备了两间舒适的舱房。那个怀疑论者肯尼迪一边赌咒发誓不去，一边上了船舷；全套的狩猎用具、上等的两支双筒后膛枪和经过爱丁堡市珀迪·穆尔·肯尼迪逊工厂全面检验过的一支马枪，也一起带到了船上。用这一支马枪，猎人能在2000步以外一枪打中岩羚羊的眼睛，并且百发百中，从未失过手。此外，为防万一，他随身佩带了两支六响科尔特手枪。数量充足的火药、子弹袋、铅弹和子弹，加在一起的全部重量，也没有超过博士允许他携带的重量。

2月19日，三位旅行家登上了"决心号"，受到舰长和全体军官的热烈欢迎。博士始终沉着冷静，一心只想着他的远征。迪克情绪有些激动，却不想被别人看出来。只有乔又是手舞足蹈，又是找乐子逗人发笑。他很快在为他安排好的水手舱里成了一名滑稽大师。

20日，伦敦皇家地理学会举办了一场盛大的晚宴，为弗格森博士和肯尼迪饯行。皮耐特舰长和他的军官们也参加了这场气氛热烈、酒肴丰盛的宴会。人们频频为健康干杯，次数多得足以让在座的每一位都能活到100岁。主持宴会的弗朗西斯·M爵士克制着自己的激动，举止始终十分得体。

连迪克·肯尼迪自己都困惑万分的是，他当晚也收到了大量热情洋溢的祝贺。大家在为"无畏的弗格森，英国的荣耀"干过杯之后，又为"同样勇敢的肯尼迪，博士的亲密伙伴"频频举杯。迪克的脸红了，却被看作是谦虚的表现，于是掌声更加热烈，迪克的脸便越发红了。

宴会快结束时，收到了女王的贺信。女王在信中向两位旅行家致意，并预祝考察探险成功。这难免使得大家又为"神圣的女王陛下"干杯。

午夜时分，在一番动情的告别和热烈握手以后，参加宴会的宾客们纷纷散去，各自回家。

“决心号”的几条小船正等候在西明斯特桥口，舰长在乘客和他的军官们陪同下坐上小船。泰晤士河急速的水流把他们送往格林威治码头。

1点钟，舰上的人都进入了梦乡。

第二天(即2月21日)凌晨3点，锅炉开始轰鸣;5点钟，船锚拉了起来，“决心号”在螺旋桨强有力的推动下，开始朝泰晤士河河口缓缓驶去。

不用说，船上每个人的谈话主题都围绕着弗格森博士的探险计划。目睹博士的风采，聆听博士的教诲之后，每个人很快就对他充满了信心。在极短的时间里，船上所有的人都丝毫不再怀疑这次探险的可行性，并且坚信探险一定能够取得成功，只有一个人例外，就是那位顽固不化的苏格兰人。

在航程中漫长闲暇的日子里，博士给舰上的军官们上了一堂真正的地理课。这些年轻人为40年来在非洲的发现而激动不已。博士向他们讲述了巴尔特、伯顿、斯佩克、格兰特的探险经历，为他们描绘了一块处处正在进行着科学考察的神秘的土地。在北部，杜维里耶考察了撒哈拉大沙漠，还把图阿雷格人的首长带回巴黎;在法国政府协助下，有两支探险队正在准备中，它们一个南下，一个西行，将在廷巴克图会合;在南部，不知疲倦的利文斯通一直在朝赤道走;从1882年3月起，他就和麦肯济一起沿着罗伏奥尼亚河北上。总之，19世纪绝不会在揭开非洲那埋藏了6000年的秘密之前就白白过去的。

倾听弗格森博士谈话的军官们顿时对非洲探险产生了兴趣，尤其当博士向他们详细介绍了他旅行的准备工作后，他们更是来了劲头。他们想验证一下博士的计算，随即展开了讨论，博士也坦诚地参与了进来。

大家普遍对博士随身只携带那么一点有限的食物感到吃惊。一天，一位军官就这一点询问了博士。

“这让您感到意外了，是吗?”弗格森博士反问道。

“当然了。”

“那您预料我的探险需要多长时间? 整整几个月? 那就大错特错了。如果探险时间延长了，我们就完了，就无法到达目的地了。从桑给巴尔岛到塞内加尔海岸，您知道，路程不超过3500英里，就算4000英里吧。假设气球每12小时飞行240英里,这一速度还没我们的火车快,如果昼夜不停的话,那么,穿越非洲7天时间也足够了。”

“可是,要那样,您就什么也看不到了。您既无法观测地理位置,也基本考察不了那个地区。”

“请别忘记,”博士回答道,“我是气球的主人,只要我喜欢,我可以随意升降,可以随时停下来,特别是当气流过强,有把我卷走的危险时。”

“啊,您会碰到的。”皮耐特舰长接着说,“飓风,有些风速甚至超过每小时240英里呢。”

“您看,”博士接着说,“要是有这样快的风,横穿非洲12个小时就够了。如此,在桑给巴尔岛早上起床,晚上就可睡在圣路易岛。”

“可是,”一位军官问,“气球能和风飞得一样快吗?”

“有过这事。”弗格森说。

“真的吗?气球经受得住吗?”

“完全可以。1804年,拿破仑举行加冕礼时,就有过这种事。法国航空家加布纳里安,那天晚上11点,在巴黎放了一只气球,上面写着几个金字:‘巴黎,13年霜月25日教皇庇护七世为拿破仑皇帝加冕。’第二天早晨5点钟,罗马的居民就看到这只气球飞翔在梵蒂冈的上空;它穿过罗马的乡村,最后落在了布拉查诺湖中。所以,先生们,一个气球是可以经受住这样的速度的。”

“气球能经得住,但是人呢?”肯尼迪试探着问。

“是的,人也是一样的!因为,就气球周围的空气而言,气球是静止的。不是气球在运动,而是空气团自身在运动,所以,你在吊篮里点燃一根蜡烛的话,火苗连晃都不会晃。如果一位乘客登上加布纳里安的气球旅行,他一点也不会觉得在这种速度飞行下有什么难受的。不过,我并不需要这样快的飞行速度。如果夜里能够钩住一棵树或者一座土丘停下来,我还是会停下来的。再说我们已带足了两个月的粮食,更何况我们这位机敏的猎人还会在着陆的时候给我们猎来丰富的野味呢。”

“哦,肯尼迪先生!您可以在那儿使出您的绝招啦!”一位年轻的海军少尉用羡慕的目光看着肯尼迪道。

“您不仅开心,还无比光荣呢!”另一位插嘴道。

“先生们……”猎人回答,“……我很感动……听到你们的称赞……

但是我却不能接受……”

“为什么?”问声四起,“难道您不去旅行吗?”

“我不去。”

“您不和弗格森博士同行?”

“不仅不陪他去,而且,我来这里就是为了在最后关头阻止他。”

“别听他的,”博士神情平静地说,“不用和他争这事。其实,他完全清楚他会去的。”

“以圣帕特利克的名义起誓!”肯尼迪大声喊着,“我保证……”

“什么你也保证不了,肯尼迪。你的个头量过了,体重也称过了,包括你的枪支、弹药都过了磅。所以,咱们就不要再说了吧。”

的确,从那天起直到抵达桑给巴尔岛,迪克再也没有开过口。他一声不吭,彻底沉默了。

第九章　绕过好望角

——前甲板
——乔教授上的宇宙志课
——论气球的操纵
——论寻找大气流
——Evpnxa（“想出来了”）

“决心号”乘风破浪朝好望角疾驶而去，天气一直晴好，虽然海面上的波涛越来越汹涌。

自伦敦起航 27 天后，“决心号”运输舰快速向好望角驶去。3 月 30 日，山的轮廓从远处天际显露出来。用望远镜已经看得见山脚下的开普敦城了。“决心号”运输舰很快就在开普敦码头抛下锚。但是船在这里的停泊只是为了加煤，一天时间这事儿就办妥了。次日，船向南驶去，绕过非洲的最南端，以便进入莫桑比克海峡。

乔已多次做海上旅行了，很快，他就像在家里一样自由自在。他那坦诚、爽朗的性格让船上的人都喜欢，主人炫目的光环多数笼罩在了他的身上，人们像听权威人士讲话一样听他侃侃而谈。事实上，他弄错的地方倒也真不比其他权威人士少。

当博士给军官讲授地理学的时候，乔便坐在船头的宝座上，以他自己的方式像模像样地给水手们讲起了历史，那架势就如同历代最伟大的史学家一般。

谈话自然是围绕着空中旅行进行的。刚开始，乔没有办法让那些老顽固相信这次活动一定会成功。可后来，他的说法一经接受，水手们的想象力就被乔的叙述激发了，就认为再没什么不可能的事了。

令人着迷的这个讲故事者让他的听众相信，这次旅行只不过是一长串儿非凡举动的开始。不久还要进行许多其他的空中旅行。

“你们知道，朋友们，当人们尝试过这种空中旅行后，就再也不会放弃它。因此，下一次我们的探险，就不是在地球表面进行了，我们将越飞越高，一直上升。”

“太好了，到月亮上去!”感叹不已的一位听众禁不住说。

“上到月亮去?”乔不屑一顾地说，“不，这太平常了，人人都去得了。当然不去。再说，那里又没水。去那里，还要带上大量的水储备着，甚至还要带上小玻璃瓶装的空气。因为，在那里只要稍微想呼吸一下，就用得着。”

“啊！啊！没错！可是人在那儿能找到真正的杜松子酒吗?”

“一滴也找不到!”乔回答道，“伙计，在月亮上找不到一滴杜松子酒。不过我们打算到那些明亮闪烁的小星星上转转——还有那些美丽的行星，我的主人常常谈起它们。比如说，我们可以从土星着手——”

“就是那颗有光环的星星吗?”海军下士问道。

“正是！像结婚戒指一样——只是没有人知道他妻子是谁!”

“什么？你将飞到那么高的地方去吗?”一名小水手惊讶得张大了嘴巴，“你的主人可真像个魔鬼。”

“魔鬼？干这事魔鬼还差了点!”

“那么你们去过土星以后呢?”听众中最性急的一位问。

“去过土星以后？唔，去拜访一下木星，那可是个怪地方。听着，那里的白天只有 9 个半小时，这对懒人倒挺合适的。还有，那里的一年等于我们这儿的 12 年。对那些只能活 6 个月的人来说，这是个福音。在那儿生活可以让他们多活上几年!”

“12 年?”小水手又问。

“对，小家伙。所以，假如在那个地方，你还在吃你妈妈的奶呢。这边一位老人家，就算是 50 岁吧，到那儿只是个 4 岁半的娃娃。”

“这不可能!”船头的水手们异口同声地叫了起来。

“千真万确!”乔十分有把握地说，“可是有什么办法呢？如果一个人只知道死守着这个地球，当然是一无所知啦，就跟豚鼠一样呆头呆脑的。到木星上去开开眼界吧！不过得当心，在那儿要守规矩，因为它的那些卫星可不是好惹的!”

大家笑了起来，却又都半信半疑。于是他继续讲下去：在海王星上，水手们会受到热烈的欢迎；而火星则被军人们统治着，这些人都是些令人讨厌的家伙；至于水星，那可是个可惜的世界，到处都是小偷和商人，而且他们又那么相像，以至于很难分清楚谁是谁。最后，乔给大家描绘了一幅美丽的金星图。

“当我们这次旅行回来时，”这个可爱的会讲故事的小伙子继续滔滔不绝地讲下去，“我们就会得到一枚南十字星勋章。瞧，它正在上帝的衣扣上放光哪!”

“你们本来就完全配得上这枚勋章!”水手们齐声说道。

一个个白天就这样伴随着愉悦的话语在前甲板上度过。与此同时，博士也正在作战会议室里与军官们进行着一次又一次颇有教育意义的谈话。

“我不信当今的科学技术能达到人工操纵气球的程度。眼下无论是做过试验的，还是刚刚提出的，世上所有的操纵系统，我都了解。但没有哪一个获得成功，没有哪一种能行得通。各位当然清楚，我必须关注这个对我很有好处的事儿。可是，用现在的力学知识所能提供的方法，我还无法解决这个难题，需要发明一种动力大、而重量又轻的发动机才行。但是就是有了这种发动机，人们也无法抵御强大的气流！到今天为止，人们一直侧重于研究如何操纵吊篮，而不是研究操纵气球，这是一种错误。”

“可是，”有人提出异议，“气球与船有不少相似的地方，可船能够随心所欲地驾驶。”

“当然不是，”弗格森博士回答道，“相似的地方很少，或许可以说根本没有。空气的密度比水的密度要小得多。船体只有一半没在水里，气球却整个儿在空气中，而且相对周围的气流而言气球是静止不动的。”

“那么，您认为航空学已经发展到尽头了吗?”

“不是！当然不是！应该找别的出路。即使人们不能驾驶气球，至少也能让它始终处在有利的气流里。气球升得越高，周围的气流便越均匀，流动的方向也越稳定。这时候，气流的运动已不再受地球表面起伏的高山峡谷干扰。诸位知道，这些山川峡谷恰恰是使风向和风力改变的主要原因。因此，一旦找准了气流带，剩下来要做的只是把气球停留在合适的气流中而已。”

“可是到那时候，”皮耐特舰长又说，“为了能始终待在有利的气流带里，气球就必须时常升升降降。亲爱的博士，这才是真正的困难所在。”

“亲爱的舰长，为什么这么说呢？”

“我们互相探讨一下吧。对于长途旅行而言，这是一个困难和障碍，但对于短途空中旅行而言就不是这么回事了。”

“能请您说明一下原因吗？”

“因为只有扔掉压舱物您才能上升；只有放掉一部分氢气您才能下降，而如果这样的话，您的压舱物和氢气没多久就会消耗殆尽的。”

“亲爱的先生，这正是问题的症结所在。如今留待科学去克服的就只有这个难题了。问题不在于如何操纵气球，而在于如何才能在不消耗氢气的情况下使得气球或升或降，因为氢气是气球的力量源泉，是气球的灵魂，是气球的生命之血，如果我可以运用这些措词的话。”

“您说的对，亲爱的博士。但是眼下，这种困难仍然无法解决，这种方法仍没有能想得出来呀！”

“对不起，已经想出来了。”

“谁想出来的？”

“我！”

“您？”

“是的。您很明白，如果想不出办法来，我是不会冒险做这次乘气球穿越非洲旅行的。不然，24 小时以后，我就会把气球里所有的氢气用光。”

“可是，在英国的时候，您可从没谈过此事呀？”

“没谈过。我不想在公共场合引起争论。我觉得这样做是毫无意义的。我暗中做了几次试验，结果非常令人满意，这就够了，又何必做什么宣传呢。”

“噢！亲爱的弗格森，我们可以有幸了解一下您的秘密吗？”

“行，先生们，我这就告诉你们。这是个十分简单的方法。”

听众们立刻把全部的注意力都集中到了博士身上。于是博士便有条不紊地讲了下面这番话。

第十章　前人的尝试

——博士的五只箱子
——氢氧燃气喷嘴
——加热设备
——操作方法
——必定成功

“先生们，长期以来，人们试图不消耗氢气、不扔掉压载物，而让气球自由升降。莫尼埃先生、法国的气球飞行爱好者，曾想通过压缩气球内空气容量的方法达到这个目的；比利时人埃克博士，用翅翼和小桨叶来产生一种垂直的力，想使气球随意升降，但大多数情况下，这种垂直力太小。用各种方法，他们取得的实际效果都不足为道。

“因此，我决定索性更直截了当地着手解决这个问题。首先，除非是在万不得已的时候，例如设备坏了，或为了避开出乎意料的障碍非得在瞬间升起不可，我根本就不打算采取利用压载物使气球升降的办法。

“我采用的升降办法仅仅是改变一下温度，使封闭在气球里的气体膨胀或收缩，由此即可达到目的。下面给你们谈谈我是如何做到这点的：

“你们已看见了，把吊篮搬上船的时候，还运上五个你们不知道做什么用的箱子。

“第一个箱子装了约 25 加仑的水，在水中滴几滴硫酸，增加水的导电性后，一个大电力的本生电池将水分解。你们知道的，水是由两个氢原子和一个氧原子组成的。在电池的作用下，氧经由阳极进入第二只箱子，第二只箱子上边放着第三只箱子，体积比头两只箱子大一倍，用来接收从阴极流入的氢，箱子上，分别有一个通向第四只箱子的开关。第四只箱子是混合箱，由水中分离出的两种气体就在这只箱子里混合。混合箱的体积约为41立方英尺。

“在箱子的上方，有一个白金管子，装有一个开关。先生们，这个设备就像一个氢氧火焰喷枪。它喷出氢氧混合气体燃烧时的热度，超过冶炼炉里炉火的温度。

“这些都准备好之后，我们再来看看这套仪器的第二部分。

“从密封的气体下部伸出两根管子，一根与球内上层氢气相通，另一根与下层氢气相通。两根管子每隔一段距离就有一个橡皮关节相连，使它们能经受得住气球的摆动。

“这两根管子直通到吊篮内的一个圆柱形铁箱中——这是加热箱，箱子两头盖着两个坚实的铁盘。

“气球下部伸出的管子穿过加热箱下面的金属盘进到这个圆筒状箱子中。箱子中的这部分管子做成螺旋状蛇形管。它们一圈叠一圈地盘起来几乎塞满了箱子的整个空间。蛇形管从箱子里伸出前先通到一个小圆锥体中。圆锥体的底部呈凹状，像个球冠，凸面朝下。

“先生们，你们知道室内取暖用的暖气设备是如何工作的：房间的空气被迫通过一些管子，经过加热后再放出来，温度就高多了。我刚才给你们描述的东西，老实说，只不过是一种暖气设备而已。

“事实上，情形会怎样呢？氢氧火焰喷枪的喷嘴一旦被点燃，蛇形管和凹状圆锥体中的氢气就会变热，它们快速沿着管子上升到气球的上部。这样一来下面就产生了一个空隙，空隙吸引更下层的氢气来填补它；接着这一部分氢气也变热，然后上升，再由别的氢气不断地来补充；就这样，氢气从气球里出来，然后又回到气球中，如此循环往复，不停地加热，形成了一股热气流沿着管道和蛇形管迅速流动。

“氢气的温度升高1度，体积就会增加480分之一，那么，把温度增加到18度，气球中氢气的体积就会膨胀480分之18，也就是说1674立方英尺。所以，它将排挤掉1674立方英尺的空气，增加160磅的升力，这就等于扔掉同样重量的压载物。假设把温度提高180度，氢气就膨胀480分之180，它将排挤掉16740立方英尺空气，升力将加大到1600磅。

“先生们，你们明白了吧，我的确可以轻而易举地打破气球的平衡。气球的体积就是用这种方法算出来的。气球里只要充一半氢气，它排出的空气重量就与氢气包囊的重量、载人及所有货物的吊篮的重量相等。把气充到这一步时，气球在空中就完全保持平衡了，既不上升也不下降。

“为了能够上升，我通过吹管的燃烧使球内氢气温度高于周围空气温度。温度越高，氢气的压力就越强；而气体膨胀得越多，气球体积便越大，升得也就越高。

“要下降的话，自然是降低吹管中的燃烧程度，让温度冷却下来。所以一般说来，上升的速度要比下降快得多。这恰好是个有利条件：我从来不需要快速下降，相反地，却要借助于迅速上升来避开障碍。危险总是来自于下面而不是上面。

“此外，正如我刚才说过的，我还预备着些压舱物，必要时可以使气球上升得更快。气球上部的活门不过是个安全阀。球内氢气的总量永远不变，只要靠着我在这个封闭的气体空间里制造的温度变化，就足可以随时控制升降了。

“现在，先生们，让我来补充以下几条实用的细节：

“氢气和氧气在喷嘴燃烧只会产生水蒸气。因此我在铁皮加热箱的下部装了一根排气管，管上有个能顶住两个大气压的阀门，一旦大气压力达到这个程度，蒸汽就会自动溢出。

“现在我要告诉你们几个精确的数字。按照水元素的构成，每 25 加仑水分解后，能产生 200 磅氧和 25 磅氢。在正常的大气压下，这相当于 1890 立方英尺氧和 3780 立方英尺氢，混合气总共就有 5670 立方英尺。我这个氢氧燃气喷嘴的开关完全打开时，每小时耗气 27 立方英尺，火焰温度至少比大的照明灯的温度高出 6 倍。平均算来，假设把气球停在不太高的空中保持不变，每小时用气不会超过 9 立方英尺。我带的 25 加仑水，就可以让我在空中飞行 630 小时，就是 26 天稍多一点儿。

“先生们，因为我能在途中随意降落补充储备水，所以，爱旅行多久我就能旅行多久，这就是我的秘密。很简单，简单得不能再简单了。我的方法就是使气球中的气体热胀冷缩，这方法不需要累赘的翅翼和机械动力。按我的要求使温度产生变化的一套加热设备，一个既方便又轻巧的加热用的氢氧燃气喷嘴，在我看来已经具备了成功的一切必要条件。”

至此，弗格森博士结束了他的讲话，全场响起了热烈的掌声，再没有人提出什么反对意见；博士已经预料到了一切，并且都一一进行了安排。

“不过，”舰长说，“这件事说来还是有危险的。”

“只要行得通，”博士回答道，“危险又算得了什么呢？”

第十一章 到达桑给巴尔

——英国领事
——当地居民的敌对情绪
——孔伯尼岛——“唤雨”
——气球充气
——4月18日的启程
——最后告别
——“维多利亚号”

一路上时不时吹起的和风护送着“决心号”运输舰飞快地驶向目的地。舰只航行在莫桑比克海峡时更是风平浪静。一帆风顺的航海使人对航空的成功也充满了希望。每个人都渴望快点到达桑给巴尔岛，想着为弗格森博士的准备工作尽最后一把力。

终于，从舰上可以望见坐落在桑给巴尔岛上的这座与岛同名的城市了。4月15日上午11点钟，“决心号”运输舰在码头抛下了锚。

桑给巴尔岛属于马斯喀特的伊玛目。这是个英法同盟，毫无疑问，桑给巴尔岛是该同盟最好的殖民地。来自邻近地区的大量船只在港口里驶进驶出。

该岛与非洲海岸之间仅有一条海峡相隔，海峡最宽处也不过30英里。

岛上常进行大规模的橡胶、象牙交易，尤其是买卖黑人交易，因为桑给巴尔岛是一个巨大的奴隶市场。内地各部落之间不断发生争战，首领们将自己擒获的俘虏都运到这里来卖。这种交易从整个东海岸一直延伸至尼罗河地区。G·勒让先生甚至有记载说，他曾看见有人在法国船只上公开进行这种交易。

“决心号”一靠港，驻桑给巴尔岛的英国领事便来到船上，表示愿意为博士效劳。一个月以前，他就从欧洲的报纸上得知了博士的计划，但若不是亲眼见到了博士，他还一直站在为数不少的怀疑派那边呢。

“我以前不相信，”他握着塞缪尔·弗格森的手说，“但是现在我不再怀疑了。”

他将博士和肯尼迪邀请到自己家中，当然也少不了忠实的乔。

领事照顾得十分周到。他还特地为博士拿出了几封斯佩克上尉的来信，上尉和他的伙伴们还没到乌戈戈国就已经饱受了饥饿和恶劣气候的折磨；他们现在正在极端困难的条件下继续着考察，但不再指望消息能被很快地送回国内了。

“这就是坐在气球上能够避免的危险和困难。”博士说。

三位旅行家的行李送到了领事的府上。大家打算把气球卸到桑给巴尔的海滩上。在信号柱附近有一个十分适宜的地方，那儿有一幢高大的建筑，可以使得气球免受东风的袭击。这高大的塔楼看上去就像是一只竖起来的木桶，著名的海德堡酒桶与它相比也不过是个小东西。这塔楼是当堡垒使的，平台上有几位手执长矛的俾路支人在站岗。这些俾路支人整日寻衅滋事，一无是处。

在往船下卸气球时，领事得到消息，岛上的居民想用武力来阻止这件事。一个想飞上天空的基督徒来到了岛上的消息惹怒了当地的居民。比阿拉伯人更容易激动的黑人认为这个计划充满了对他们宗教的敌意，他们认为来人是在打他们的太阳和月亮的主意。这两个星球可是非洲当地居民崇拜的对象，因此，他们决定阻止这次亵渎神灵的飞行远征。

对当地居民的这种激烈情绪深有了解的领事，急忙和弗格森博士及皮耐特舰长商议此事。固执的舰长不愿在威胁面前退却，可是，最终他的朋友弗格森博士使他理智下来。

“最后我们肯定是要把气球运走的，”博士说，“必要时，伊玛目的这些驻防兵们也许将协助我们。但是，亲爱的舰长，意外随时都可能发生。万一遭到了袭击，造成气球无法弥补的损坏，那样，也就无法进行探险了。所以，做事还是要万分慎重才好。”

“您说怎么办呢？即使我们在非洲海岸登陆了，也将碰到同样的难题！那时，怎么办？”

“再容易不过了。”领事回答道，“你们瞧，码头那边有许多小岛。把气球卸到随便哪个小岛上，周围再派上一些水兵把守，这样，你们什么危险也用不着冒了。”

“太好了！”博士说，“而且，做准备工作也很方便。”

舰长赞成这个建议。“决心号”随后驶近了孔伯尼岛。4 月 16 日上午，气球被安全地安置到树林中间一块长着青草的空地上。

人们在那里竖起两根高 80 英尺的木杆，两杆之间的距离也是 80 英尺。杆的顶端分别装有滑轮，一根绳子横跨两端，把气球吊了起来。这时候，气球还完全瘪着。里层的小气球与外层的大气球顶端相连，一同被吊了起来。在每一只气球的下部都装上了两根输送氢气的管子。

17 日整整一天都被用来安置制造氢气的成套设备。这套设备包括 30 只木桶，桶内通过废铁和硫酸的作用进行着水的分解。氢气经过净化后集中到中央大桶，又从那里由导管分别进入两只气球。总之，每只气球被充上的气体量都有严格的规定。

整个过程共需要 1866 加仑的硫酸、1650 磅的废铁和 966 加仑的水。

这项工作在次日晚上大约凌晨 3 点钟的时候开始，持续了将近 8 个小时。第二天，套上网罩的气球已经在吊篮上方优雅地晃动了，气球被大量的沙袋固定在地上。使气体膨胀的设备被十二分小心地安装在一起。从气球里伸出来的管子也成功地与圆柱形箱子连接在了一起。

锚、绳索、仪器、铺盖、帐篷、食物和武器放进吊篮里专为它们留出来的位置。储备水是在桑给巴尔岛准备好的。200 磅压舱物分别装在 50 只袋子里，放在吊篮的底部，不过伸手即可够到。

到将近晚上 5 点钟，这些准备工作才全部结束。整个过程中，卫兵们围着小岛不停地巡视，“决心号”运输舰的小艇也在海峡里来来回回游弋。

黑人们仍旧喊叫着，扭动身躯以表示他们的愤怒和不满。在激愤的人群中，巫师蹦来跳去，拼命煽动，几位愤怒不已的狂热分子甚至企图游上小岛，但他们都被卫兵轻而易举地赶了回去。

于是巫师们念起咒语，施起巫术；他们一向自称能够支配风云，这时候他们开始呼唤暴风雨和“石雨”（黑人们这样称呼冰雹）的来临，以助他们一臂之力。为此，他们从该国生长的各种各样不同的树上采集来树叶，用慢火煮沸，同时，他们还杀了一头绵羊，将一根长长的针刺入它的心脏。不过，尽管他们使出了浑身解数，天空依然晴朗，不见一丝云彩，无论他们是宰杀绵羊，还是呲牙咧嘴地扮怪相，始终没有收到任何效果。

于是这些黑人开始放纵自己，狂喝滥饮起来，他们不顾一切地猛喝"坦波"酒（一种从椰子树中提取的烈性饮料）和"托格瓦"（一种极易醉人的啤酒）。他们的歌喉虽然称不上优美动听，却极富节奏感，就这样他们一直折腾到夜幕深沉才渐渐散去。

晚上6点钟左右，三位旅行家与舰长及军官们聚集在"决心号"的餐厅里共进最后一顿晚餐。已没有人再向肯尼迪提问。他嘟嘟囔囔地低语着一些谁也听不清的话，眼睛紧紧地盯着弗格森博士。

可以说，这顿饭气氛很沉闷。离别的最后时刻就要来临，这使得众人十分伤感。这三位勇敢的旅行家会有什么样的命运呢？他们有一天能与朋友们重聚吗？他们能重新坐在家里的壁炉旁吗？假如他们的气球不巧坏了，假如他们成了野蛮部落的俘虏，落入那些不曾勘查过的地区，或落入一望无垠的沙漠里，他们会有什么样的结果呢？

这些想法以前还只是零零散散地在人们头脑中闪现过，并没引起多大注意，现在，却大大激发起人们的丰富想象。向来沉着冷静的弗格森博士东拉西扯，没话找话说，想尽力消除笼罩在大家心头的忧郁之情。然而，他白费了口舌，一切努力都是徒劳的。

因为怕黑人会对博士和他的旅伴采取什么行动，三个人夜里全都睡在了"决心号"上。早晨6点，他们离开船舱，回到了孔伯尼岛。

气球在空中轻轻地随风摇曳。原来用来固定气球的沙袋现在换成了站在地面上拉着气球的20名水兵。皮耐特舰长和他的军官们参加了这场隆重的出发仪式。

就在这个时候，肯尼迪径直走到博士面前，拉住他的手，问道：

"塞缪尔，你真的决定要出发了？"

"迪克，早已决定了。"

"为了阻止这次探险，我能做到的都做到了吗？"

"都做到了。"

"好的，这样我就放心了。我陪你走。"

"我知道你会这么做的。"博士脸上流露出了激动的表情。

告别的最后时刻到了。舰长和他的军官们热烈地拥抱了他们勇敢无畏的朋友。9点，三个人登上吊篮，博士点燃了氢氧喷头。几分钟之后，气球开始上升了。

“朋友们，”博士站在两位伙伴中间，脱下帽子，喊道，“让我们给我们的空中飞船取一个能给她带来好运的名字吧！就叫她‘维多利亚号’吧！”

回答他的是一片惊天动地的欢呼声。

“女王万岁！古老的英国万岁！”

这时，气球的升力不可思议地越来越大，弗格森、肯尼迪和乔最后一次向朋友们挥手告别。

“全部松开吧！”博士喊道。

话音刚落，“维多利亚号”便迅速升入高空，与此同时，“决心号”上的四门大炮同时鸣放，向他们致意。

第十二章　飞越海峡

——姆利马
——肯尼迪的话和乔的建议
——煮咖啡的秘诀
——乌扎拉莫——不幸的麦桑
——杜图米峰——博士的地图
——仙人掌上的夜晚

空气清新，和风阵阵，“维多利亚号”几乎是笔直地蹿向高空。气压计上的水银柱降低了一英寸零十分，也就是说，气球离地面已经有1500英尺了。

这时，一股更强大的气流把气球往西南方向送去。展现在眼前的是怎样一幅美景啊！桑给巴尔岛尽收眼底，远远望去，仿佛只是一张巨大的地球平面图上一个深色的小点；田野成了一块块浓淡不一的色斑，森林则变成一个个巨大的树丛。

岛上的居民看上去比昆虫大不了多少。欢呼声和喊叫声渐渐地消失在远方，只有“决心号”的炮声还隐约可闻，传到气球下面的吊篮里。

“多么美妙啊!”乔首先打破沉默，说道。

没有人回答他。博士在忙着观察气压表上的变化，还要将上升过程中的每一个细节记录下来。

肯尼迪只顾欣赏美景，恨不能多长两只眼睛，将所有的景色都尽收眼底。

阳光的照射帮助了燃烧。球内气体压力增大，“维多利亚号”上升到2500英尺的高空中。

“决心号”只有一艘小艇那么大了，非洲海岸成了一条泡沫翻滚的巨大的花边。

"主人，您不说点什么吗?"乔问。

"我们先看吧。"博士边说，边把他的望远镜对准非洲大陆。

"那么，我可要说说啦。"

"想说就说吧！乔，你高兴说什么就说什么。"

于是，乔自得其乐地在那里大呼小叫起来。他启动双唇模拟出各种声音：哦噢！哎嗨！啊哈！

飞越大海时，博士认为气球保持这个高度正合适，他可以在最大范围内观察海岸线。悬挂在半掩半开的帐篷内的温度计和气压表始终在他的视力范围内。另一只气压表安放在帐篷外面，那是夜间值班时用的。

"维多利亚号"以每小时 8 英里多点的速度飞行，两个小时过去后到达了非洲海岸上空。博士拧小了喷嘴的火头，决定靠近地面。很快，气球下降到离地面 300 英尺高的地方。

他们现在处在姆利马地区的上空。这是非洲东海岸这一部分地区的名字。茂密的芒果树林防护着这一带海岸。正值退潮的时候，可以清楚地看到裸露在地面上的密密麻麻的芒果树树根。它们曾受到印度洋海水的侵蚀。在远方天边，露出一个个圆包状的沙丘，它们构成了从前的海岸线。恩古鲁山的山峰就耸立在西北方。

"维多利亚号"从一个村庄旁飞过。根据地图，博士认出这是考尔村。一看见气球，全村居民立即聚集起来，发出愤怒和恐惧的吼叫声。箭纷纷徒劳地射向这个空中怪物，而它依旧在这些无能为力的狂热者头顶上庄严地摇来摆去。

风向转成南风，但博士并没有因此而感到不安，因为这样他反而能更好地沿着伯顿上尉和斯佩克上尉曾经走过的路线前进。

到后来，肯尼迪变得和乔一样健谈，他们俩不停地交换意见，大发感慨。

"公共马车算什么！"一个说。

"还有轮船！"另一个说。

"火车！嗨，靠边站吧！"肯尼迪说，"坐在火车上，你连沿途的风景都看不上！"

"还是气球好！"乔接过话茬，"你就感觉不到在动。不用费劲，大自然就展现在你眼前了。"

“多美的景致！多么令人赏心悦目！多么令人心醉神迷！真像躺在吊床上做的一个梦。”

“我们是不是吃点早餐?”乔问。大自然的空气使他有了胃口。

“好主意，小伙子。”

“看我的！花不了多少时间做饭，有饼干和干肉。”

“还有想怎么喝就怎么喝的咖啡。”博士接着说道，“我现在允许你，在我的氢氧喷嘴上借用一点热气，热气有剩余，而且，我们没有必要担心发生火灾。”

“如果发生火灾，那太可怕了!”肯尼迪说，“我们头上的气球就是一个火药库。”

“不完全，”弗格森答道，“但是氢气如果燃了起来，毕竟它会一点点烧尽，那时我们可以降到地上，这的确让人沮丧。不过。不用害怕，我们的气球密封很严。”

“那好，吃饭吧。”肯尼迪说。

“先生们，饭好了，”乔应道，“我可以边煮咖啡边吃。我煮的咖啡你们会赞不绝口的。”

“是这样的，”博士证实道，“乔有着许多本事，他的拿手好戏是准备这种美味饮料。他把各个产地的不同咖啡掺和在一起，煮出来很好的味道。可他从不让我知道，是如何弄的。”

“好吧！主人，我们既然是在上不着天、下不着地的空中，我就把秘诀透露给你们。这种咖啡的确是用相等分量的几种咖啡调制的。它们分别是木哈咖啡、波旁咖啡和里奥·努内咖啡。”

不一会儿，热气腾腾的三杯咖啡端了上来。在伙伴们谈笑风生的欢快气氛中，一顿营养丰富的早餐就结束了。饭后，他们随即回到各自的观察岗位上。

气球经过的这个地区看来非常肥沃。一条条蜿蜒细长的羊肠小道在拱形树荫下时隐时现。往下看，田里种植的烟草、玉米和大麦已进入成熟期。远近到处是大块大块的稻田。盛开着红紫色稻花的水稻，茎直叶壮；绵羊和山羊被圈养在用支柱架起来的大笼子里，这使得它们得以免遭豹子的猎食。茂盛的草木在这片慷慨的土地上显得杂乱无章。“维多利亚号”的飞临在许多村庄里引起极大的骚动。村民们惊骇万分，又喊又叫乱成一团。每当这时，弗格森博士总是十分谨慎地使气球保持在弓箭射程之外的高度上。村民们聚集在他们毗连的茅屋周围，嘴里不停地念着没有任何作用的咒语，一直到气球无影无踪。

中午时，博士查了查地图，确定他们正飞临乌扎拉莫国上空。遍地都是椰子树、番木瓜树和絮菊属草，气球从上空飞过，像鸟儿一样怡然自得。乔认为这些漂亮的植物长在这里是理所当然的，因为它们是在非洲嘛。肯尼迪发现了一些兔子和鹌鹑，见他们飞来毫不惊慌，便断定它们是欠吃他的枪子儿，不过既然没时间下去拣猎物，那还是不要浪费子弹为好。

中午时，博士查看地图后断定现在他们是在乌扎拉莫国的上空。探险家们以每小时 12 英里的速度继续前进，很快就到了位于东经 38 度 20 分的通达村上面。

“就在这里，”博士介绍说，“伯顿和斯佩克得了厉害的热病。他们一度认为自己无法继续探险下去了。当时，他们离海岸还不是很远，但已饱尝疲劳、食物匮乏之苦。”

的确，这个地区疟疾长年横行。博士只好把气球上升到这块潮湿土地的瘴气上面，以避免被传染上这种疾病。现在，灼热的阳光正使这种瘴气向上蒸发。

有时，他们可以看到一支沙漠商队停在“克拉阿尔”休息，待夜晚凉爽时再重新上路。这是一种周围用篱笆和树丛圈起的空地，商人们在那里不仅能躲过猛兽的袭击，还能防御当地部落的抢劫。一看到“维多利亚号”，土人们便四下奔窜起来。肯尼迪很想靠近点儿仔细看看他们，但弗格森总是反对。

“酋长们手里都有火枪，”博士解释说，“而我们的气球会成为一个靶子，很容易被穿个洞的。”

“一个子弹孔就会让气球坠落吗?”乔不解地问。

“不会马上坠落。但这个弹孔会成为一个大口子，我们所有的氢气都会从那儿跑光的。”

“那么，咱们就离这些异教徒远点吧。看到咱们在空中翱翔，他们该怎么想呢？我敢肯定，他们禁不住要崇拜我们了。”

“让他们崇拜去吧。”博士答道，“但是，还是离他们远些好，反正我们占着上风呢。看，下面已变了样，村子越来越少，芒果树也没有了。在这个纬度上，草木已不能生长，地面变成了丘陵地带，这使人预感到随后就要进入山区了。”

“是的，”肯尼迪说，“从这里我好像看到了几座山冈。”

“西边吗……那是乌里扎拉山的几条山脉，那是杜图米峰。我希望我们躲在这座山后过夜。我再把氢氧喷头的火力开大点，我们需要保持在五六百英尺的高度上。”

“先生，还是您发明的这个灵巧机关好，真了不起！”乔由衷地赞叹道，“它既好使又不累人，只需拧拧开关就全解决了！”

“这下子我们更舒服了。”气球升上去后，猎人说，“太阳照在红沙上映得真让人受不了啦。”

“多漂亮的树啊！”乔喊了起来，“尽管在这儿算不了什么，可它们实在是太美了！这种树要不了一打就是一大片树林了。”

“那是猴面包树，”弗格森博士说，“看，那是一棵仅树干就有一百英尺粗的树。1845 年，法国人麦桑也许就是在这棵树下被当地人杀害的，现在我们就是在当年麦桑只身冒险到过的莫拉村上空。他被这个地区的酋长抓住，绑在一棵猴面包树上。在战歌声中，那个残暴的黑人慢慢地把他的关节割断。而后又把刀搁在他的喉咙上，因为觉得刀钝，又停下来磨刀。最后，这位不幸者的脑袋竟然不是被割下，而是用手硬拽了下来。可怜的麦桑，那时只有 26 岁！”

“这样残酷的暴行，难道法国政府竟没有采取报复行动吗？”肯尼迪问。

“法国当然要求严惩凶手，桑给巴尔的统治者想尽一切办法来捉拿罪魁祸首，不过都是白搭。”

“我请求路上别停留，”乔说，“我的主人，我们升上去吧，如果您认为我说的对，我们就升上去吧。”

“乔，我更愿意升上去，因为杜图米峰就要出现在我们眼前。如果我计算得准确的话，在今晚 7 点前，我们将越过这座山。”

“夜里我们不飞吧？”肯尼迪问。

“不飞，晚上尽可能不飞。我们只要小心警惕，就不会有危险。但仅仅飞越非洲大陆是不够的，因为我们还要考察非洲。”

“截至目前，我们还没有什么可抱怨的烦心事，主人。这里不是荒漠，而是世界上最适合耕种、最丰饶肥沃的地区！人们竟然相信那些地理学家的信口开河！”

“等着瞧吧，乔！我们慢慢地就会弄个水落石出的。”

晚上6点半，“维多利亚号”飞到了杜图米峰前面。要飞过该峰，气球就必须上升3000多英尺。仅仅把温度升高了10摄氏度，博士就达到了目的，“维多利亚号”紧贴着山顶飞过。

8点钟时，气球翻过了山，在坡度较缓的另一面下降。锚从吊篮里被抛了出来。其中一个正好碰上了一棵巨大的仙人掌，便牢牢地钩在了上面。乔立刻沿着锚索滑下去，而后把它结结实实地绑在仙人掌上。软梯扔了下来，乔敏捷地爬回了吊篮。东风被山挡住了，气球几乎纹丝不动。

晚餐已经准备好了。被空中漫游所激动的旅行家们兴致勃勃，一下子把带来的食物吃掉了许多。

“我们今天走的是什么路线?”肯尼迪一面问，一面大口大口地嚼着。

博士观察了一下月亮的位置，又查了查为他指示方向的地图，确定了气球现在的方位。这本名为《非洲最新发现》的地图册是他的朋友彼得曼在德国哥达出版，并特意赠给他的。博士在整个旅行过程中都在用这本地图，因为它里面有伯顿和斯佩克在大湖区走过的路线图，有根据巴尔特博士的材料绘制的苏丹地图，有根据纪尧姆·勒让的介绍画的塞内加尔河下游的地图以及贝吉博士画的尼日尔河三角洲的地图。

弗格森还带了一部汇集尼罗河所有已知材料的著作，即《尼罗河探源：尼罗河流域及其源头概述，附尼罗河发现史》，作者是查尔斯·贝克。

另外他还带了曾刊登在《伦敦地理学会学报》上的一些精美地图，这样一来，已经发现的地区就没有一丝一毫的印迹可以逃过他的眼睛了。

在往地图上做标记时，他发现他们已经前进了两度，换句话说，就是向西飞了120英里！

肯尼迪注意到他们在往南飞去。不过，博士对此倒挺满意。他想尽可能探查清楚以前的探险家们走过的路线。

博士决定夜里分成三班轮流值班，以保证大家的安全。博士值 9 点到 12 点的班，肯尼迪是 12 点到第二天清晨 3 点，乔是 3 点到 6 点。

于是，肯尼迪和乔裹上被子躺到帐篷里，安然入睡，而弗格森博士则密切注视着周围的动向。

第十三章　天气变化

——肯尼迪发烧——博士的药
——陆地旅行——鲁伯霍山
——在6000英尺的高度——白天的中途休息

一夜平安无事。但是,星期六清早一醒来,肯尼迪就四肢无力,全身发热烧得直打战。天气在变化,厚厚的乌云覆盖了天空,老天爷似乎在积蓄能量,准备来场滂沱大雨。他们正待在曾戈麦罗这个阴暗的地区,这里一年到头雨下个不停,或许只在1月份有半个月晴朗的日子。

大雨倾盆说来就来,劈头盖脸地向三个探险者扑来。他们下面的道路,被一股短时急流冲成许多段,一下子就变得寸步难行了,何况,路面上到处都长满了多刺灌木丛和杂乱的藤本植物。伯顿上尉谈到的那种浓重的硫化氢气味,在空气中散发着。

"伯顿说的话确实有道理,"博士讲,"每丛荆棘的后面都像隐藏着一具尸体似的。"

"真是个糟透的地方。"乔答道,"我觉得肯尼迪先生的身体似乎不舒服,无法在此过夜。"

"的确如此,我烧得很厉害。"猎人承认。

"这没什么大惊小怪的。亲爱的肯尼迪,我们现在是在非洲最有害于身体健康的一个地区。你放心,我们不会在这儿待很久的,上路吧!"

乔身手敏捷地爬下去,把锚解下,又攀着软梯爬回了吊篮。博士使气球迅速膨胀,"维多利亚号"便在一阵强风的推动下升上了天空。

在这片充满瘴气的雾中隐约显出几间茅屋的影子。地面上的景致又换了副样子。在非洲,容易害病的地区往往紧挨着完全有利于健康的地区。

肯尼迪显然十分难受,疟疾折磨着他强壮的身体。

“病得可真不是时候！”他把自己裹在被子里，躺在帐篷底下嘟哝着。

“耐心点儿，迪克，你很快就会挺过去的。”博士说。

“挺过去！天哪，塞缪尔，如果你那旅行箱里有什么药，可以让我重新站起来的话，那就快快拿出来吧。我要闭着眼睛把它吞下去！”

“噢，我能做得比那更好，迪克老友，因为我可以给你一副不用花钱的良药。”

“是什么药呢？”

“非常简单。我只需将气球升到正袭击我们的这一云层上面就可以了，使你远离这种有害健康的空气。请你给我 10 分钟时间，好让氢气膨胀起来。”

还没到 10 分钟，旅行家们已经冲到了云雨带上面。

“肯尼迪，再坚持一会儿，你很快就能感觉到纯清空气和阳光的作用了。”

“原来是这么一副药！”乔恍然大悟，“真不可思议！”

“不对，这很正常的嘛。”

“噢！既然你说正常，我就不怀疑。”

“啊，竟然这样！我们的气球看来是个天堂喽！”这时，肯尼迪已经舒服了一些。

“不管如何，它正带我们去天堂。”乔认真地说。

此刻，吊篮下面密布的乌云，形成了一个奇异的景观：它们在绚丽的光辉下，映着阳光，不停地翻来滚去。“维多利亚号”已到达 4000 英尺的高空，从气球上已看不见大地。在西方约 50 英里的地方，露出鲁伯霍山洒满阳光的顶峰。那就是乌戈戈国的边界，位于东经 36 度 20 分。风以每小时 20 英里的速度吹着，而三个探险者丝毫也没察觉到。

3 小时后，博士的预言成了现实，肯尼迪已没有任何烧得发抖的感觉，而且有胃口吃饭了。

“这办法真不错，比吃奎宁片还有用。”他满意地说。

“以后，”乔好像下了决心，“我就来这里养老。”

上午 10 点左右，天空放晴。云中开出一道缝隙，地面又出现了。“维多利亚号”稍微向地面靠近了一些。弗格森在寻找着一股能把气球吹往东北方向的气流。在距地面 6000 英尺的地方，终于找到了这种气流。此时的地表看上去崎岖不平，山岳峰峦此起彼伏。曾戈麦罗地区也随着这个地带的最后几棵椰子树一起，在东方消失了。

不多时，一条条高低不等的山岳屹立在眼前。随处可见一个个山峰，必须多加小心，避开那些随时都有可能冒出来的锐利尖峰。

"我们现在置身于暗礁丛中了！"肯尼迪说。

"冷静点儿，迪克，我们完全能够避开它们的。"博士平静地回答道。

"不管怎么说，这种旅行方式倒是蛮有趣的！"乔以一贯的兴味盎然的口吻说道。

的确，博士操纵气球的技术令人赞叹。

"假如我们在这样泥泞不堪的路面上前进，"他说，"我们都会陷进污泥里，步履艰难，困苦不堪。从桑给巴尔动身走到这里，恐怕一半的牲口已经累死，我们的样子也会人不人鬼不鬼的，而且一个个灰心丧气，早就绝望了。我们会不断地与向导、脚夫发生冲突，在他们肆无忌惮的粗暴言行下忍气吞声。白天，那潮湿的热气蒸得你头昏脑涨，难以支撑；夜晚，寒冷常常使你无法忍受。再说，还有蚊蝇的叮咬。它们的尖牙利嘴能刺透最厚的布，而且能把人叮得发疯！光这些就够受的了，更不要说什么猛兽和残暴的土人了。"

"我请求咱们别去尝试步行。"乔爽直地回了一句。

"我并没有夸大其词，"博士接下去说，"在看那些英勇无畏的探险者们的叙述时，我的眼泪总是会不由自主地涌上来。"

快 11 点了，气球飞过了依芒热流域。散布在小坡上的土人们举起武器，冲"维多利亚号"发出无可奈何的威胁。气球终于到了鲁伯霍山前面最后一片起伏的高地。它们形成了乌里扎拉山的第三条、也是最高的一条支脉。

三位气球驾驶员仔细地记录下了该地区的地形构造。在上面提到的三支支脉中，杜图米是第一支，它们之间被一片纵向广阔的平原隔开。这些高山由一些圆锥形山峰组成。山峰之间的地面上密布着瓦砾和卵石。这些山脉中最陡峭的斜坡与桑给巴尔海岸遥遥相望，不过西坡只是倾斜的高原而已。低洼地里覆盖着一层黑油油的沃土，草木在沃土上茁壮成长。在大片大片的无花果树、罗望子树、葫芦树和棕榈树树丛里，大大小小的水流辗转向东流淌，最后汇入金加尼河。

“注意!”弗格森博士喊道,“我们已经接近鲁伯霍山了。这个山的名字在当地语言里的意思是‘风道’。我们要把气球升到一定高度,躲过那些尖峰。如果我的地图记载得准确的话,我们至少要升到5000英尺以上的高空。”

“我们经常要升得那么高吗?”

“很少。非洲山脉的海拔高度与欧洲和亚洲的比起来并不算高。不过不管怎样,我们的‘维多利亚号’要飞过去是不成问题的。”

不一会儿,气体在燃烧作用下膨胀起来,气球飞快地向上升去。氢气的膨胀不会带来丝毫危险,因为气球庞大的容积内现在只有四分之三的气体。气压计上的水银柱降下了8英寸左右,说明气球离地已经有6000英尺了。

“我们这样要很久吗?”乔问。

“地球的大气层有6000托瓦兹厚,”博士答道,“用大体积气球可以飞很高。布利奥希和盖·日萨克曾做过试验,但他们飞得太高了,以致嘴巴和耳朵都往外流血。空气稀薄,呼吸就困难起来。几年前,两个勇敢的法国人巴拉尔和比克西奥冒险升到很高的区域,可是他们的气球被撕破了……”

“那他们掉下来了?”肯尼迪迫不及待地问。

“当然!不过学者自有学者的掉法,他们一点也没受伤。”

“那好呀,先生们,”乔说,“你们乐意的话,尽管像他们这样掉下去好了;可是我呢,我可没有什么学问,还是老老实实地待在中间位置吧,既不飞得太高,也不飞得太低。一个人的野心不能太大。”

在6000英尺的高空,空气密度已经明显降低;声音传播困难,说话也听不大清楚;下面的物体变得模模糊糊,只看见一大团一大团的东西,难以确定是什么;人和动物根本看不见了;道路像根鞋带,湖泊成了小水塘。

博士和他的同伴都感觉自己的状态不大正常。一股强劲的气流带着他们飞过一座座荒山峻岭。山顶覆盖着大片大片的积雪,让人看了眼花。群山间道道纵沟、条条凸脊的模样显示出远古初始水在造山运动中的作用。

头顶艳阳高照,阳光垂直照射在这些孤寂的山峰上。博士详尽准确地记录下这些山脉的构造,该山由四条不同的岭构成,这四条岭几乎处于一条直线上,其中最北边的那条最长。

“维多利亚号”很快便在正对着鲁伯霍山背面的山坡降下了高度,该山坡绿树成荫,郁郁葱葱。接下来便是道道峦岭和峡谷,呈现出一片荒凉,乌戈戈国的前沿就是这样一派景象;再往下去是黄色的平原,在酷热下,土地干裂,焦渴难耐,到处都是一丛丛盐性植物和带刺灌木丛。

一些远望成林、近看稀稀落落的矮树点缀在地平线上。博士把气球贴近了地面。锚扔了下去,其中一只很快挂住一棵硕大的埃及无花果树的枝杈。

乔顺着锚索飞快地滑到树中,小心翼翼地把锚固定好。博士让氢氧喷头继续喷着火好使气球保持着一定的升力浮在空中。这时,风几乎突然平息了下来。

“现在,”弗格森说,“拿上两支枪,肯尼迪。该你们去试试啦,弄回来几块嫩羚羊腿肉当我们的晚饭。”

“打猎啦!”肯尼迪高兴地跳起来。

他翻过吊篮,迅速来到地面。早已抓着树枝打秋千似的冲下树的乔已经在那里等他了。

“我的先生,您可别飞走。”乔边跑边叫道。

“放心吧,小伙子,我会牢牢地看住咱们的气球。我打算把笔记整理一下。祝你们打猎愉快。一路要小心啊!另外,我在这儿注意观察周围的动静,一有可疑情况,我就用马枪放一枪,这是咱们集合的信号。”

“一言为定。”猎人应道。

第十四章　桉树林

——蓝羚羊——集合信号
——突然袭击——卡涅梅
——空中过夜——马彭古鲁
——吉乌拉姆考——储备水
——抵达卡泽赫

这是个干旱少雨的地方，黏土质的地层在炙热的阳光照射下裂开一道道缝隙，显得分外荒凉。不时地可以发现有沙漠旅队在这里经过的痕迹。人和兽的白骨腐烂成堆，在灰尘里混杂在一起。

走了半个钟头以后，迪克和乔钻进了一片桉树林。他们把手指扣在扳机上，两眼四处搜寻，不知撞上的将会是什么猎物。乔并非射手，却有一手好枪法。

“肯尼迪先生，走一走倒很不错，只是这个鬼地方太不好走了。”乔跌跌撞撞地踩着满地的石英石碎块，说道。

肯尼迪向他打了个让他站住别出声的手势。要知道，不带狗打猎，要多费不少气力。无论多么灵巧，乔也不可能有短毛垂耳猎犬或猎兔狗那样灵敏的鼻子。

十几只大羚羊，正在一条尚剩下几洼死水的河床里饮水。这群温雅的动物显得十分不安，好像预感到有危险。每喝一口水，它们都要敏捷地昂起美丽的头，掀动鼻孔，顺着猎人站的风向，使劲闻着空气。

乔站在那里一动不动，肯尼迪绕过几簇树丛，走到射程之内开火了。羚羊群转瞬间消失得无影无踪，唯独一只肩部挨了一枪的公羚羊倒下死了。肯尼迪急忙跑向猎获物。

这是一只南非大羚羊，身子是近似发灰的浅蓝色，肚子和大腿内侧的颜色雪一样白，真是头漂亮的动物。

“这一枪打得真是地方!”猎人欢呼道,“这是一种十分罕见的动物,我要把皮好好剥下保存起来。”

“啊！您真想这么做吗,肯尼迪先生?”

“当然啦！瞧瞧,多好的毛啊!”

“但是,弗格森博士绝不会答应带这么个额外负担的。”

“说得对,乔！不过把一只这么漂亮的动物整个扔掉,实在让人心里不痛快。”

“整个扔掉?不,肯尼迪先生,不是全扔掉。我们要取下它身上最有营养的好肉。如果您允许的话,我来干完这活,保证干得和令人尊敬的伦敦屠宰行业工会会员一样好。”

“随你便,朋友。不过你应该知道,一个猎人剥皮的本事可不会比打死一只动物的本事来得差。”

“我完全相信,迪克先生。现在,您要是方便的话,去找三块石头搭个炉灶吧。枯柴到处都是。我过会儿就要到您这儿用火了。”

“很快就好。”迪克答应道。

他立刻动手搭起了炉灶。没过一会儿,火苗便蹿了起来。

乔从羚羊身上割下十来块排骨和几块最嫩的里脊。不一会儿它们就变成了香喷喷的烤肉。

“塞缪尔·弗格森会对这些东西感到高兴的。”猎人说。

“肯尼迪先生,您知道我现在在想什么吗?”

“当然是想你干的事,想你的烤羚羊排啦。”

“完全不是的！我在想,如果我们回去找不到气球了,该是什么样子。”

“瞧你说的,想哪儿去了！你想要博士扔下我们吗?”

“当然不想啦。但是如果不巧气球脱锚了呢?”

“不可能。再说,弗格森不会没有办法再把气球降下来的。他操纵气球相当有一手。”

“但是,如果风把气球吹跑了呢?如果气球没法回到咱们这儿来呢?”

“得了,乔,别再胡思乱想了。你那些乌七八糟的假设尽让人扫兴。”

“哎,先生,这个世上发生什么事都很正常。既然什么都可能发生,还是应该多想想……”

乔的话音刚落，空中传来一声枪响。

“哎呀！”乔失声叫道。

“是我的马枪！我听得出它的声音。”

“是信号！”

“我们有危险。”

“也许是他。”乔猜测道。

“快走！”

两位猎人收拾好猎物，迅速沿来路往回奔，来的时候他们折断了沿途的灌木和大树枝作为记号。茂密的矮树丛挡住了他们的视线，虽然明知道离气球并不远，却看不见它的踪影。

这时又传来第二声枪响。

“我们得快点儿！”乔说道。

“听，第三声！”

“在我听来，他似乎是在自卫。”

“我们快走！”

他们拼尽全身的力气向前跑去。冲到树林边上时，他们一眼就瞧见气球还在老地方，博士还待在吊篮里。

“到底发生了什么事？”肯尼迪问。

“上帝啊！”乔叫了起来。

“你看见什么了？”

“那里，一群黑人把气球包围起来了！”

的确，距他们两英里处，三十来个人正在气急败坏地手舞足蹈、大喊大叫，在无花果树下蹦跳不止。有几个爬上了树，已经接近了最高的枝条。危险迫在眉睫了。

“主人完了！”乔叫道。

“冲上去，乔，冷静点，看仔细些。我们先干掉这群黑鬼里面的四个。走！”

他们以惊人的速度跑了一英里。这时，吊篮里又响了一枪，一个爬上锚索的家伙被击中，从一个树杈掉到另一个树杈上，最后挂在离地面20英尺高的地方，四肢在空中摇来摆去。

“哎哟!”乔惊讶地停下脚步说,“这个家伙挂在那儿,怎么掉不下来啊?”

“管他呢,”肯尼迪答道,“快跑!快跑!”

“喂,肯尼迪先生!”乔放声大笑,“它是用尾巴挂住的,的确是用尾巴!是只猴子!原来它们不过是群猴子!”

“总比是人好多了。”肯尼迪向吱吱乱叫的猴群冲了过去。

这是群鼻子和嘴像狗、凶猛而粗暴、令人生畏的狒狒。它们看上去很可怕,但是,几声枪响就轻而易举地制伏了它们,留下了好几具同类的尸体,很快就四处逃窜了。

转眼间,肯尼迪抓牢绳梯,乔爬上埃及无花果树,摘下了锚。吊篮一直降到他面前,乔毫不费力地爬了进去。几分钟之后,“维多利亚号”升到空中,在轻风的吹动下向东飘去。

“真是一场突然袭击!”乔说。

“我们还以为你遭到土人的围攻了呢。”

“幸好只是一群猴子!”博士答道。

“亲爱的弗格森,从远处可看不大出来。”

“近处看区别也不大。”乔附和道。

“不管怎样,”博士接着说,“猴子的这种攻击也可以造成严重的后果。如果在猴子的反复摇晃下,锚被拉了出来,谁知道风会把我带到哪儿去。”

“肯尼迪先生,还记得我当时怎么给您说的吗?”

“乔,你说的对。不过,对是对,当时你正在烤羚羊排,我呢,看见它就已经嘴馋了。”

“这我完全相信,”博士答道,“羚羊肉确实美味可口。”

“您可以判断一下是不是这样,先生。晚餐准备好了。”

“我发誓,”猎人说,“这些肉有种独一无二的香味。”

“那好,我就靠吃羚羊肉过一辈子了。”乔嘴里塞得满满地说,“要是能添上一杯甜酒帮助消化的话,那就更棒了。”

乔立刻就去准备这种饮料。三个人又津津有味地品尝起来。

“到目前为止都还算顺利,”乔说。

“非常顺利!”肯尼迪又强调了一下。

“您瞧，迪克先生，您还后悔和我们一起来吗?”

“我倒要看看谁能拦得住我!”猎人神态坚决地答道。

这时是下午4点，“维多利亚号”遇到了一股更快的气流。下面的地势不知不觉地升高了。很快，气压柱上显示出了海拔1500英尺的高度。为了维持气球在这个高度上飞行，博士不得不使气体大大膨胀。燃烧嘴上的火焰始终很旺。

7点钟，“维多利亚号”飘到了卡涅梅盆地的上空。一个个村庄，在猴面包树和葫芦树的树丛中隐藏着，博士马上认出方圆10英里大小的这块广阔的开垦地，是乌戈戈国一位苏丹的王宫。乌戈戈国的文明发展或许并不那么落后，这里很少有卖自己家庭成员的事，但人畜仍然同住，生活在没有框架、像个干草垛的圆形茅屋里。

越过卡涅梅盆地以后，土壤变得干燥，地上布满石子，不过经过一个小时的旅行，在距离姆达布鲁不太远的一块肥沃的洼地里，草木又生机勃勃地长了出来。随着夜幕的低垂，风也止了，大气层似乎也进入了睡眠状态。博士想在不同的高度寻找出一股强气流，却没能成功，最后，看到大自然的一切都风平浪静，他便决定在空中度过这一夜。为了更加安全起见，将气球上升到1000英尺的高空，在这样的高度气球完全保持一动不动。夜空美丽，繁星点点，高空中更是静谧异常。

迪克·肯尼迪和乔安稳地躺在自己的铺上，很快坠入了梦乡。博士依然值第一班。午夜时分，苏格兰人替换了他。

“哪怕出现一点小意外，也要喊醒我。”博士向肯尼迪交代说，“尤其是眼睛别离开气压表，它可是我们的罗盘!”

夜里冷了起来，白天和夜晚的温度差达到27度(14摄氏度)。

第二天早上，弗格森博士接班时观察了一下他的罗盘，发现风向在夜间有所变化。“维多利亚号”在这两个小时中向东北方向飞行了三十多英里。现在，它正经过马彭古鲁的上空。这是个多石的地区，美丽光滑的花岗岩随处可见，如驴背一般拱在岩石块的顶部。一座座锥形的小山矗立在地面上，就像远古时代的石桌坟。水牛和大象的白骨四散成堆。这里树木很少，但东面有几片幽深的树林，庇护着藏在其中的村落。

7点钟，下面一块面积约两英里大小的圆形岩石显现。它的形状像一个大乌龟壳。

“我们没有走错方向，”博士说，“这就是吉乌拉姆考，去那儿我们休息一会儿。我准备更换储备水，用来供给氢氧喷嘴用，那是不可少的。试一试看，我们能不能钩住哪儿。”

“树太少了。”肯尼迪说。

“我们试一下。把锚扔下去，乔。”

升力逐渐减小，气球接近了地面。锚在地上迅速地移动，不久，一只锚爪卡进一条岩石缝里，“维多利亚号”停下不动了。

别以为博士会在休息时把火完全熄掉，气球的平衡是用海拔高度为零时计算的，海拔高度不一样，气球平衡的条件就会有变化。地势既然一直升高，最后海拔达600至700英尺，假如仍按气球的平衡条件在海拔零度时计算，它就要越飞越低，最后比地面还要低得多。所以，气球需要依靠把氢气膨胀到一定程度，才能维持在空中掉不下来。只有在没有一点儿风时，博士才让吊篮降落在地面上。这时，因少了大量压载的重物，气球才可以不靠氢氧喷嘴的帮助而停在空中。

地图标明，在吉乌拉姆考的西坡上有一些大水潭。乔拿着桶独自去了那里。这个桶可以盛10加仑水。他毫不困难地找到了水潭，那地方距一个荒废了的小村庄不远。他把桶盛满水，马上返回了气球，整个过程不到3刻钟。一路上，他除了遇上几个大的捕象陷阱外，没见到任何不平常的事。他甚至险些掉进一个捕象陷阱中，那里面躺着一具已经腐烂了一半的大象骨骼。

他带回来一种苜蓿科的植物，猴子们非常爱吃这种东西。博士认出这是姆邦市树上的果实，这种树在吉乌拉姆考西部分布得十分普遍。弗格森在等乔回来的这段时间里一直忧心忡忡的，因为在这片满怀敌意的区域哪怕稍做短暂的停留也会不由自主地产生某种恐惧情绪。水毫不费劲就送了上去，因为吊篮差不多已经落在地上了。乔轻而易举地解开锚索，灵巧地爬进吊篮，坐回博士身边他自己的位置上。后者加大氢氧燃气喷嘴的火焰，气球倏忽一下便向高空冲去。

这里离卡泽赫只有100英里左右。卡泽赫是非洲中部一个重要的地方。借助一股东南风的推动，三位旅行家可望在当天就到达那里。他们以每小时14英里的速度行进着。气球的驾驶变得困难了。如果不是气体大大膨胀的话，气球就无法升得很高。因为这一带地面的平均海拔高度已经达到了3000英尺。然而博士还是尽可能地不让气体膨胀得太厉害。他灵巧地驾驶着气球,顺着陡峭蜿蜒的山坡,几乎是擦着台伯村和杜拉－维尔斯村飞过。其中的杜拉－维尔斯村属于乌尼雅姆维济地区的一部分。在这个美丽的地方生长着巨大的树木,仙人掌更是大得惊人。

将近下午2点,天气晴好,似火骄阳仿佛吞噬了哪怕最微小的气流,整个空气都凝固了。此时,"维多利亚号"漫游到了距海岸350英里的卡泽赫城上空。

"我们是早上9点钟从桑给巴尔启程的,"弗格森博士翻看着笔记说,"由于绕道,我们两天里已经飞了约500地理里。要知道,伯顿上尉和斯佩克上尉走这么长的路竟花了四个半月啊!"

第十五章 卡泽赫

——喧闹的市场——天空出现“维多利亚号”
——“旺岗加”们——月亮的儿子
——博士出诊——居民
——王官“当贝”——苏丹的王妃
——醉鬼国王——乔受到崇拜
——在月亮上如何跳舞——态度变了
——双月当空——神的威严垮了

卡泽赫虽是个中非重镇,却一点不像城市。老实说,非洲内地没有一个真正意义上的城市。卡泽赫不过是六个宽敞的洞穴的总称。洞穴周围是一些奴隶住的茅房草屋。每个房屋后有小小的院落和精心耕作的小菜园,园里种的洋葱、番薯、茄子、南瓜和美味香蕈,长势喜人。

乌尼雅姆维济是月亮国最美丽最富饶的地区,堪称非洲的花园城市。它的中心区是乌尼雅维济——一个十分美妙的区域,几户阿曼人(他们是非常纯粹的阿拉伯血统)在这儿安逸地生活着。

他们长久以来一直在非洲内陆和阿拉伯之间进行商业贸易活动:他们什么生意都做,包括橡胶、象牙、印花棉布和奴隶。他们的旅行商队踏遍了赤道周围的角角落落,他们甚至不远万里地来到海岸地区搜集富有的商人们垂涎欲滴的奢侈品和消遣物品;而后者总是被成群的妻妾和随从簇拥着,在这片美丽的地区过着世外桃源般与世隔绝的奢靡生活——他们总是舒舒服服地躺在那儿,不是说笑,就是抽烟,要么睡觉,在这富庶迷人的地方终日过着无所事事的生活。

所以,这里的市场永远是一派热热闹闹的景象。混血挑夫的吆喝声、鼓声、号声,骡子的叫声、驴子的吼声、女人的歌声、孩子的哭声,再加上好像在为这曲乡村交响乐打节奏的、骆驼队头头抽动藤条的响声,此起彼伏,交织在一起,融汇成一片经久不息的喧嚣。各种摊位,花花绿绿的布匹、玻璃珠、犀牛角、蜂蜜、烟草、棉花,五花八门,应有尽有。这里有着最奇特的交易习惯:每件物品的价值,全凭物品能在多大程度上激起买主的购买欲来决定。

突然间,所有的喧闹、所有的繁忙、所有的嘈杂都停止了。"维多利亚号"出现在空中。它神气地在人们头顶上盘旋了一会儿,便一点一点地垂直降下。一眨眼的工夫,男人、女人、孩子、奴隶、商人、阿拉伯人和黑人……全都从市场上消失了,一个个张皇失措地逃进了自己的院落或茅屋。

"亲爱的弗格森,"肯尼迪说,"如果我们继续这样下去,总是引起骚动,那么,就很难与这些人做生意了。"

"这里有一宗非常简单的买卖可以做。"乔说,"那就是安安稳稳地下去,不用去理会商人,只管把值钱货带走就成了。这样,我们会发大财。"

"瞧你说的!"博士反驳道,"这些土著人最初感到害怕,但是出于迷信和好奇,他们马上就会回来的。"

"先生,您认为会吗?"

"我们等着瞧吧。但最好小心点别靠他们太近。'维多利亚号'不是装甲气球,既挡不住子弹,也禁不住箭射。"

"那么,亲爱的弗格森,你准备与这些黑人进行商谈吗?"

"假如可以的话,为什么不!"博士答道,"住在卡泽赫的阿拉伯商人也许受过教育,不野蛮。我记得,以前伯顿先生和斯佩克先生夸过这个城市的居民好客,所以我们不妨碰碰运气。"

说话间,气球已渐渐地靠近地面,一只锚钩挂住了市场附近一棵树的树梢。这时候所有的人都从藏身之处冒出来,先伸脑袋半信半疑地注视着这边的动静。有几位"旺岗加"大胆地向前迈进了几步,他们身上披挂着圆锥形螺壳,以此区别于普通人。他们是当地的巫师。他们腰间挂着几个涂了一层牛油的小葫芦,还有其他几种法器,所有这些东西都不怎么干净,却十分专业。

慢慢地,人群向他们围拢过来。女人和孩子在他们周围站成一圈;鼓声开始大作,鼓手们一个比一个敲得快;人们将双臂伸向空中,连连击掌。

"这是他们的祈祷方式,"弗格森解释道,"如果我没猜错的话,我们就要在这里演一出好戏了。”

“那好呀,先生,您就演吧。”

“你也一样,我的小伙子,恐怕你就要变成一个神了。”

“哇！先生,我才不担心这个呢。有人供奉,我更高兴。”

这时,一位巫师做了个手势,顿时,所有叫喊停止了。全场鸦雀无声。这位“米扬卡”向旅行家们说了几句话,但是谁也不知道他用的是什么语言。

弗格森博士虽然没有听懂,仍不管三七二十一说了几句阿拉伯语。他的话,立即招来巫师的阿拉伯语回答。

这位有口才的巫师向三位旅行家说了一大堆美好动听的恭维话。博士马上明白,“维多利亚号”气球确实被看成月亮神本人了。这位可爱的女神能带着她的三个儿子惠顾这个城,在这块得到太阳喜爱的土地上,这将是永不忘怀的荣耀。

博士颇为庄重地回答说,月亮神每千年都要进行一次巡游,因为她觉得非常有必要近距离接触自己的崇拜者,向他们展示自己的风采。所以他恳请大家不要因为她的到来而惊慌失措,而应该抓住这一好时机,向她坦陈自己的需要和愿望。

于是巫师回答说,苏丹“姆瓦尼”已经病了好些年,恳请上天赐助,他邀请月亮神的儿子去看望他。

博士把这件事情转告给了伙伴。

“这么说,你准备看望这个黑人国王了?”肯尼迪问道。

“当然,这些人没有恶意。现在大气又是静止的,风也没有,我们没有必要担心气球。”

“可是,你要怎么做呢?”

“放心吧,肯尼迪。用一点点药,我就可以脱身了。”

随后,博士对众人说:

“月亮女神怜悯乌尼雅维济儿女所爱戴的国王,她委托我们来治愈他的疾病。现在,让他准备好迎接我们吧!”

全场响起了更加响亮的欢呼声和歌声,这黑压压的一大群人又全都动了起来。

“现在,朋友们,”弗格森博士说,“什么都要想到。一到时间,我们就要快速离开。肯尼迪,你留在吊篮里,并要照看好氢氧喷嘴的火苗,让气球保持足够的升力。锚要固定好。没什么可担心的。现在,我下到地上去。乔,你陪我下去,但你只能待在软梯下面。”

“什么,你独自一人去黑鬼那儿?”肯尼迪问。

“什么,塞缪尔先生!”乔嚷道,“您难道不要我陪您去吗?”

“不用,我一个人去。这些天真的人真的以为是他们的月亮女神降临了,我有这种迷信做保护呢。所以,什么也别担心,按照我说的各就各位吧。”

“既然你一定要这样……”猎人回答。

“注意保持气体的膨胀。”

“放心吧。”

土著人的喊声更响了,他们竭力祈求上苍的恩泽。

“您听,您听!”乔说,“我觉得他们对宽容的月亮女神和她神圣的儿子们未免有点太蛮不讲理了。”

博士带上他的旅行药箱,跟在乔后面下了吊篮。乔煞有介事地极力摆出一副严肃、庄重的模样,按照阿拉伯人的方式盘起双腿,坐在了垂下的绳梯旁。随即,一群人毕恭毕敬地围住了他。

与此同时,弗格森博士被宗教仪仗队簇拥着,在乐器吹打声的引导下,缓缓前往王宫“当贝”。王宫在城外相当远的地方。这时已是下午3点钟左右,太阳闪着熠熠光辉。在这种情形下,博士只有按部就班地做。

博士神色庄重地走着。“旺岗加”们围在他身边,挡住激动的人群。弗格森不久就遇见了前来迎接他的苏丹的私生子。这个年轻人模样还算英俊。根据当地的风俗,他是除合法子女外的父亲财产的唯一继承人。他走到“月亮之子”跟前跪下,后者则用了一个优雅的姿势把他搀扶起来。

在一条夹在繁茂热带植物间的绿荫小径上走了三刻钟,这个情绪激动的行列终于到达了苏丹的王宫前。这座四方的房子坐落在山坡上,被称作“依第台尼亚”。王宫茅草顶的屋檐向外突出,下面用一些雕刻过的木柱支撑着,环绕着房子,从而形成一圈风格独特的回廊。墙上点缀着一些长长的深红色黏土线条,竭力勾勒出人形和蛇形,当然,后者比前者制作出来的效果要好一些。这种房子的屋顶并不是直接架在四面墙上,因此空气流通得很好，不过屋里没设窗户，所谓的门也是徒有虚名。

弗格森被国王的卫士和宠臣们毕恭毕敬地迎入王宫。这些大臣们身高体壮，属于非洲中部最优秀的一类人——乌尼雅姆维济人。他们将头发编成许许多多的小辫垂在肩头，面颊上从太阳穴到嘴角都刺有黑色或蓝色的花纹，耳朵被撑得很大，耳垂上吊着木头圆片或是树脂的凝块。衣服上都绘有鲜艳的图案。士兵们手持长矛弓箭，箭头是在大戟汁里浸泡过的毒刺。此外还有大刀、带锯齿的长刀"西马"以及各式战斧。

博士走进了王宫。尽管苏丹有病，里面仍然吵得厉害。看见博士来到，吵嚷声更响了。博士注意到门楣上按避邪的方式挂着一些兔子尾巴、斑马鬃。在"乌帕突"（一种用钢壳底做的铙钹）的和谐敲击声和"兰多"（一种挖空树干做成的鼓，高5英尺，由两位鼓手用拳头敲）的擂打声中，陛下的一队王妃接待了博士。

这些女人绝大多数都年轻貌美，她们快乐地有说有笑，一边用大大的黑烟斗抽烟草和一种植物叶。她们看上去似乎都体形娇美，长长的袍子优雅地紧紧裹住她们的身体，腰间围着一条"吉尔特"（一种用葫芦纤维编成的腰带）。

其中的6位女人虽然站在人群外面，但仍然同其余的女人一样高高兴兴的，等待她们的将是残酷的命运。苏丹一死，她们就要被活埋，以便让他在漫长孤寂的阴间用以排遣寂寞，打发无聊时日。

向全场扫了一眼后，弗格森博士径直走到统治者的木榻前。一位40岁左右、因酗酒和荒淫过度已成为一具仅存一丝气息的僵尸的男子躺在床上，让长年酗酒的他康复，根本没有可能。博士往苏丹嘴里滴了几滴强烈的兴奋剂，使这具没有知觉的身躯突然有了片刻的生气，苏丹动了一动。对于这么一个如死了一般的人来说，能够动一下，实在是个奇迹。顿时，一浪高过一浪的呼声四起，向博士表示敬意。

对这一切，博士已感到厌倦，他急忙走了几步，避开这些感情极度外露的崇拜者们。出了王宫，他便向"维多利亚号"走去，这时已是下午6点。

乔在博士离开的这段时间一直等候在软梯下。人群向他表示最深的敬意，而他也就摆出一副真正的"月亮之子"的样子，任由他们崇拜。不过作为一个神来说，乔看上去算是够老实的。他一点也不骄傲，甚至对那些不敢正视他的年轻的非洲女子的态度还十分亲切，并向她们做了番动听的演说。

“尽管崇拜吧，姑娘们，尽管崇拜吧，”他对她们说道，“虽然我贵为‘月亮之子’，可有着一副好心肠呢。”

人们向他献上供品——麦穗和一种叫“彭比”的烈性啤酒。这两种东西通常被供奉在“姆吉木”——一种供偶像的房子里面。乔认为应该尝尝这种啤酒。没想到，即使是对于他那已经喝惯了杜松子酒和威士忌的上颚来说，这种酒还是太厉害了一点。他做了个吓人的鬼脸，却被在场的人们当成了可爱的笑容。

接下来，年轻的姑娘们一边唱响一首慢悠悠的曲子，一边围在他身边开始以最庄严的姿态跳起舞来。

“啊！你们这是在跳舞，对吧？”他说，“啊，出于礼节我也不能落后，所以我现在要向你们展示一种我们国家的舞蹈。”

于是，他跳起一种令人头昏目眩的快步舞来。他又是扭腰，又是弓背，又是伸胳膊，又是蹬腿，一会儿前仰后合，一会儿左右摇摆，跺跺脚，曲曲膝，挥挥手，扭扭头，全身的部位无一不派上了用场；稀奇古怪的花样，诸多让人意料不到的舞姿，一一展示在众人面前，其间他甚至还做了几个怪诞的鬼脸。他所做的一切给这些土著人这样一种看法：神仙在月亮上就是如此跳舞的。

这时，所有在场的人跟着他模仿起来，很快就学会了乔的风格。他们蹦跳和扭动，一个动作、一个姿势都没有漏掉和忘记。整个场地乱成了一团，又喊又叫，人们那股狂热劲儿实在是难以形容。就在这个时候，乔发现博士回来了。

博士正被挤在一群大叫大嚷、混乱不堪的人群中间，急匆匆地往这儿赶。巫师和酋长们看上去非常激动。他们将他围住，推搡着他，威胁着他。奇怪的突变！发生了什么事？难道苏丹在“月亮之子”的手下竟一命呜呼了？

肯尼迪坐在自己的观察岗位上，看到危险来临，却弄不明白到底是怎么一回事，膨胀的氢气强有力地向上催着气球，固定气球的锚索被拉得笔直，似乎迫不及待地要挣脱束缚飞向空中。

博士已经来到了绳梯脚下。迷信的畏惧仍然制约着这些土人，使他们不敢对博士做出什么过激的举动。博士迅速攀上绳梯,乔以惯有的敏捷紧随其后。

“一分钟也不能耽搁,”主人向乔吩咐道,“用不着摘锚了！我们等会儿把锚索砍断！快跟我上来!”

“哦！到底怎么回事?”乔边爬进吊篮,边问。

“发生了什么事?”肯尼迪手里握着马枪问。

“瞧!”博士指着地平线答道。

“怎么了?”猎人仍迷惑不解。

“看清楚！月亮!”

的确,月亮又红又大,像一个火球在天际冉冉升起。正是月亮！它和“维多利亚号”是两码事!

要么,有两个月亮;要么,这些外来人只能是骗子、阴谋家、假神仙!

这便是那群人自然而然产生的念头。态度的突变便是由此而来的了。

乔忍不住大笑起来。卡泽赫的居民发觉到手的猎物就要溜了,爆发出一阵大呼小叫。弓箭和火枪一齐对准了气球。

突然,一位巫师做了个手势,武器便放了下来。他爬上树,试图抓住锚索,想把气球拉到地面上。

乔把斧头抓在手里。

“要砍吗?”他问。

“再等一会儿。”博士回答。

“可是这个黑人……”

“或许我们能保住这只锚,再说眼下还不到非砍断锚索不可的时刻。”

爬到树上后,巫师一味往下拉气球,以致把树枝弄断了一些。就这样,锚竟然给解开了。气球摆脱了羁绊猛地往上升去,锚和被锚挂住双腿的巫师一同被带了起来,离开大树向空中飞去。下面的人全都惊呆了。

“万岁!”乔高兴地大叫。此时,“维多利亚号”借助于它的升力正急速地往上升。

“他拽得挺牢呢,”肯尼迪说,“一段小小的旅行不会给他带来什么坏处。”

“我们要不要把这黑人甩下去?”乔问。

“别!”博士回答,“我们过一会儿把他好好地送回到地面上。我相信有过这样一次历险,他在自己那些同胞的心目中会更有神力了。”

“他们会把他当神仙供起来的。”乔叫道。

这时,“维多利亚号”已上升到1000英尺的高空,那位黑人狠命抓着绳索。他已经完全说不出话来了,两眼发直,因为这时他除了恐惧之外还感到惊讶。一股向西的微风裹着气球越过卡泽赫城,渐渐远去。

半个小时后,博士看到下面的地区比较荒芜,便调小燃气喷嘴的火苗,开始朝地面下降。距离下面的草地还有20英尺时,那位恐惧万分的巫师便下定决心纵身往下跳,双脚刚一落地,他就急急忙忙地朝卡泽赫的方向逃去;气球由于突然减轻了一部分载重,忽悠一下又向上蹿去。

第十六章　暴风雨来临的征兆

——月亮国——非洲大陆的未来
——世界末日的机器——夕阳中地面的景色
——植物和动物——雷雨
——闪电带——星空

“看吧，”乔说，“没经月亮神的同意便冒充她的儿子，这就是我们的下场！她就在我们附近跟我们开了一个恶意的玩笑。不过主人，你说说看，你没有破坏你作为医生的信誉吧？”

“这话问得好，”那位具有体育家精神的人附和道，“卡泽赫城的这位苏丹到底得的是什么病？”

“一个半死不活的老醉鬼。”博士答道，“他死了也不会让人太伤心的。不过，这件事的教益在于它证明了：高官显爵只不过是过眼烟云，不会长久的，因此，不要过于贪图享受这些东西。”

“真倒霉。”乔说，“那时，倒满合我的胃口！受崇拜，随心所欲地当神仙！可我有什么办法呢？月亮出来了，而且红彤彤的，这不恰恰表明她生气了吗？”

三位朋友漫无边际地聊了一会儿，乔换了个角度，仔细观察起夜空中的星体，这时北方的天空中出现了浓重的阴云，黑压压的一片，看上去颇为让人担心。在距地面300英尺的地方聚起一股强风，将气球向东北偏北的方向吹去；气球的上空蔚蓝的苍穹一片纯净，但他们感到空气很沉闷。

8点左右，三位探险家飘到了东经32度40分、南纬4度17分处。受到即将来临的暴风雨的影响，大气气流推着他们以每小时35英里的速度飞行。一片片地势起伏不平却物产丰富的姆夫托地区在他们脚下一闪而过，这种场面既奇妙，又令人赞叹不已。

“我们现在正在月亮山地区，”弗格森博士说，“这个名字从远古延续至今，很可能是因为月亮在任何时候都被人崇拜。这真是个好地方，很少能看见比这里更美的植被。”

“如果伦敦周围能生长这类草木倒有些奇怪了。”乔接过了话头，“不过要真是那样的话，一定非常美丽！为什么这些迷人的东西只属于这种野蛮的地方呢？”

“又有谁知道，哪一天这个地区不会变成文明的中心呢？”博士反问道，“当欧洲的土地贫瘠得不能养活它的居民时，未来的人民或许就涌到这里来了。”

“你这样认为？”肯尼迪问。

“当然，亲爱的迪克。看看历史的发展，想想民族的变迁，你就会得出和我一样的结论。亚洲是世界上第一块哺育了人类的地方，对不对？在差不多4000年的历史中，她辛勤耕耘着土地，繁衍子孙后代，创造出文明的果实。然而当那荷马时代，亚洲那曾经生长过金黄稻谷的土地上只生长石头的时候，她的儿女们便离开了她干枯憔悴的怀抱。你看他们扑向了年轻而健壮的欧洲。欧洲又养育了他们2000年。但是现在，欧洲的土地已不再肥沃，物产一天天减少；各种病虫害、歉收、资源不足使地力年年下降，这些都是环境恶化、土地贫瘠的前兆。所以，人们纷纷奔向美洲丰腴的怀抱。当然那里的资源不是取之不竭、用之不尽的，只是眼下还没有贫瘠而已。那个新大陆未来也要变老，那些原始森林就要倒在工业的巨斧之下；因人们过分索取它的土地，将耗尽它的活力。那些现在每年收获两季的地方，将会因地力耗尽而一年一收也有点儿勉强。到那时，非洲就会将几个世纪以来在它的怀抱中蕴藏的财富奉献给新的种族。至于这种对外地人有害的气候，将会通过土地轮作和排水的办法得到净化。这些散乱的水流也将汇集到一条河里，形成一条航运交通干线。而我们现在漫游的这个比其他地方更肥沃、更富裕、更充满生气的地区将会成为某个伟大的王国，在这个王国里，比蒸汽和电力更瞩目的发明将会问世。”

“啊，先生！”乔说，“我真想看到那一切啊！”

“可惜你出生得太早了，我的孩子！”

“还有，”肯尼迪说道，“那也许是个更让人烦恼的时代，比工业吞噬一切的年代更令人厌倦！人们发明机器，可自己终将被机器消亡！我一直在想，世界末日大概就是某个大锅炉烧到30亿个大气压把我们这个星球炸飞的那天！”

“我补充一句，”乔说，“美国人肯定会是最后一批造锅炉的人！”

“确实，”博士回答，“他们可是造锅炉的行家！好啦，别再说这些了。既然我们被送到了月亮山，还是好好欣赏欣赏它的美景吧。”

太阳最后的几缕光线穿透大片大片堆积的云层，为气球下面稍稍起伏不平的地面披上一件金黄色的外衣；高大的树木，树枝状的灌木，紧贴地面的苔藓——一切都在分享这份光的气息。微微起伏的大地上随处可见一个个圆锥状的小山丘；地平线上看不见一处山脉；大片大片荆棘丛生的绿篱，多刺的莽丛组成的不可逾越的屏障，把铺展着众多村庄的块块空地隔离开来，巨大的大戟夹杂着小灌木的珊瑚状枝条，犹如一道道天然屏障保护着被围在中间的村庄。

不一会儿，他们看见坦噶尼喀湖的支流马拉加扎里河在青翠草木的绿茵丛中蜿蜒蠕动起来。这条河融入了众多小水流，有的形成于涨水期的激流，有的来自于大地黏土层凹地的水塘，它们宛如撒向这一地区西部的一个瀑布网。

一些膘肥体壮、背部隆起大块腱肉的牲畜正在肥沃的草地上吃草。阔叶高草几乎淹没住了它们的肥大身躯。高高望去，散发着清香气息的森林犹如一个大花束。不过，在这些花束中隐藏着躲避白天酷热的狮子、豹、鬣狗、虎等猛兽。有时，一只大象弄得矮树梢乱摆，随后就响起象牙折断树木的噼啪声。

“真是个打猎的好地方！”肯尼迪动情地叫道，“往树林里随便放一枪都会打倒一只值得打的猎物！咱们能不能下去试几枪？”

“别，我亲爱的迪克。现在是晚上了，是个充满危险、面临暴风雨的夜晚。这一带的暴风雨非常可怕，大地就像一组巨大的电池。”

“您说的有理，先生，”乔说，“天气变得又闷又热，风也无影无踪了，好像什么东西正埋伏在那里。”

“空气中的电已经超负荷了，”博士回答道，“一切生物都感觉得到这种大自然剧变前的状态，说实话，我还从来没碰到过这种情况。”

“那么，”猎人问，“这种情况下我们该降落了吧？”

“恰恰相反，迪克，我倒宁愿上升，只是恐怕大气层中的气流相交时会把我们甩出航线。”

“这么说，你有意放弃我们自离开海岸以来一直遵循的路线?”

“如果有可能办得到，我就直接向北飞七八度，”弗格森回答说，“试着向假定的尼罗河源头地区飞去。也许，我们能见到斯佩克上尉的探险队，甚至是德·霍伊格林先生的骆驼队留下的一些痕迹。如果我计算得没错，我们现在位于东经32度40分的地方。我倒真想笔直往上升得高高的。”

“看哪!”肯尼迪的叫声打断了博士的话，“看，那些河马爬出了水塘，简直是一堆堆血红的肉；还有那些鳄鱼，它们正在拼命地吸气呢!”

“它们感到窒息!”乔突然说道，“啊！这是一种多么完美的旅行方式啊；要面对那么多害兽，谁还能不被吓破胆呢？博士！肯尼迪先生！瞧那些野兽，正挤成一团匆匆地往前奔呢。足足有两百只。原来是狼!”

“不！乔，不是狼，而是野狗；这是一种有名的狗，它们竟敢毫不犹豫地攻击狮子。它们是旅行者所能碰到的最凶残的克星，因为它们片刻之间就能将人撕成碎片。”

“哎哟！将来给它们戴嘴套的可别是乔。”讨人喜欢的乔回答，“不管怎么说，如果它们天性如此，就不应过分怪它们。”

暴风雨的逼近渐渐使一切都变得静悄悄的。稠密的空气似乎透不过声音。天空仿佛被塞满了棉絮，又像是个挂满壁毯的房间，听不到一丝响动。野鸭、丹顶鹤、红色和蓝色的松鸡、嘲鸫和鹟鸟，全都躲进了大树的枝叶中。整个大自然现出诸多大难即将来临的征兆。

晚上9点钟，“维多利亚号”一动不动地悬在“姆西内”地区上空。黑暗中已几乎辨别不出下面散布着的一个个村庄。有时，黑乎乎的水面中荡出一丝回光，勾勒出分布规则的沟沟渠渠。透过最靠近气球的一块林中空地，眼睛依稀能捕捉住棕榈树、罗望子树、埃及无花果树和巨大的大戟那黑黝黝的、纹丝不动的树木轮廓。

“我感到又闷又热，都透不过气来了。”肯尼迪深深吸了一大口变得稀薄的空气后接着说：“动不了啦！我们往下降吗?”

“但要是雷雨来了呢?”博士忧心忡忡地说。

“你既然担心被风卷走，我认为就没有其他办法可行了。”

“也许今晚不会有雷雨，乌云高着呢。”乔插了一句。

“恰恰因为云层太高，我才犹豫不决，不敢升到它上面去；因为如果我们上升得太高的话，就会完全看不见地面，那么整个晚上我们都无法知道自己是否往前动了，是朝哪一个方向动的。”

“快下决心吧，亲爱的博士，时间紧迫！”

“遗憾的是风停了，”乔又说道，“否则它会将我们带到远离暴风雨的地方。”

“是啊，朋友们，真是太遗憾了。这些云对我们来说充满着危险，那里面藏着好几股方向相反的气流，有可能会把我们卷入旋涡，而闪电则会把我们烧毁。可是另一方面，如果我们下降，把锚固定在树上的话，狂风照样会把我们吹向地面的。”

“那该怎么办呢？”

“‘维多利亚号’只能停在天地之间危险的夹缝中，就是说，停在天地的中间地带。我们有足够氢氧喷嘴用的水，而且200磅的压载物还没有动过。必要时，我们会用上它们的。”

“我们一起值班吧！”肯尼迪提议。

“不，朋友们，不用了。把吃的东西收拾好，你们就去睡。一旦需要，我就喊醒你们。”

“可是，先生，现在既然还没有任何危险，是不是您也休息一下？”

“不用了，谢谢你，好小伙子，我宁愿清醒着。我们现在是一动不动，如果情况没什么变化的话，到明天早上醒来我们会发现自己仍然待在原地。”

“那么，晚安吧，先生！”

“晚安，如果情形允许的话！”

于是肯尼迪和乔裹着毯子躺了下去，留下博士孤身一人凝望着无垠的苍穹。

不知不觉间，重重的乌云压了下来，本来黑暗的夜色变得伸手不见五指，苍穹黑洞洞地笼罩住大地，仿佛要把它压扁似的。突然，一道闪光耀眼、迅猛地划破黑沉沉的夜空，把重重乌云撕裂开一个口子，天际深处紧接着一声震耳欲聋的炸雷响起。

“快起来！”弗格森连忙叫醒旅伴。

酣睡中的两位已经被这可怕的响声惊醒，听到博士呼唤，立即爬了起来。

“咱们下降吗?”肯尼迪问。

“不！气球会吃不消的。趁乌云还没变成雨,风还没刮起来,咱们赶快往上升!”

说话间,博士利索地把氢氧喷嘴的火头加大了许多。

热带风暴爆发的速度和它凶猛的来势一样惊人。又是一道闪电撕破乌云。紧接着又有二十来道闪电,电火花夹杂在雨点中噼啪作响,在空中划出一道道的火光。

“我们晚了一步,”博士说,“现在我们只好乘着装满易燃气体的气球冲过火焰地带了。”

“着陆吧！着陆吧!”肯尼迪再三地恳求。

“在下面一样会遭到电击,而且我们很快就会撞到树枝上被扯得粉碎!”

“赶快升上去,塞缪尔先生!”

“那就快点儿！再快点儿!”

非洲的这一带地区每逢下雷雨时,每分钟闪电30到35下是很平常的事。夸张点说,天空这时已是一片火海,轰隆的炸雷声响成了一团。

在这片动荡不安的大气中,暴风挟着它令人可怕的霸气肆意发威。炽热的乌云被它卷动着,旋拧着,好似有台巨大的风扇在拼命地吹风,使这场大火越烧越旺。

博士让喷嘴保持最大的火力,气球边膨胀边迅速上升。跪在吊篮中间的肯尼迪紧紧拉住帐篷上的绳索。气球不停地打转,同时令人不安地摇摆着,搞得几位探险家头晕目眩。气球外壳与内壁间出现些大空隙,风拼命往里钻,在风的压力下,塔夫绸发出吓人的响声。冰雹好像随着喧嚣的嘈杂声一起划破大气倾泻而下,噼啪作响地打在“维多利亚号”上。气球不顾一切地继续上升,闪电火龙不时地贴着气球边缘掠过。“维多利亚号”已进入了一片火海。

“愿上帝保佑我们!”弗格森博士严肃地说道,“我们现在只能听天由命了;只有他能救得了我们——不过我们还是做好迎接一切灾难的准备吧,甚至包括火灾——我们降落的速度不会太快的。”

博士的两个同伴几乎听不清他的声音;不过在闪电带来的亮光中,他们看见他脸上的表情一如既往的镇静;他正在观察闪电所制造的磷光现象,它们此刻正在气球的网套上飞舞呢。

气球摇摆着,回旋着,始终不停地上升。一刻钟之后,它终于穿过了雨云带。电光在他们脚下放射出火花,仿佛是挂在吊篮下方的一丛烟火。

这真是大自然能够给予人类的最美的奇观:下面是暴风骤雨,头顶上却是宁静的星空,那么悄然无声,静谧安详。一轮明月正把它恬美的月华洒向狂怒的云端。

弗格森博士看了看气压表,上面显示出的是12000英尺的高度。这时是晚上11点。

“感谢上帝,危险总算过去了。”他说,“我们保持在这个高度上就行了。”

“刚才太可怕了!”肯尼迪惊魂未定地说。

“倒也不坏。”乔接过话头,“这是给咱们的旅行增添点儿花样呢。我不反对升得高些欣赏下面的雷雨,多美的场面啊!”

第十七章　月亮山

——绿色的海洋——扔下钱
——牵引气球的大象——猛烈开火
——厚皮动物之死——原野间搭烤炉
——草地上就餐——陆地上过夜

星期一早晨6点左右，太阳从地平线上冉冉升起。乌云已经消散，一阵柔和的清风拨动着朝阳洒下的第一缕晨曦。

散发着清香的大地又重新展现在旅行家们的眼前。气球一直在几股纠缠在一起的气流间打转，差不多总是停留在老地方。博士使球内气体收缩，把气球降下来些，以便寻找一股向北吹的气流，但找了半天还是没有结果。风把气球往西面送去，一直到了著名的月亮山。蓝色的地平线上，一道缓缓起伏的山脉环抱着半个坦噶尼喀湖。对于想要穿越中部非洲的探险家们来说，这无疑是一堵天然的、不可逾越的屏障。几座山峰矗立在一旁，峰顶上堆积着终年不消的白雪。

“现在，我们终于到了一个从未有人来过的地区！”博士说道，“伯顿上尉向西走得最远，但他仍然未能到达那些著名的山脉脚下；他甚至还否认它们的存在，尽管他的同伴斯佩克曾经斩钉截铁地肯定过它们的存在。他断言后者是一派胡言；而对我们来说，朋友们，不可能再存有任何疑问了。”

“我们要飞越过去吗？”肯尼迪问。

“不用。我想找到一个有利的风向，能把我们一直送往赤道。如果需要的话，宁可等一阵再说。‘维多利亚号’跟船一样，风头不顺就下锚。”

博士的思路很快得到了印证，“维多利亚号”在上下调整了若干次以后，匀速飘向东北。

“这样的方向，正是我们所需要的，”博士看了一下罗盘，“我们现在距地面大概200英尺,正适合好好考察一下这里。斯佩克上尉探寻乌克雷维湖时,是更靠东、沿着卡泽赫的北面前进的。”

“我们需要长时间保持这个方向吗?”肯尼迪问道。

“是的,因为我们的目的地是尼罗河源头河岸,再有600多英里就会超过从北方出发的探险家所曾到过的最远处。”

“我们可不可以着陆休息一下再继续?”乔问。

“要着陆,并且必须节省食物。勇士肯尼迪,余下的旅程,可要靠你带给我们一些新鲜肉类。”

“只要你愿意,什么时候都行,塞缪尔。”

“我们还要把水箱的水补充一下。谁知道我们会不会被带到没水的地方去?有备无患总好些。”

中午时分,“维多利亚号”飞到东经29度15分、南纬3度15分的地方。气球穿过乌约夫村的上空。该村是乌尼雅维济最北的边界,离乌克雷维湖不远。不过,在气球上还看不见该湖。

靠近赤道居住的部落好像比较开化些。这些部落分别由一些权力无边的独裁君王统治着。部落最稠密的地区构成了卡拉瓜省的地盘。

三位探险家决定遇到合适的空地就着陆,并预备停留较长时间,因为气球也需要进行详细的检查。氢氧喷嘴的火力被调小,从吊篮里抛出的锚随即擦过大草原上高大的阔叶草。鸟瞰过去,草原就像一片完全平坦的草坪,但事实上这些草有七八英尺高。

“维多利亚号”像只庞大的蝴蝶,擦着阔叶草飞行,连一根草都没碰弯,视线所及平坦无垠,像是一片没有礁石的绿色海洋。

“我们会这样飞很久的,”肯尼迪显得有些失望,“我看不到一棵可以停靠的树。打猎看起来是泡汤了。”

“再等会儿,亲爱的迪克,你总不能在比你还高的草丛里打猎呀。我们总会找到一个合适的地方停下来的。”

事实上,这真是一次迷人的漫步,一次真正的海上旅行——这片碧绿的、透明的、迎风卷起长长的波浪的海!吊篮的确没有辜负它那舒适的名字,载着它的乘客破浪前进,在两侧惊起一群美丽的小鸟;它们从茂密的草丛中飞起,发出一阵欢快的叫声。锚索划过这片铺满鲜花的海洋,在身后犁出一道道迅速合拢的沟痕,如同轮船在海上破浪前进。

突然,气球猛地震动了一下。显然,锚钩住了草丛里的一块石头。

“钩住了!”乔欢呼道。

“好极了! 快放绳梯。”猎人迫不及待地吩咐。

话音未落,下面传来一声尖叫。紧接着,三位旅行家情不自禁地失声惊呼起来。

“这是什么?”

“叫声好奇怪!”

“瞧! 我们在前进!”

“锚钩脱落了!”

“不! 没脱落,还钩得好好的呢!”乔拉了拉绳索,说道。

“那么是石头在走不成?”

这时他们发现一大片草都在晃动,不一会儿,一个长长的弯弯曲曲的东西从草丛里露了出来。

“蛇!”乔叫道。

“蛇!”肯尼迪也喊道,一边举起马枪。

“不,”博士说,“是大象的鼻子!”

“你说是大象吗,塞缪尔?”肯尼迪一边说,一边端起了手中的枪。

“等一等,迪克,等一等!”

“没错! 这家伙正拖着我们走呢!”

“并且,它的方向正合适;乔,它正拖着我们到要去的方向。”

大象大步前进,很快来到一个空地中,这里可以看清大象全身。庞大的外形使博士认出它是一只漂亮的公象,嘴上有两条洁白的、弧线优美的长牙,长达8英尺。锚爪刚好紧钩在两颗象牙中间。

大象尝试用鼻子弄断连接吊篮的锚索,但是失败了。

“继续! 别害怕!”乔一边兴奋地大叫,一边驱赶这只特别“套马”,“这是一种全新的旅行方式,比马强多了,有大象可供驱使!”

“但是它在把我们带到哪儿去?”肯尼迪扬着枪问,同时真的很想开一枪。

“亲爱的,它正带我们到我们想去的地方,沉住气!”

“加油! 加油!”兴高采烈的乔学着苏格兰农民的样子吆喝起来,“冲啊! 冲啊!”

大象疯了似的飞奔起来。它的长鼻左摇右甩,横扫过草丛;而每当它跃起的时候,总要引起气球一阵猛烈的晃动。博士将斧子握在手中,准备在必要的时候及时砍断绳索。

“但是,”他说,“不到万不得已,我们最好不要放弃锚索。”

大象拖着气球跑了一个半小时,仍然没有一点疲惫的样子。这种厚皮的庞然大物很能跑,就像和它速度差不多的鲸一样,它一夜之间可以跑很远很远。

“其实,”乔说,“它就是我们用渔叉叉住的一条鲸,所以,我们只要学着用捕鲸人捕鲸时的手段就行了。”

可是,地面自然条件的改变迫使博士不得不改变移动的方式了。

在草原北面约3英里的地方出现了一片“卡马尔多”树密林。现在使气球与它的“司机”分手,成了当务之急。

大家一致同意让肯尼迪出面使大象停下来。他端起马枪,不过他所处的位置要射中目标很不容易;所以第一粒子弹射在了大象的颅骨上,居然像是打在钢板上一样给弹了回来。大象似乎根本就没受到什么影响,可是听到枪声它加快了步伐,现在它跑起来的速度就跟疾驰的赛马一样。

“见鬼!”肯尼迪突然说道。

“它的脑袋真够硬的!”乔也加了一句评语。

“我们再打几粒尖头子弹试试。”肯尼迪说着,一边仔细地重新装上子弹。不一会儿他又开了一枪。

随着一声惨叫,大象跑得更快了。

“来吧,”乔边说边拿起一支枪,“肯尼迪先生,也许您现在需要我的帮助。”

两颗子弹在同一时间击中了大象的头部。

大象停了一下,扬起长鼻子,随即往树林飞奔。它摇晃着硕大的头部,血流不止。

“肯尼迪先生,我们继续。”

“而且要不停地放,火力要密集,”博士补充道,“我们离树林只有不到二十托瓦兹远了。”

又放了十多枪。大象可怕地猛蹿了一下。吊篮和气球噼里啪啦地乱响了一阵,让人觉得仿佛一切都散了架,剧烈的晃动把博士手中的斧头震到了地上。

情况变得十分危急:牢牢挂在象牙上的锚索既解不下来,又无法砍断,而气球已经飞快地靠近了树林。说时迟那时快,正当大象仰起头来的一刹那,一粒子弹不偏不倚地飞进了它的眼睛。大象停住了,迟疑了一下。它跪倒在地上,身体侧面正好暴露在猎人的枪口下。

“再给心脏来一枪。”猎人说着,射出了马枪里最后一粒子弹。

大象发出了垂死的哀嚎。它又挺起身子站了一会儿,甩了甩长鼻子,然后重重地倒了下去。它那对好看的象牙,有一根在倒地时撞断了。大象终于死了。

“它的一只象牙断了!”肯尼迪叫道,“这样的象牙在英国一百磅能卖二十五畿尼呢。”

“值那么多呀?”乔说着便攀着锚索下到地上。

“何必为此唉声叹气呢,迪克?”博士说,“难道我们是象牙商吗? 我们来这儿是为了赚钱吗?”

乔查看了一下锚,发现它仍牢牢地卡在那颗完好的象牙上。博士和肯尼迪也下到地上,这时气球里面只装着一半的氢气,在大象的尸体上方飘浮着。

“好一头大象!”肯尼迪不住地赞叹,“多大的块头! 我在印度从来没见过这样大的象!”

“这没什么好奇怪的,亲爱的迪克。非洲中部的野象是世界上最漂亮的品种。由于安德森和科明斯那帮人在开普敦那里大肆捕杀这种动物,它们都迁到赤道附近来了。在这儿我们会经常碰见象群的。”

“我想,我们暂且品尝一点儿大象肉,怎么样?”乔建议,“我保证用这只大象身上的东西给你们收拾出一顿美味佳肴来。肯尼迪先生去打一两个小时的猎。弗格森先生去检查‘维多利亚号’。我呢,就趁这段时间来烧菜。”

“安排得挺不错。”博士赞同地说,“就这么办。你爱怎么烧就怎么烧吧。”

“而我,”肯尼迪笑着说,“我就享受两个小时乔的恩赐。”

“我的朋友,只管去吧,记住不要走得太远。”

“放心吧,博士!”

这么说着，迪克扛起枪就钻进了树林。

乔动手忙起他的工作来。他先在地上挖了一个两英尺深的坑，又在坑里填上干柴，干柴到处散落得都是，是成群结队的大象经过时折断的，它们从林子里走过时的脚印还清晰可辨。坑填满后，他又在上面堆了一个一英尺高的柴垛，然后点上火。接着他跑回大象的尸体旁边，大象躺在距林子边缘只有100英尺的地方。他砍下靠近象鼻根部的一段足有两英尺长的象鼻，他挑的是最好吃的部分，然后又砍下了一只象掌。这些都是大象身上肉质最鲜嫩的部位，就像野牛里脊、熊掌或野猪头一样。当柴垛彻底燃尽后，乔把坑里的灰烬和热炭扒出来，这时坑里的温度很高。他用芳香的树叶把大象肉包好，放入这个临时烤炉中，盖上热炭。随后，乔又在上面堆出一个柴垛，等这个柴垛也烧完的时候，肉就熟了。

乔从他的烤炉中掏出烧好的晚餐。他把这些香味扑鼻的肉放在绿叶上，摆到一块优美宜人的草坪上。之后，他又从吊篮里拿来了饼干、烈酒、咖啡，还从旁边的小溪里舀来些凉爽清澈的溪水。

一席美餐便摆在眼前了，光是看看就是一种享受。不过乔暗自想，这一切还不值得骄傲，吃起来才更令人满足呢！

“这趟旅行真是又舒服又没什么危险！”乔自言自语地唠叨着，“到点就开饭！吊床不离身！还要怎么样呢？而这位肯尼迪先生起先居然还不肯来！”

旁边，弗格森博士正专心致志地细心检查气球。“维多利亚号”看上去没有受到暴风骤雨的损害，塔夫绸和球囊外表涂的马来橡胶都出色地经受住了考验。测过所在地区的海拔高度，并计算了气球的升力之后，博士满意地发现氢气一点没少，气球外壳至今仍然一点不透水。

我们的旅行家们离开桑给巴尔岛才只有五天；他们所带的干肉饼连动都没动一下，饼干和罐头也足够一次长途旅行用，除了水之外没有什么需要补充的东西。直管和蛇形管的状态似乎都十分完好，幸亏他们在中间安装了橡胶接头，这些管子才能经得起气球来回摆动的折腾。

一切检查完毕之后，博士开始整理笔记。他还为周围的四野勾勒了一幅很不错的草图，上面有一望无际的草原、茂密的树林以及死象上方纹丝不动地悬浮在空中的气球。

两个小时之后，肯尼迪回来了，带回一捆肥鹧鸪和一只羚羊腿。乔又忙着为他们的筵席添几道菜。

“开饭喽！”不久，乔就用最动听的声音喊道。

于是三位旅行家在草地上坐了下来，大家一致公认象鼻和象掌味道鲜美。像往常一样，三个人先为古老的英国干了杯，接着这片迷人的地区上空第一次飘出了哈瓦那雪茄的美妙香味。

肯尼迪吃得多，喝得多，说得也多。他已经有了几分醉意。他一本正经地向他的博士朋友提议，就在这森林里用树枝搭一间草棚住下来，过一过非洲鲁滨逊的生活。

虽说乔自告奋勇愿意充当“星期五”的角色，这个话题却没有再深入地讨论下去。

整个原野看上去那么安静，那么祥和，于是博士决定在地上度过这一夜。乔在营地周围点了一圈火，构成一道抵御野兽的不可逾越的屏障，因为鬣狗、美洲狮、狐狼受到大象肉香的吸引，一直在附近徘徊。肯尼迪不得不端起马枪朝这些胆大包天的来访者开了好几枪，不过这一夜还是平安地过去了，没出什么意外。

第十八章　卡拉瓜

——乌克雷维湖——岛上的一夜
——赤道——飞越乌克雷维湖
——瀑布——看地形
——尼罗河源头——本加岛
——安德里·德博诺的签字
——英国战旗

第二天早上,从5点钟起三人就开始做重新上路的准备工作。乔用斧子砍断象牙取下锚。头一天,他很幸运地找到了博士失落的这把斧子。重获自由的“维多利亚号”载着这三位旅行家以每小时18英里的速度向东北飞去。

第二天晚上,博士根据星星的高度精心测定出他们所在的方位是赤道下面南纬2度40分,也就是说,距离赤道160英里。气球飞过许多村庄,丝毫不理会下面村民因它出现而发出的叫喊声。飞行中每到一个地方,博士都把地形概貌画下来。气球从鲁邦埃山的山坡上横飞过去,这些山坡差不多同乌萨加拉山顶峰一样陡峭。后来在坦加山,他们遇到了卡拉瓜山最初的几条支脉。根据博士的判断,卡拉瓜山脉必定是月亮山的分支。古老传说中把这些山当作尼罗河的摇篮,看来,这与事实很接近,因为,这些山毗邻乌克雷维湖,而乌克雷维湖被认定是尼罗河的发源地。

终于,当气球来到当地的商业中心所在地卡福罗的上空时,这个曾吸引过多少人为之历尽艰辛去探寻的乌克雷维湖在地平线上出现了。1858年4月3日,斯佩克上尉曾经隐隐约约地看见过这个湖的湖口。

塞缪尔·弗格森感到一阵激动流遍全身:眼看就要到达这次考察的一个主要地点了。他举起望远镜,不放过任何一个角落,仔仔细细地观察着这片充满神秘色彩的地区。

总的看来，土地较为贫瘠，几乎没有几块洼地被耕种过。地面布满了高度差不多的小丘，但越靠近湖地面越平展，大麦田取代了水稻田。这里还生长着当地酿酒用的车前草和“姆瓦尼”——当地充当咖啡的一种野生植物。有一个由大约50所圆顶茅屋构成的集镇，茅屋顶覆盖着一种带花的茎秆，这个集镇就是卡拉瓜的首邑。

他能清楚地看到当地人脸上惊诧的表情。这些人长得都很漂亮，皮肤呈棕黄色。一些奇胖无比的女人正在田间地头艰难地挪动臃肿的身躯，博士向他的同伴们解释说，该地区十分崇尚胖女人，这种胖是每天坚持吃凝乳的结果，乔和肯尼迪听了这番话真是大为诧异。

这个湖曾被斯佩克上尉命名为维多利亚尼昂扎。气球所处的这块湖面，估计有90英里宽。斯佩克上尉曾在湖的南端发现一群小岛，他称它们为孟加拉群岛。他当时一直深入到湖东岸的穆昂扎。在那儿，他受到了当地苏丹的热情款待。上尉对这部分湖进行了三角测量。但是，他既无法搞到小船过湖，也无法去最大的乌克雷维岛上看看。这个岛人口非常稠密，整个岛由三位苏丹统治着。退潮的时候，它就成了一个半岛。

“维多利亚号”在湖的北部上空飞行，这使博士感到很遗憾，因为他想仔细观察一下湖的南部轮廓。一大片蚊子密密麻麻地聚拢在地面附近，仿佛是一团黄色的云块，把荆棘丛生的湖岸遮得严严实实的。这地方无人居住，也实在无法居住。湖畔茂密的芦苇塘里，一群河马在泥里打着滚儿，有几只则把自己埋在了白花花的湖水中。

从气球上望下去，湖水一直浸到远处的地平线上，仿佛是一片汪洋大海。两边的湖岸相隔如此之远，以至于彼此来往几乎是不可能的事。此外，这一带的风暴既猛烈又频繁，狂风暴雨常常使得这个暴露在高原之上的湖泊白浪滔天。

现在，气球变得难以操纵了。博士一直怕气球会被吹往东面。好在这时来了一股气流带着气球径直往北飞去。晚上6点钟，“维多利亚号”停在了距岸边20英里的一个荒岛上，方位是南纬0度30分、东经32度52分。

旅行家们把锚钩在了一棵树上。傍晚的风平息下来，气球一动不动地停在空中。要下到地面上是不可能的：和湖岸边一样，不计其数的蚊子聚拢成的厚厚一层阴云笼罩着岛的上空。乔系好锚索、从树上爬回来的时候,身上已经被蚊子狂叮乱咬了一番。不过乔并不生气,因为他觉得对于蚊子来说,这是很自然的事。

可是博士就没有那么乐观了,他尽可能将锚索放得长,避开那些无情的飞虫,此时它们正令人恐怖地嗡嗡叫着往上飞呢。

博士确认了一下湖面的海拔,结果同斯佩克上尉所说的完全一致:3750 英尺。

“那么我们现在是在一个岛上了!”乔一边说着,两手一边使劲在身上乱搔,弄得手腕都像要断了似的。

“我们可以很快地在岛上转一圈,”猎人说,“除了这些可爱的昆虫,岛上大概就没什么活的东西了。”

“其实,”博士回答道,“湖面上这些星罗棋布的岛屿不过是那些被淹没的山丘的峰顶。不管怎样,我们在这里停歇还算是幸运的,因为湖岸上的那些部落都非常凶残。好了,睡觉吧,老天赐给了我们一个平静的夜晚呢。”

“你不睡吗,塞缪尔?”

“不睡了,我合不上眼,要想的事太多,睡意都没了。诸位朋友,明天如果顺风,我们就笔直往北飞。那时,我们也许能发现尼罗河源头。还不曾有人到过那个神秘的地方呢。离大河源头这么近,我是无法睡得着的。”

至于肯尼迪和乔,对科学的关注丝毫不影响睡眠。他们在博士的看守下,很快沉入了梦乡。

4 月 23 日,星期三,早上 4 点钟气球开始起飞,头顶是灰色的天空;此时夜幕正艰难地退出浓雾笼罩着的湖面,不过没多久,一股强风就把所有的迷雾都吹散了,气球在空中朝相反的方向晃动了片刻,最后沿一条直线向北飘去。

弗格森博士十分高兴地拍了一下手。

“我们的路线完全正确!”他大声说道,“今天或者以后的哪一天我们就能看到尼罗河了! 瞧,朋友们,我们正在飞越赤道! 我们正在进入我们的北半球!”

“啊!”乔说,“博士,你真的认为赤道从这儿穿过?”

“正是这儿,我的孩子!”

“那么,向你表示我最崇高的敬意,先生,我似乎认为我们应该举杯庆祝这一特殊的时刻。”

“好主意啊,拿酒来吧!”博士回答时脸上充满笑意,“乔,你很有自己对地理学的看法嘛。”

就这样,他们在气球上进行了跨越赤道的仪式。

气球快速地飞着,西边显现出较为平缓的低坡。其实,那就是乌干达和乌索加地势较为隆起的高原。风速越来越大了,几乎达到每小时30英里。

湖水波涛汹涌,犹如海涛一般咆哮,在湖面上溅起朵朵白色浪花。波涛喘息间,深水处涌起的一些大浪仍久久不肯落下。博士观察后断定湖水很深。气球从湖上快速飞过时,他们只隐约看见一两条做工粗糙的独木舟漂荡在水面上。

“就它的高度来说,这个湖很显然是东部非洲江河的源头,”博士说道,“湖中的水分蒸发上去,在天空中又变成雨水降落下来。显而易见,尼罗河就是从这里起源的。”

“等着瞧吧,会清楚的。”肯尼迪答道。

将近9点,气球飞近了西岸,那里看上去林木葱茏,荒无人烟。这时,风向微微转向了东方,不久,湖的东岸就隐约可见了。这里的湖岸弧度很大,在北纬2度40分的地方形成了一个大大的拐角。湖的对岸耸立着许多陡峭的山峰。山峰间,一条蜿蜒幽深的峡谷中流淌着一条奔腾的河流。

弗格森博士一边操纵着气球,一边目光贪婪地审视着这个地区。

“看!”他叫道,“看哪,朋友们! 阿拉伯人的传说是正确的! 他们曾提到过有这样一条河,乌克雷维湖水就是打这条河流向北方的。这条河确实存在,我们正在顺流而下,它奔腾的速度和我们飞行的速度不相上下! 毫无疑问,我们脚下流淌的这股水流一定会汇合到地中海的波涛中去! 这就是尼罗河!”

“这就是尼罗河!”肯尼迪重复道,老朋友的热情也感染了他。

“尼罗河万岁!”乔喊道。他在兴奋的时候总会不由自主地欢呼。

巨大的岩石分布在水中,阻挡着这条神秘之河的奔流。河中巨浪翻滚,形成许多条急流和瀑布,这和博士原先想象的一样。千百条激流从两侧的高山上倾泻直下,激起无数的浪花。一股股涓涓细流从四下里涌出地面,一路上相遇汇合,争先恐后地奔向这条刚刚形成的河流。而汇聚百川之后,这条河便变成了一条奔腾的大江。

“有个问题,”肯尼迪问,“能否证明它就是从北方来的探险家们见过的那条河呢?”

“我们需要一小时合适的气流,那时谁也不会再怀疑了。”博士信心十足地回答他。

山脉向后靠去,像有意把广阔的土地留给密集的村庄、芝麻地、甜高粱地以及甘蔗园。这地方的人对气球的到来表现出敌对和不安的情绪。在他们愤怒的眼里,三位探险家倒不像来寻找尼罗河源头的,而是要偷他们什么东西似的,“维多利亚号”只好小心地在火枪射程之外前进。

“我觉得在这里着陆恐怕会有问题。”肯尼迪这样认为。

“哼! 这些倒霉的土著人,”乔回答道,“连和咱们谈话的乐趣都享受不到。咱们就是不给他们。”

“不过,我还是需要降下去的呀,”弗格森博士答道,“哪怕只有一刻钟也行。否则,我就无法察看我们探险的成果了。”

“真的非降下去不可吗,弗格森?”

“是的,即使不得不开枪,也得降下去!”

“这事我喜欢。”肯尼迪抚摸着他的马枪,答道。

“主人,只要你一声令下,我绝对服从!”乔也说道,做好了战斗的准备。

“一手持刀,一手搞科学,这样的事情不是第一次发生。”博士说道,“一位法国学者在西班牙的群山之间测量地球子午线时,也曾遭遇过同样的事。”

“别担心,博士,信任你这两位贴身保镖吧。”

“还不到时候。我们先把气球升高些,仔细观察一下这里的地形再说。”

氢气膨胀起来。不到10分钟,“维多利亚号”就已经在离地2500英尺的高空中飞翔了。

从空中俯瞰,千万条河流纵横交织,从四面八方向这条大河汇聚。其中的许多条都来源于西面的山岭和沃野中。

“我们离刚多科罗最多只有90英里了!”博士指着地图说,“而离从北方出发的探险家们所到达的最远点还不到 5 英里！现在可以小心地向地面靠近了。”

“维多利亚号”向下降了 2000 多英尺。

“现在，朋友们，随时准备应付各种意外！”

“都准备好了。”迪克和乔齐声回答。

“好！”

很快，“维多利亚号”降到了离地面只有 100 英尺的地方，继续沿着尼罗河的流向往前飞行。这条河在这个地带宽 50 托瓦兹。两岸的村庄里，土人们情绪激动地嚷成一团。在北纬 2 度的地方，尼罗河的水流往下跌落 10 英尺左右，形成了一道不可逾越的巨大的瀑布。

“看来，这就是德博诺先生曾经提到的那个瀑布了！”博士大声说道。

到了下游，河变宽了，许许多多的小岛点缀其中，弗格森博士睁大眼睛专注地盯着它们看。他似乎在寻找一个基准点，但是还没有找到。

这时候，几个大胆的黑人驾着小船已追到了气球下面，肯尼迪见状开了一枪吓唬他们，他们听到枪声果然以最快的速度返回岸边。

“祝你们旅途愉快，”乔大声叫道，“我要是你们，就不会再往回跑。我肯定会被这个能随意喷射雷光电火的怪物吓坏的。”

就在这时，弗格森博士突然抓起望远镜，对准卧在大河中心的一个小岛。

“四棵树！”他大喊一声。“快来看，那边！”

果然，岛的顶端孤零零地立着四棵大树。

“是本加岛！没错，正是它！”他又补充道。

“噢！那么，我们还干点什么？”迪克·肯尼迪问。

“我们下到那儿去。但愿能成！”博士坚定地回答。

“可是，好像岛上有人住呀，弗格森先生！”乔提醒道。

“乔说得对。如果我没弄错的话，那儿聚着 20 来个土著人呢。”肯尼迪证实道。

“赶走他们不就行了，这没什么难的。”弗格森博士回答。

“那好，说干就干吧！”猎人说。

现在正是太阳当头的时候，“维多利亚号”渐渐靠近了小岛。

那些黑人是玛克多部落的居民，他们扯着嗓子大喊大叫，其中的一位还把他那用树皮做成的帽子高高地举在空中挥舞着。肯尼迪朝他瞄准，开火，他的帽子顿时成了碎片。于是他们四散逃走。

这些土人一头扎进河水里，朝对岸游去。顷刻间，从河的两岸射来冰雹一般的子弹和雨点般的利箭，不过气球没有受到丝毫的损害，它的锚早已钩住一块岩石的缝隙。乔转瞬间便滑到了地面上。

“放下绳梯！”博士喊，“迪克，来！”

“干什么？”

“我们下去吧，我需要你给我做证。”

“没问题，来了。”

“乔，你负责警戒。”

“放心先生，有我在就好。”

“迪克，来。”博士话音未落，已踏上地面。

他们走向岛顶突兀险峻的岩石。博士先是四处张望，然后在荆棘丛里寻找，不知道在找什么东西，双手被刺得全是血。突然间他一把抓住肯尼迪的手说：“快看！”

“字！”肯尼迪惊讶极了。

不错，岩石上明白地刻着两个字母：A. D.

“A. D.”博士重复着，“安德里 · 德博诺！就是那位旅行家的签名！他沿着尼罗河上溯得最远。”

“当然不用怀疑，老朋友。”

“你现在信了吗？”

“确实是尼罗河！现在我们不用怀疑了。”

博士立即把这两个珍贵的字母分毫不差地按原来的大小和形状记了下来。事毕，他向这两个字母望了最后一眼，说：“好了，现在我们回到气球上去吧！”

“那么咱们得快点。你瞧，有几个土著人正准备过河呢。”

“现在我们不在乎了！风把我们再向北吹送几个钟头，我们就能到达刚多科罗了。我们在那里将会和我们的同胞握手！”

10 分钟之后，“维多利亚号”威严地升上了天空。弗格森为了庆祝探险的成功，把英国国旗悬挂起来，让它飘扬在这片土地的上空。

第十九章　尼罗河

——“颤抖之山”——思乡
——阿拉伯人的传说——“尼阿姆－尼阿姆”
——乔的合理想法——“维多利亚号”有惊无险
——气球的几次上升——布朗夏尔夫人

“我们现在往什么方向去?”肯尼迪见他的朋友在查看罗盘,便问。

“西北偏北。”

“见鬼！这么飞,可不是往北去呀!”

“当然不是了,肯尼迪。而且,我认为我们有点麻烦,到不了刚多科罗了。对此,我也觉得挺可惜。不过,我们毕竟已经把从东方和北方两边来的探险队所做的事连起来了,所以,没有什么可抱怨的。”

“维多利亚号”渐渐地离尼罗河越来越远。

“最后再看一眼这条连最勇敢的探险家也没能越过的界线吧!”博士说,“帕斯里克、德·波普、米阿尼,还有年轻的旅行家勒让,都曾经提到过居住在这一带的不好客的部落。我们应该特别感激勒让,他在尼罗河上游一带的探险成果对我们来说是很有价值的。”

“这么说来,”肯尼迪又问道,“我们的发现与那些科学假说是一致的。”

“完全一致。白尼罗河,就是阿拉伯人说的巴赫尔·埃尔·阿比亚德,它的源头就隐藏在一个海洋般的大湖里,其实,尼罗河就起源于这个湖。真相大白了,诗意的东西不再那样受人重视了,过去人们想象这条王者之河通向天上,古代人称它为汪洋,甚至说它是直接从太阳上流下来的!”

“我们还是丢掉美好的幻想,接受科学的事实吧,因为科学家不常有,而诗篇却永远存在。”

“前面又是些瀑布。”乔说。

“是玛克多瀑布，位于北纬 3 度，非常精确！真希望我们刚才沿着尼罗河再飞上几个小时！”

“看哪！”肯尼迪猛然大叫，“我看见一座山。”

“洛格维克山，就是阿拉伯人常说的‘颤抖之山’，德博诺先生曾化名考察过这个地方。尼罗河畔的部落之间常有仇杀，你们很容易能想到他当时所冒的风险。”

气球向西北飞去，为了避免撞上“颤抖之山”，博士努力寻找更加倾斜的气流。

“朋友们，”博士向他的两个旅伴说，“我们真正意义上的‘穿越非洲’就要从这里开始了。直到现在，我们一直都在追随着前辈的足迹，而从今天起，我们就要大胆地进入从未被人所知的地区了。大家都有这份勇气吗？”

“从来就有！”肯尼迪和乔异口同声地应道。

“好，上路！愿上帝保佑我们！”

三位旅行家乘着气球越过一条条山谷、一片片森林和一座座散落的村庄，于晚上 10 点来到“颤抖之山”的山腰上空。“颤抖之山”的山坡坡度很小，气球就沿着这些缓坡移动。

4 月 23 日，在这个值得纪念的日子里，三位旅行家在一股劲风的吹送下，15 个小时内飞行了 315 英里之多。

但是，旅程的最后一段时间里，大家都变得比较忧郁，吊篮里笼罩着一片沉寂。是弗格森博士完全沉浸在自己的发现和思索中吗？是他的两个同伴正在琢磨这次在未知区域里的旅行吗？毫无疑问，这些因素都存在，不过最重要的是大家对家、对遥远的朋友的深切思念之情。只有乔仍然是一副无忧无虑、没心没肺的样子，因为他觉得从他离开家的那一天起，家就已经不在身边了，这是再自然不过的事情；不过他尊重博士和肯尼迪这对朋友的沉默情绪。

10 点钟左右，气球在“颤抖之山”的山脚下抛了锚，之所以给这座山取这样一个名字，按照阿拉伯人的传说，是因为一个马索人双脚一旦踏上该山全身就会颤抖不已。三位旅行家吃了顿营养丰富的晚餐，然后像往常一样平静地度过了这个夜晚，照旧由三个人轮流值班。

第二天醒来后,大家的心情稳定了下来。天气很好,而且风向合适。早饭时,乔一直逗得大家很开心。饭吃完了,每个人也都恢复了以前的那种欢快情绪。

眼下他们经过的地区非常辽阔,从某种程度上说,与欧洲一样大。出了这块广袤的土地就是月亮山和达尔福尔山。

“我们可以确定,正在飞越传说中的乌索加王国。曾经有地理学家认为,非洲中心存在一个庞大的洼地湖泊,我们可以验证一下。”

“做出这种假设的依据是什么呢?”肯尼迪问。

“是阿拉伯人的传说。阿拉伯人很善于讲故事,也许讲得有点儿过。几位到过卡泽赫或大湖的旅行家见到那些来自非洲中心地方的奴隶,向他们了解了他们故乡的信息,还搜集了资料用以做出推定。不管怎样,里面总有一些是可信的。正如你看见的,对尼罗河源头的假定是正确的。”

“是的,一点儿没错。”肯尼迪回答。

“人们根据这些制定了一些地图,我手头就有这么一份,必要时我准备修正它。”

“整个这一地区都有人居住吗?”

“那当然了,只是居住状况并不怎么令人满意。”

“我也是这么想的。”

“这些分散的部落有个总的名称,叫作‘尼阿姆 - 尼阿姆’,这个混合词其实只不过是一个绰号而已,它所代表的意思是一种咀嚼的声音。”

“啊,太妙了!”乔说道,一边咬响牙齿好像正在吃东西的样子:“尼阿姆 - 尼阿姆。”

“亲爱的乔,如果你和这个拟声词有直接的利害关系,你就不会觉得它有多妙了。”

“这么说是为什么呢,先生?”

“这些部落被看作是食人族。”

“事实真的是这样吗?”

“确有其事。据说这些土人还像低级的四足动物一样夹着一根尾巴,但很快人们就发现这玩意儿原来是他们身上披着的兽皮的一部分。”

“真可惜,有条尾巴赶赶蚊子倒是挺方便的呢!”

“可能是吧,乔,不过应该把这类说法归于无稽之谈,就像旅行家布伦·罗莱硬加在某些部落土人肩膀上的狗头一样。”

“狗头？这倒正可以汪汪乱叫，还可以吃人肉。”

“不幸得很，已经有人证实，这些凶残的部落食人成癖，经常贪婪地寻觅这种食物。”

“我希望他们别一心想着我的肉。”乔忧心忡忡地说。

“你想哪儿去了！”猎人责备道。

“是这样嘛，肯尼迪先生。万一哪一天真的没吃没喝的，只能拿我充饥时，我也希望给您和我的主人吃掉。可是，喂这些黑家伙，呸，我羞也要羞死了！”

“好极了，可爱的乔！”肯尼迪夸赞道，“那就一言为定。到那时候，我们就指望你了。”

“先生们，愿为你们效劳。”

“乔这么说，是想让我们好好照顾他，把他养得胖胖的。”博士开玩笑地说。

“也许吧！”乔回答，“人就是一种非常自私的动物嘛！”

下午的时候，从地面上弥漫开的一团热雾笼罩了整个天空，气球上的人很难透过这层褐色的烟雾看清下面的物体。博士担心撞上哪座突然出现的山峰，于是在5点钟左右发出了停止前进的信号。

一夜平安无事，但是在这浓浓的黑夜中，有必要加倍地提高警惕。

第二天早上刮起了异常强劲的季风。风拼命往气球下方的空穴里灌，猛烈地摇动着气球上插着的输送气体的管子的附属配件。最后他们不得不用绳子把这部分绑在一起，乔身手十分利索地完成了这一任务。

“这对我们来说至关重要，”弗格森博士一再地强调，“我们首先要避免这些宝贵气体的损失；其次，我们不能让周围有易燃物存在，以免引起火灾。”

“要是旅途中碰上这种事，那可太叫人恼火了。”乔说。

“那样的话，我们会很快掉到地上去吗？”迪克问。

“倒不会很快。气体会慢慢燃烧，我们就将一点点地降落下去。法国航空家布朗夏尔夫人就遇上了这种事故。她在放焰火时，火星蹦到气球上烧了起来。但是气球没有立刻就掉下去。要不是她的吊篮撞着了一根烟囱而将她甩到了地上，她是不会死的。”

“但愿我们别遇到这类事。”猎人感触地说，“直到现在，我觉得我们的旅行还是挺安全的，而且我也看不出有什么问题可以阻碍我们到达目的地。”

“亲爱的肯尼迪，我也看不出来。再说，意外都是因为气球操作不谨慎或气球装置质量差造成的。不过，人类已进行过好几千次气球飞行了，气球失事导致人员丧生的情况还不到20例。一般说来，着陆和起飞时最危险。因此在这种情况下，我们不能有丝毫的大意。”

“该吃早饭了！”乔喊道，“在肯尼迪先生能够想出办法给我们弄些鲜美的野味之前，我们就随便来点罐头肉和咖啡吧。”

第二十章　空中扔下瓶子

——棕榈无花果树——“巨人树”
——“战争树”——长翅膀的“辕马”
——两个部落间的厮杀——屠杀
——神的干涉

风越来越大,而且极不规律。“维多利亚号”随风飘荡,一会儿向北飘,一会儿往南飞,怎么也碰不到一股方向稳定的气流。

“我们飞得很快,就是没走出去多少路。”肯尼迪说。他注意到磁针在频频晃动。

“‘维多利亚号’现在飞行的速度至少每小时 30 法里。”弗格森回答,“你们欠欠身往下看看,原野在我们脚下消失得多快啊！快看那片森林,它好像直向我们冲过来啦!”

“森林早变成草地了!”猎人回答。

“草地又变成村庄了!”

没过几分钟,乔也叫了起来,“看,这些黑人正瞧着我们目瞪口呆哪!”

“这是很自然的,”博士回答,“法国农民第一次看到气球时,以为是空中的怪物,还朝它开枪呢。所以一个苏丹的黑人冲着气球瞪大眼睛也是情理中的事。”

“说真的,”当“维多利亚号”在 100 英尺的高度飞过一个村庄时,乔说,“您允许的话,先生,我要扔个空瓶子下去。如果它掉下去还安然无恙,那就一定会被他们当作宝贝;如果它摔碎了,碎片也会成为他们的护身符!”

这样说着,他就朝下头扔了个瓶子。瓶子立刻摔得粉碎,而土人们也被吓得哇哇乱叫着忙不迭地窜回他们的茅屋。

离开村子上空不久，肯尼迪突然叫了一声："你们快看，这棵树多奇怪！上半截是一种树，下半截是另一种树。"

"真是不错！"乔颇为感慨地说，"竟还有这么一个地方，甚至树都是一棵接在另一棵上面长。"

"其实，这只是棵很普通的无花果树。"博士解释说，"树干上面落了点儿肥土，不知哪天，风把一粒棕榈树种子带到了上面，而这粒种子就像是在土地里一样发芽长起来了。"

"这个办法倒少见！"乔颇有兴趣地说，"我一定记住带回英国去，最好能把它用在伦敦的公园里。更何况这还是繁殖果树的一个好法子。到那时，就会有些高空花园了。这法子一定会受到小花园主的欢迎。"

就在这时候，因为要飞过一片300多英尺高的榕树林，"维多利亚号"不得不上升一点儿。这些榕树已经生长了上百年了。

"这些树真高大啊！"肯尼迪叫道，"我从来没见过这样漂亮的林子！快来看呀，塞缪尔！"

"这些榕树的确够高的，亲爱的迪克。不过在新大陆上，这样的树林还算不上稀奇。"

"什么！还有比这更高的树？"

"当然喽，其中就有那种被称为'巨人树'的树。比方说，在加利福尼亚，就有人发现过一棵450英尺高的雪松，这比国会大厦的顶端，甚至比埃及金字塔还要高呢，树干周长竟有120英尺！从树的年轮来看，它已经有4000多年的寿命了！"

"噢！先生，这么说是没什么值得大惊小怪的。活了4000年，长这么高的个儿，这不很正常吗！"

就在博士和乔问答的时候，下面的树林已经过去了。现在，出现的是一个大居民中心。一座座茅屋成环状围绕在一个广场的四周，广场的中间长着一棵孤零零的树。乔看了一眼，立即叫了起来："啊呀！如果那棵树4000年都开这样的花，我可不敢恭维！"

"这就是那些食人族的战争树！"博士说，"印第安人只是剥头皮，这些黑人却是把整个的脑袋都砍下来。"

"只不过方式不同而已！"乔说。

转眼间，刚才的村庄和那些血淋淋的人头已经消失在天边。但是前方又出现了另一幕更加让人恶心的场景——被吃掉一半的尸体；半掩在尘土中的骷髅；到处散落着人的四肢，丢在那儿成了鬣狗和豹的食物。

“毫无疑问，这些都是罪犯的尸体；根据阿比西尼亚地区的风俗，这些人被扔掉当作野兽的食物，野兽先用自己的尖牙利爪把他们咬死，然后再慢悠悠地将他们吃掉。”

“这并不比绞刑残酷多少，”苏格兰人说，“不过就是脏了点，仅此而已。”

“在南部非洲，”博士又说，“罪犯和他的牲畜，也可能是全家，一道被关在自己的茅屋里，然后放一把火统统烧死。这才叫残忍呢！不过我同意肯尼迪的说法，即使绞刑不比这更残酷，至少也同样的野蛮。”

视力极好，又很会利用这个特长的乔，这时又看到地平线上盘旋着几群被人肉吸引过来的鸟。

“是鹰。”肯尼迪拿望远镜辨认以后，说道，“这些了不起的鸟，飞起来能和我们一样快呢。”

“但愿上帝保佑我们别遭它们的攻击！”博士说，“对我们来说，鹰比猛兽、野人更可怕。”

“啊，有这么可怕？放几枪就会把它们赶走的。”猎人说。

“别开枪！亲爱的肯尼迪，我宁可不用你准确的枪法，也不愿招惹它们。我们气球上的塔夫绸可经不起它们的嘴啄一下。好在这种令人生畏的鸟可能会被我们的气球吓住，而不是被吸引住。”

“不过，我有一个主意，”乔说，“要是我们能活捉一只鹰，把它套在吊篮前面，它就能拖着我们在空中飞了！”

“确实有人提出过这种想法，”博士说，“不过，对于这些生性倔强的鸟儿，这个办法恐怕不怎么实用。”

“可以把它们训练一下，”乔继续发挥他的想象力，“我们不用给它们戴上口套，而是把它们的眼睛挡住：挡一只眼的时候，它们就会朝左或朝右飞；要是两只都挡上，它们就会停下来。”

“乔，比起你那几只鹰来，我还是更愿意利用顺风，因为这么做不用喂食，而且更稳妥。”

“那么，主人，你有选择的权利，不过我坚持我的观点。”

此时已是中午。“维多利亚号”的行进速度早已慢了下来；大地已不是在气球下面飞跑，而只是走了。

突然，旅行家们的耳朵里传来阵阵厮杀声、叫喊声。三人俯身往下看，只见在一片开阔地上正进行着一场惊心动魄的战斗。

两个部落的人挥舞着刀斧，杀得难解难分；箭如雨点般飞来飞去，武士们个个杀红了眼，根本没注意到“维多利亚号”。他们大约有300人，双方纠缠在一起，拼得你死我活，互相毫不留情，大多数人已是鲜血淋淋。他们厮杀着，在遍地的伤员身上踩来踩去，毫不理会伤者的哀号，整个场面让人极度厌恶。

后来他们终于看见了气球，于是暂时停止了搏斗；不过他们的喊声更大了，还纷纷朝“维多利亚号”射箭，其中一支离吊篮非常近，乔一把就将它抓住了。

“我们升到射程以外去，”博士命令道，“千万不能马虎！我们一点点险也冒不得。”

于是交战的两个部落重新挥动起了斧头和长矛，继续进行着这场大屠杀。敌人一倒在地，对手就立刻冲上去砍下他的脑袋。这场混战中还夹杂着一些女人。她们忙着拾起血淋淋的头颅，把它们堆在各自战场的一头。为了争夺这些令人作呕的战利品，她们还常常扭打起来。

“真可怕！”肯尼迪感到一阵恶心。

“真是些肮脏无耻的东西！”乔说，“不过，要是他们也穿着军服，倒跟世界各地的士兵没多大区别。”

“我真想插手阻止这场厮杀。”猎人挥动着他的马枪，说道。

“不！不！”博士坚决反对，“不行，我们还是不要多管闲事为好。你知道哪一方是对的哪一方是错的？难道你想充当上帝的角色吗？我们还是快快离开这令人作呕的一幕，越远越好。如果那些大军事家们能像我们这样居高临下看看他们建功立业的场面，或许他们最终会对流血和战利品产生厌恶之情。”

这些野蛮的人中有位酋长，他身材魁梧，力大无穷，格外引人注目。只见他一只手用矛不断刺向敌人，另一只手挥舞斧头，在人群中砍来砍去，所到之处，无人能挡。他抓住机会，迅速把那只被鲜血染红了的长矛远远投了出去。紧跟着，他扑向一位伤者，一斧子劈下那人的胳膊，随后伸手抓住胳膊，张开大嘴，津津有味地啃了起来。

“啊!”肯尼迪大叫一声,“可怕的野兽! 我再也无法忍受了!”

于是一颗子弹直飞过去,正中这个残忍的斗士的前额。他仰面倒在了地上。

首领的突然死亡使得他手下的战士们一时目瞪口呆,不知所措;这种神奇的死亡把他们吓住了,敌人的士气反而被大大鼓舞了,他们顿时勇气倍增,局势发生了逆转,过半数的士兵离开战场四散而逃。

“我们再升高点儿,找股气流带我们走吧。”博士说,“这一幕实在让我厌恶透了。”

但他们走得不可能那么快,仍然看见了胜利者们急急忙忙扑到死伤者身上,你争我夺,贪婪地吞食尚有余温的人肉的场面。

“呸!”乔厌恶地说,“真叫人恶心死了!”

“维多利亚号”一边膨胀,一边上升。这群狂徒的号叫声好大一会儿才渐渐从他们耳边消失。终于,风又把气球往南送去。三位旅行家离开了这个同类相食的场面。

地面渐渐起伏不定,变化极大。无数溪流向东流去。这些河流无疑注入努湖和羚羊湖。纪尧姆・勒让先生曾对这两个湖做过极为详尽的描述。

夜幕降临了,“维多利亚号”在东经 27 度、北纬 4 度 20 分的地方停了下来。这一天,气球飞了 150 英里。

第二十一章　奇怪的嘈杂声

——夜袭——肯尼迪和乔在树上
——两声枪响——“快来人哪!”
——用法语回答——清晨
——传教士——营救计划

夜里伸手不见五指,博士没能确认他们处于什么地区。气球停在一棵大树的上空。黑暗中,博士依稀辨出模糊的树团。根据往常的习惯,他值从9点开始的这一班。午夜时,肯尼迪来替换他。

“好好注意,迪克,千万要当心。”

“有什么情况吗?”

“没有。不过,我觉得下面似乎有种奇怪的响动。不知道风把我们吹到了什么地方,多加小心总没错。”

“你听到的可能是野兽的叫声。”

“不像!听上去完全是另一种声音。不管怎样,稍有动静,立刻叫醒我们。”

“放心吧!”

博士又凝神屏气地听了一会儿,没发现什么,便钻进被子,很快睡着了。

天空乌云密布,空气中没有一丝风;气球只靠一只锚固定着,一动不动地悬浮在那里。

肯尼迪将胳膊肘支在吊篮的边沿上,望着寂静的夜空,一边照看着一直在工作着的氢氧燃气喷嘴;他仔细地审视着地平线,心里忐忑不安,总感觉好像有什么事就要发生似的,有时他甚至觉得远方似乎闪过几丝模糊不清的光亮。他一时间甚至觉得那光亮就在二百步以外的地方,非常模糊,而且只是闪了一下便迅速消失了,就像它出现时一样,除此之外他没注意到有什么别的异常情况。毫无疑问，一个人在十分浓重的黑暗中待久了，眼前有时确实会出现类似的幻觉。肯尼迪尽量让自己平静下来，重又开始巡视着眼前无边的黑夜，这时一声尖利的呼啸划进他的耳朵。

是野兽的吼声还是知更鸟的啼声，还是什么人发出的声音？

肯尼迪意识到情况的严重性，几乎就要去叫醒两个伙伴了。可是他又转念一想，反正人也好，野兽也好，总不会离得很近。迪克检查了一下他的武器，又拿起望远镜，努力地向夜空中张望。

不多会儿，他觉得似乎隐隐约约有几团黑影正在朝树的方向逼近。一道月光从云缝间一闪而过，肯尼迪清楚地看到有群东西正在黑暗中移动。

想到遭遇狒狒的那段经历，肯尼迪情不自禁地把手搭在博士肩上。博士立刻就醒了。

“嘘！”迪克说，“我们说话要小声些。”

“出了什么事吗？”

“是的，把乔也叫醒吧。”

乔一起身，肯尼迪就把看到的情况告诉了他。

“又是狒狒？”乔不太相信。

“也许，总之我们必须谨慎。”

“我和乔去树上埋伏。”肯尼迪说。

“好吧，我尽快准备好，需要时气球随时能快速起飞。”博士补充道。

“就这样。”

“我们下去。”乔说。

“还有，你们不要轻易开枪，如果在这里被人发现，可不是什么好事儿。”

肯尼迪和乔点头算是回答。他们悄悄用绳梯下到树上，立刻在被锚钩住的树枝上藏好。

几分钟后，有种沙沙的声音响起，乔抓起肯尼迪的手说：“听见没有？”

“有什么东西过来了。”

“动静越来越大了。”待了一会儿，肯尼迪低声说。

“好像是人。”

“我倒宁愿是野人呢,因为我非常怕蛇。”

“声音越来越大了。”沉默了一会儿,肯尼迪又说道。

“是啊！有什么东西在向我们靠近——在向上爬!”

“你守这边,我照看另一边。”

“好吧!”

组成这片小树林的树木通常被人们称作猴面包树,此刻他们就待在其中一棵猴面包树上的一根粗壮的主枝上。稠密的树叶使得黑暗更加浓重,不过,乔凑到肯尼迪的耳朵旁,指了指树下面,悄声说道:“黑人。”

这时,几句低低的交谈声传到了两位旅行家的耳朵里。乔端起了枪。

“等一下。”肯尼迪说。

真的有一些野人在爬猴面包树。他们不知道是怎么突然从四周冒出来的,一个个像蛇一样悄悄地往上爬,虽然动作缓慢,但非常稳当。尽管他们小心翼翼,动作隐蔽,但身上的油脂散发出的那股恶臭,还是使他们露出了马脚。

没过多久,在同肯尼迪和乔藏身之处一样高的树叶间冒出了两个脑袋。

“注意,开枪!”肯尼迪叫道。

两声枪响如惊雷一般在空中回响,在几声惨叫中消失了。刹那间,树上的人都溜得无影无踪。

然而,在一片惊恐的尖叫声中,突然传来一个奇怪的、不可思议的、令人难以置信的喊声！竟然有人用清晰的法语喊着:“救命！救命!”

肯尼迪和乔都呆住了,立即返回吊篮。

“听见没有?”博士问。

“很清楚。喊的是:‘来人啊！救命!’”

“看来,是有个法国人落入黑人手里了。”

“是位探险家?”

“也可能是传教士。”

“倒霉的人!”肯尼迪叫起来,“他们正在虐待并杀死他呢!”

博士也很激动地说:“应该是这样,一位可怜的法国人落入了黑人手中。不救出他,我们绝不离开。听到枪声,他一定知道自己有救了,这完全是天意,所以我们不要让他的希望最后落空,你们说对吗?”

“赞成,我也是这样想的。弗格森,我们听你的安排。”

“好的,我们想想办法,在天亮的时候救他。”

“有个问题,我们怎样才能赶开那些黑人呢?”肯尼迪问。

“从刚才赶跑他们的情况来看,他们对发光的武器很恐惧,我们可以加以利用。等到天亮才适合行动,因为我们还要根据地形决定怎样行动。”

“他离我们不是太远,因为……”乔说。

“来人啊!救命!”叫声减弱了些。

“那些野蛮的家伙!”乔感到心在胸膛里剧烈地跳动,“要是他们今晚就要弄死他呢?”

“听到了吗,塞缪尔!”肯尼迪紧紧抓住博士的手,“要是他们今晚就要弄死他呢?”

“不会的,朋友们,这些野蛮部落只在白天才弄死他们的俘虏,因为他们需要太阳!”

“那么,要不我趁着黑暗悄悄溜到那可怜的人身边去?”肯尼迪说。

“我和你一起去。”乔热切地说。

“好了,朋友们,好了!从这个建议足见你们心地善良,勇敢无畏;不过这么做会将我们大家都置于十分危险的境地,也会给那位你们打算去帮助的不幸的人带去更大的伤害。”

“怎么会呢?”肯尼迪问道,“那些野人已经吓得逃跑了,他们不会再回来啦。”

“肯尼迪,求求你,听我的吧。我这样做是为了大家的安全。万一你不小心让他们抓去,就一切全完了!”

“那个可怜的人正在期盼着,希望我们去救他呢!可他却得不到任何回答!没人来救他!他一定以为是自己产生了错觉,以为什么也没听见!”

“我们可以让他放心。”

弗格森说完,站起了身。他在黑暗中,把手合成喇叭状,用法语全力高喊:“不管您是谁,不要绝望!有三位朋友在关心您呢!”

喊声立即引来吓人的一阵叫嚷,可怜人的回答被盖过了。

“他们要拿他祭祀!”肯尼迪大叫,“刚才的做法,只能让他死得更快罢了,现在必须立刻动手!”

“该死!要是现在天亮着多好!”乔有些懊恼。

“如果天是亮的,你想怎么样?”博士的口气怪怪的。

“弗格森,很简单,”肯尼迪说,“我下去用枪赶走这些黑人。”

“你呢,乔?”弗格森又把目光转向了乔。

“我呀,主人,我会更谨慎些!我想办法让这个人从安全的方向逃到我们这儿来。”

“可是你用什么办法告诉他?”

“我写张纸条,把它绑在上次我从空中抓来的那支箭上抛给他。或者更简单些,干脆就直接大声地喊给他听,反正这些黑人又不懂我们的语言。”

“你们的计划都行不通,亲爱的朋友们。对这位不幸的人来说,最大的困难莫过于设法逃跑了——即使他能成功地摆脱那些看守的监视。至于你,亲爱的迪克,你勇气过人,凭着他们对枪的恐惧心理,你的计划也许能够成功。不过一旦失败,你就完了,我们就得去救两个俘虏而不是一个。不行!我们必须以其他方式行事,找一个有利于我们的时机。”

“可我们应该立即行动!”猎人说。

“也许吧!”博士说这话时,着实加重了语气。

“怎么,主人,难道你能照亮这片黑暗?”

“谁知道呢,乔?”

“啊!要是你能做到的话,你就是世界上最伟大的学者!”

博士沉默着,好像在思考。两位伙伴焦急地盯着他,这样的气氛使他们俩紧张得喘不过气来。

不久,弗格森终于说话了:“是这样的,我们携带有两百磅重的沙袋,因为我们还没动用过它们。我想他一定被折磨得很瘦,体重最多和我们差不多,他上来后如果需要快点上升,我们需要抛弃大约六十磅沙袋。”

“你有何打算?”肯尼迪问。

“是这样,迪克!你看,如果把气球降到那个俘虏身边,把他救上来,那么扔掉和他的体重相等的压舱物之后,气球仍然处于平衡状态。不过,要想借助一股极大的升力立即飞离这群黑人,那就得使用比燃烧嘴更有效的办法。如果在紧要关头把剩下的压舱物扔下去的话,我们就能够迅速上升了。”

“显然是这么回事。”

“对。但这个计划有一点小问题,那就是以后再降落的时候,我必须按比例与将扔掉的压载物相等的氢气放掉。当然,气球里的氢气对我们来说是很珍贵的,但关系到一个人的性命时,也就不能舍不得放掉些气了。”

“你说得对,弗格森,为了救人,我们应该不惜牺牲一切!”

“那好,我们动手吧。把沙袋摆到吊篮边上,要立刻就能扔下去。”

“可是现在天这么黑,怎么办?”

“黑暗中正好工作,而且等我们干完,黑夜也结束了。请把所有的枪,放在伸手能够到的地方,很可能需要开枪。我们的马枪可以放 1 枪,2 支猎枪可以放 4 枪,4 支手枪可以放 12 枪,一共是 17 枪。我们能够在 15 秒内打出 17 枪,当然不一定要放这么多枪。准备好了吗?”

“好了。”乔答道。

“很好!”博士说,“当心周围的一切动静。乔负责扔沙袋,迪克负责救俘虏。不过没我的命令你们什么也不要干。乔先去把锚取下来,然后尽快返回到吊篮上。”

乔沿着锚索滑下去,不一会儿,他又回到了自己的岗位上。气球获得自由后,仍然几乎一动不动地悬浮在空气中。

这时,博士检查了一下混合箱,确认里面有足够的气体可以保证燃烧,暂时还用不着本生电池。于是他拿了两根用来电解水的绝缘导线,又从旅行包里掏出两块削得光光的炭条,接在每根导线的顶端。

两位朋友不解地在旁边看着,一言不发。博士将一切准备好以后,从吊篮中间站了起来。他两手各拿一根炭条,把它们的顶端凑到一起。

刹那间,两根炭条之间迸发出一道强烈的、刺眼的白光。这道巨大的电光登时穿透了夜的黑暗。

“天哪!”两位朋友目瞪口呆,异口同声喊道。

“别说话!”博士连忙提醒他们。

第二十二章　光束

——传教士——在电光中救人
——天主教遣使会神父
——希望渺茫——博士的关照
——舍己布道的一生——路过火山

弗格森把这束强光照向四面八方，最后对准发出惊叫的那个地方，停了下来。他的两个同伴把热切的目光投向那里。

“维多利亚号”悬在猴面包树上一动不动。这棵树就耸立在一块空地中间。在一块芝麻地和甘蔗田之间，清晰地显现出五十多座低矮的圆锥顶茅屋，茅屋周围乱哄哄地挤着许多土著人。

距气球大约100步远，地上插着一根木桩，木桩脚下躺着一个人。这个人很年轻，至多30岁。他长着长长的黑发，身子半裸着，浑身是血，头垂在胸前，就像被钉在十字架上的耶稣。短短的头发说明他受过剃发礼。

“真的是传教士！”乔叫着。

“可怜的不幸的人！”肯尼迪同情地叫了一声。

“肯尼迪，我们要救他！”博士肯定地说，“一定！”

那群黑人一看见气球就被吓住了。这个彗星模样的怪物硕大无比，还拖着一条闪闪发光的尾巴。他们开始冲着气球大喊大叫。那个囚犯在叫声中抬起头看见了气球，眼睛里顿时闪过了一丝希望的光芒。他弄不清究竟发生了什么，只是向从天而降的救星伸出了双手。

“他还活着！他还活着！”弗格森喊道，“啊！感谢上帝，他还活着。那些野人倒被吓得魂飞魄散了。快，我们马上去救他！朋友们，准备好了吗？”

“准备好了，塞缪尔。”

“好。乔，把燃烧嘴灭掉。”

博士的命令立即得到执行。一股若有若无的风驱动气球轻轻移到囚犯的上空，与此同时，随着氢气的收缩，气球渐渐降低。气球在浮光掠影中飘浮了 10 分钟左右，弗格森手中那束夺目的强光始终对着人群不停地扫来扫去。在难以形容的恐怖情绪的支配下，那些黑人纷纷躲进各自的茅屋里，木桩子周围连一个人影儿也见不着了。气球在浓重的夜幕中神迹般地出现，同时发出像太阳一样耀眼的光芒，博士依靠这个绝招果然取得了成功。

吊篮接近地面了；但是有几个特别大胆的黑人猜到他们的俘虏就要从他们的魔爪下逃脱，便大喊大叫着又跑了回来，肯尼迪一把抓起枪。但博士示意他不要开火。

被俘的传教士没有被绑在木桩上，事实上也没有这个必要，因为他已虚弱得连站起来的力气都没有了。吊篮一着地，心急的猎人就伸出了双臂一把将传教士抱住，把他抱上了吊篮。在这当儿，乔急忙把 200 磅重的压舱物扔了出去。

博士原以为气球会迅速上升，但是出乎他的意料，气球在上升到离地三四英尺时竟停住不动了。

“是谁拉着我们？”博士叫道。

有几个黑人疯狂地叫着奔了过来。

“啊！”乔探出身子往下看了一眼，然后大叫起来，“有个黑人抓住吊篮了！”

“迪克，迪克！”博士大喊，“快点！水箱！”

肯尼迪马上明白了朋友的意思，他立刻搬起一个 100 多磅的水箱，使劲推出了吊篮。“维多利亚号”猛然变轻了，一口气儿上升了 300 英尺。

眼看气球带走了祭祀品，黑人发出一片生气的喊叫，传教士就这样被解救了出来。

“太棒了！”博士的两个搭档欢呼起来。

突然间，气球又往上攀升到 1000 多英尺的天空。

“怎么了？”肯尼迪问。他们差点儿失去平衡。

“没什么，是那个坏蛋松开了吊篮。”弗格森平静地答道。

听到此话，乔立即俯身查看。由于他动作快，还来得及。只见那个野人摊着双手，在空中翻着筋斗，不大一会儿，一头栽到地上，摔得粉身碎骨。博士分开了两根导线,周围马上又陷入了一片黑暗之中。这时,已是早上1点钟。

一直昏迷着的法国人终于睁开了双眼。

“您得救了。”博士告诉他。

“得救了?”他用英语重复了一遍,脸上露出凄惨的微笑,“从令人痛苦的死亡中得救了! 兄弟们,我感谢你们。但我现在是活一天算一天,甚至活一小时算一小时。我的时日已经不多了。”

说完这些,传教士由于过度虚弱,再次昏迷过去。

“他死了!”肯尼迪说。

“不,”博士俯身看了看他,回答说,“只不过他太虚弱了;我们将他抬到帐篷里躺着吧。”

他们轻轻地把这个骨瘦如柴的可怜人放到铺盖上。他浑身上下满是伤口和疤痕,光烧伤和烫伤就有二十多处,伤口还在流血,看上去惨不忍睹。博士先将伤口清洗干净,然后拿来一块旧手帕,利索地撕成条,包扎好伤口。博士做这些护理工作时既利索又熟练,水平绝不亚于一位职业外科医生,做完这一切后,博士从他的药箱里取出一瓶强心剂,往病人的嘴里滴了几滴。

传教士微微抿了抿干瘪的嘴唇,吃力地吐出了几个字:“谢谢!谢谢!”

弗格森知道现在病人最需要的是彻底的休息。于是,他放下了帐篷的帘子,料理他的气球去了。

气球增添了新成员后,抛掉了大约180磅的载重,因此,它不需要燃烧嘴也能稳稳当当地浮在空中。破晓时,一阵风微微将它吹往西北方向。弗格森走到昏睡着的传教士跟前,打量了一会儿,猎人对他说:“我们能救活他吗? 他可是上帝派来给我们做伴的呀!”猎人问博士:“你有把握吗?”

“是的,迪克。在我们细心照料下,在这种如此纯净的空气中,他会恢复过来的。”

“这个人受了多少罪啊!”乔动情地说,“你们知道,他在那儿做的可比我们要勇敢,竟然一个人到那些野人堆里去!”

“这点毫无疑问。”猎人答道。

整整一个白天，博士不让任何人打扰这个不幸的人。病人一直昏睡不醒，还不时发出几声痛苦的呻吟，似乎在宽慰弗格森博士，他仍然活着。

傍晚时候，“维多利亚号”停下来，他们在黑暗中度过了一晚，乔和肯尼迪轮流守护病人，弗格森则值班并负责大家的安全。

第二天凌晨，“维多利亚号”微微向西偏离了航向，天气看上去很好。病人已能稍微大声点儿与他的新朋友们说话了，帐篷已经掀开，病人惬意地呼吸着清晨的空气。

“感觉怎样?”博士问他。

“好像好点儿了，”传教士回答，“朋友们，我不是在做梦吧？我一点儿也弄不清究竟发生了什么。你们是谁呢？告诉我吧，我将在最后的祈祷中为你们祝福。”

“我们是英国的旅行者，”弗格森回答，“正在乘气球做穿越非洲的旅行。非常幸运，我们在半路上救了您。”

“科学界也有英雄啊!”传教士说。

“而宗教界也有殉道者!”苏格兰人接口说道。

“你是传教士吗?”博士问病人。

“我是天主教遣使会传道团的神父。上帝派你们来救我——感谢上帝！我人生的使命已经完成了！你们是从欧洲来的，请告诉我关于欧洲、关于法国的事！我已经有五年没有听到家乡的消息了!”

“五年！一个人！在这些野蛮人中间!”肯尼迪惊诧地大声喊道。

“那些灵魂需要拯救。”传教士说，“那是些野蛮无知的兄弟，需要宗教引导和启迪他们。”

弗格森跟传教士讲了老半天法国的事，传教士热切地听着，流下了真情的泪水。可怜的青年人用他热得烫人的手，一会儿握着肯尼迪的手，一会儿又握着乔的手。博士煮了几杯热茶给他，他很高兴地喝了。这时他有了点儿力气，于是抬起身子。看到自己在湛蓝的天空里飞翔，他露出了欣喜的笑容。

“你们是真正的探险家!”他说，“你们勇敢的事业一定会取得成功，你们将见到父母、朋友和祖国，你们……”

话说到这儿，年轻的神父已虚弱不堪，不得不重新躺下来。他一连虚脱了几个小时，如同死人一般动也不动。弗格森博士始终守在旁边，双手握着他的手，情不自禁地露出不安的神色。他感觉到这个生命在渐渐地逝去。难道他们真的就快要失去这位刚从刽子手的手中夺回的人了吗？博士将这位殉道者身上那些目不忍睹的伤口重新包扎了一遍，接着，又不得不牺牲大部分的储备水来为病人擦身体，好为他滚烫的肢体降温。总之，病人得到了弗格森博士无微不至、尽心尽力的照顾。最后，病人终于在他的怀中慢慢地苏醒过来，虽然不一定能活下去，但起码恢复了知觉。

传教士开始向旅行者们断断续续地讲述他的经历。

“您讲法语吧，”博士对他说，“我能听懂法语，这样您会省力些。”

下面就是传教士的经历。

这个穷苦的年轻人出生在布列塔尼半岛莫尔比昂地区的阿拉东村。他从小就希望成为一个神职人员，过克己忘我的传教士的生活，并不在乎这种生活可能遇到的一切危险。带着这个愿望，他加入了圣·樊尚·德·保罗创办的拉撒路教会。20 岁时，他离开了祖国，踏上了非洲这块充满敌意的土地。他克服重重困难，历尽千辛万苦，一路传道、祈祷，徒步深入到尼罗河上游支流边的一些部落里。整整两年，他的传道被排斥，他的虔诚被曲解，他的仁慈与热情不被人所接受。他曾经被尼央巴拉最野蛮的一个部落俘虏，受到百般虐待。可是，他仍继续教诲、传道和祷告。这里的部落之间常常相互残杀，一次，囚禁他的部落在与其他部落的战争中战败，他们以为他死了，就扔下他各自逃窜了。可是，他并没因此掉过头往回走，而是继续在非洲传播福音。他最安宁的时候竟然是被当作疯子的那些日子。他毫不灰心，走到哪里就学到哪里，熟练掌握了这些地区所有部落的语言。他坚持讲授教理，宣扬上帝。这样，在上帝赐予的这种超人力量的驱动下，他在两年时间里走遍了这些野蛮的地区。最近一年来，他待在一个名叫“巴拉夫利”的尼阿姆－尼阿姆人部落里，这个部落是最野蛮的部落中的一个。就在几天前，部落的酋长死了，部落中的人认为他是酋长暴死的罪魁祸首，于是决定把他作为祭祀酋长的祭品处死。在气球到来时，他已经受了 40 个小时的酷刑。正如博士所料，他在中午太阳升到最高处时就要被杀死了。他听到枪声后，本能地呼救。当天空传来安抚他的声音时，他以为自己是在梦中。

“我并不怕死，”他解释说，“我的生命早已属于上帝！”

“不要绝望，”博士安慰说，“有我们在，我们会把你从死神手里夺回来的!”

“维多利亚号”飘得很慢,好像风也在可怜这个人,好让他在临死前得到安宁。

天快黑时,乔留心到西方有一大片微微的光亮。在高纬度地区,人们可能以为看到了大片极光。天空像燃烧了起来一样,博士认真地观察着。

“没别的,是正在喷发的火山而已。”他断定。

“但是气流正把我们往上面送。”肯尼迪担心地说。

“没什么!我们以安全的高度飞过去就行了。”

3个小时后,“维多利亚号”已到达火山上空,位置是东经24度15分、北纬4度42分。气球下面,剧烈燃烧的火山口流淌着通红的熔岩,岩石被高高喷起,瀑布般的火流令人惊叹。而风正好把气球送上去,景色壮美而危险。气球无法绕开,只好飞过去。氢氧喷嘴开到最大,“维多利亚号”很快上升到6000英尺的高空,从火山口上方300托瓦兹处掠过。

垂危的传教士从他躺着的地方也能望见正在喷发的火山。

“多美啊!”他叹道,“上帝的力量无所不在,即使在最可怕的自然现象中,我们也能感觉到他。”

奔流着的炽热熔岩给山坡披上了一件火红的外衣,在黑暗中,气球的下半部分被照得通亮,热气直冲上吊篮,让人难以忍受。弗格森博士赶紧让气球离开这个危险地带。

大约晚上10点钟时,火山缩小成了天边的一个红点,“维多利亚号”又降低了飞行高度继续前进。

第二十三章　乔的愤怒

——殉教者之死——守灵
——干旱地带——埋葬死者
——石英块——乔的幻觉
——一块珍贵的压载物
——金矿山的测量——乔开始失望

晴好的夜空渐渐笼罩了大地，传教士安详地昏睡着。

“他恐怕再也不能醒来了！”乔惋惜地说，“不幸的年轻人，还不到30岁！”

“他要离开我们了！”博士叹息着说，“他的呼吸一直那么微弱，现在更弱了，我没办法挽救他！”

“那些恶棍！”乔气愤地嚷着。他总觉得胸间充满怒火，尤其想到可敬的传教士还替他们辩解，并且原谅他们！

“上帝给了他一个美好的晚上，乔，这可能是他的最后一晚，然后再也不用受罪了。何况死对于他只是幸福的长眠。”

奄奄一息的人断断续续地说了几句话，博士赶紧来到他身边。他的呼吸开始变得困难，想透透气。帐篷完全拉开，他高兴地吸了几口清朗夜空的新鲜空气。繁星闪烁着光芒，朝他眨眼，月亮为他裹上了用皎洁的光织成的白寿衣。

“朋友们，”他用微弱的声音说，“我要走了。愿上帝替我报答你们对我的恩情，保佑你们顺利完成旅行。”

“振作起来，”肯尼迪说，“这不过是暂时的虚脱，您不会有事的。在这样美好的夏夜里，您怎么可能死去呢？”

“我心里很清楚，”传教士吃力地说道，“死神就要把我带走了。让我面对面地迎接它吧！死亡才是真正的永恒的开始，是尘世间一切烦恼的终结。兄弟们,请你们扶着我跪起来吧。”

肯尼迪扶起了他。他无力地跪在吊篮里,样子叫人看了十分心疼。

“主啊! 主啊!”垂危的传教士悲怆地叫道,“可怜可怜我吧!”

他两眼放光,在尘世上他从来没有享受过快乐,此刻在这远离尘器的高空,在这向他投来最恬静的月光的夜晚,他踏上通往天堂之路,他的灵魂早已升到天堂,犹如在显示圣迹的圣母升天日里一样,他似乎已经获得了新生。他最后一个手势是为相识仅有一天的几位朋友们祈祷祝福。然后他便倒在肯尼迪的怀里,后者脸上顿时流下两行热泪。

“死了!”博士俯身查看了一下,说,“他死了!”

于是,三位朋友不约而同地跪下来,默默地祈祷。

“明天早晨,我们把他埋葬在这块用他的鲜血浇灌的大地上。”稍停片刻,博士开口说。

这一夜剩下的时间里,博士、肯尼迪和乔三人轮流为死者守灵。他们一句话没说,唯恐扰乱死者的宁静,每个人都在流泪。

第二天,风从南面刮来,“维多利亚号”在一片辽阔的山地高原上空缓慢地前行。这里不是一座座死火山,就是一条条荒凉的峡谷,干燥的山峦上滴水皆无。层层叠叠的岩石,遍地散落的砾石和微微泛白的泥灰岩石,所有这一切都证实了这里是一片不毛之地。

将近中午,为了着手埋葬传教士的尸体,博士决定把气球降到一条荒谷里,那里是一片原始形态的火山岩地带。周围的山或许是些好的屏障,可以使吊篮直接落到地上,因为一棵树也没有,气球无法抛锚,博士只有放掉一部分氢气才能使气球着陆。为了救传教士,他们扔掉了所有的压载物,弗格森博士当时曾将原因告诉过肯尼迪。他打开了外面大气球的阀门,氢气泄露出去,“维多利亚号”平稳地向荒谷下降。

吊篮一触到地面,博士就立即关掉阀门。乔跳到地上,一只手抓住吊篮的边沿,另一只手不停地捡着石块往吊篮旁边扔,直到石块的重量和他本人的体重相当。然后他很快就用两只手往吊篮里堆了大约 500 磅的石块,这样一来肯尼迪和博士也可以从吊篮里面下来了。“维多利亚号”保持平衡状态,它的升力还不足以让它飘起来。而且,根本没必要放这么多的石头,因为每块石头都特别重,重得非同寻常。这种情况引起了博士的注意。事实上,这片土地上布满了石英和斑岩石。

“这倒是一个特别的发现。”博士心里嘀咕。

这时,肯尼迪和乔走了几步,挑了一块地方挖坑。这个夹在陡壁之间的峡谷就像一个大火炉,正午的太阳垂直泻下灼热的光辉,人热得难以忍受。

首先必须把地面上到处都是的碎石清理干净,收拾出一块地方;然后挖一个足够深,使野兽无法把尸体刨出来的墓穴;最后,三个人毕恭毕敬地把殉教者的遗体放入墓穴中。

土填进了墓穴。最上面摆了几块大点的岩石,使它的模样更像座坟墓。

一切完毕后,肯尼迪和乔发现博士仍一动不动地站在那儿,仿佛陷入了深思。他甚至没有听见朋友的召唤声,也不去和同伴们一起找个地方避避暑。

“塞缪尔,你在想什么?”肯尼迪问。

“我想到了自然界中的一个奇怪的对比,一个绝妙的偶然现象。你知道这位一心舍己为人的人,这个高尚的灵魂现在被葬在什么地方吗?”

“塞缪尔,你究竟想说什么?”苏格兰人问。

“这位传教士生前立志过清贫的生活,死后却长眠在一个金矿之中。”

“一个金矿?!”肯尼迪和乔同时惊呼道。

“是的,一个金矿。”博士平静地回答,“被你们踩在脚下的这些看似一文不值的石块都是些含金量相当高的矿石。”

“不可能!不可能!”乔呆呆地重复着。

“假使你们在这些页岩的缝隙中寻找一会儿,便会发现大量的天然金块。”

乔立刻像个疯子似的扑向遍地散落着的那些碎石,不一会儿,肯尼迪也效仿他的样子搜寻起来。

“冷静点儿,乔。”他的主人说道。

“先生,您说的倒容易。”

“怎么?乔,像你这样想得开的人也会……”

“嗨!先生,想得开又怎样呢?想得开也不能当饭吃呀!”

“你想想,乔,这些金子对我们来说有什么用呢?我们又带不走。”

“带不走？怎么会呢？”

“这些石头太重了，吊篮承受不起。我刚才在犹豫是不是要把这个发现告诉你，就是怕给你留下这个遗憾。”

“怎么！”乔说，“要我放弃这些财宝，放弃这笔属于我们的财富吗？它可完完全全属于我们呀！难道全都扔了不要？”

“当心点，朋友！你莫非得了‘黄金热’？难道你刚刚埋葬的那位死者没有教给你如何评价人间财产的价值吗？”

“虽然您说的很对，”乔说，“可它是金子啊！肯尼迪先生，您不帮个手儿，来捡点身价几百万的矿石吗？”

“我可怜的乔，我们要它有什么用呢？”肯尼迪笑着说，“我们又不是来这里发财的，并且我们没计划要带走它们。”

“这些身价几百万的石头重了点儿，又没法装在口袋里。”博士说。

“可不可以不再用沙子，而是用矿石做压载物？这样总可以吧？”乔说。

“好吧，这个我不反对，”弗格森说，“不过，我们要把这些价值几千英镑的压舱物扔掉时，你可不要不高兴。”

“几千英镑？”乔惊呆了，“这些石头当真是金子吗？”

“是的，我的朋友，几百年来大自然把它所有的财富都保存在这里，这些财富足以使整整几个国家繁荣富强，足以在沙漠中建立起一个澳大利亚和一个加利福尼亚！”

“可所有这一切都将被丢弃！”

“也许吧！可不管怎么说，我会做点儿什么来安抚你。”

“恐怕你很难做到这一点！”乔满脸沮丧地说。

“乔，我准备测量一下这里的准确位置，然后把图纸给你。假如你认为财富能带给国人幸福，你可以回去后告诉他们这里的东西。”

“好吧，先生，您说的有道理。既然没有别的办法，那我只好听您的。我们就捡一些做压舱物吧。旅行结束时如果还能留下一点儿，那也是一笔可观的财富呢。”

于是，乔便满心欢喜地捡了起来。不一会儿他就收集了近千磅坚硬无比、外观粗糙的大石块。

博士笑着看乔。他测量后发现，以墓地做基点，他们的准确位置是东经22度23分、北纬4度55分。博士最后看了可怜的传教士墓地一眼，走向吊篮。

他本想为墓地立个简单的十字架，但是附近没有树林，只得作罢。

“上帝会记得这里的。”他安慰自己。

博士现在满脑子想的都是水的问题，哪怕用金子来换。为了救传教士，他们不得不丢掉的一箱水，现在必须补上。可是在这荒漠地区，到哪里找水呢？要保证氢氧喷嘴用的水，所以饮用水开始紧张了。他决心不放过任何补充水的机会。

博士回到了吊篮那儿后，发现吊篮已被贪心的乔拣来的石头装满了。他没说什么便爬了进去。肯尼迪站到了他以往的位置上，乔也跟着爬进去了，但他还是忍不住贪婪地看了一眼山谷里的财宝。

博士点燃了燃烧嘴，烧热了蛇形管。过了几分钟，被加热的氢气开始往上蹿，气体膨胀了起来，但是“维多利亚号”并没有动。乔一声不响，提心吊胆地注视着气球。

“乔！”博士叫了他一声。

乔没有回答。

“乔，你听见了吗？”

乔做了一个手势，表示他听见了，但他不想回答。

“乔，我请求你扔掉一些矿石。”

“可是先生，您说过我可以……”

“我只是答应让你带一些代替压舱物，仅此而已！”

“可是……”

“难道你想永远待在这荒漠里？”

乔沮丧地瞟了一眼肯尼迪，可猎人却摆出一副和自己无关的样子。

“怎么样，乔？”

“先生，您的氢氧喷嘴就不工作吗？”倔强的乔又说。

“我的喷嘴烧着呢，你看得很清楚！可是，你不扔掉一点压载物，气球是飞不起来的。”

乔挠了挠耳朵，在那堆矿石中挑了一块最小的，拿在手里掂了掂分量，又往上抛了抛，才恋恋不舍地把它扔了出去。这块石头顶多只有三四磅重。

“维多利亚号”仍然纹丝不动。

“嗯?”他说,“我们还没往上升?”

“还没呢,”博士答道,“接着扔。”

肯尼迪笑了起来。乔又扔掉了两块重约10磅的石头,可气球还是纹丝不动。乔懊恼得脸色都发白了。

“可怜的小伙子,”博士发话了,“如果我没弄错的话,你、迪克和我,我们的体重加起来总共是四百来磅,所以你必须扔掉至少和我们同等重量的石头。”

“什么？要我扔掉四百磅?!”乔可怜地喊道。

“我们要想升上去,还得再多扔点。来吧,振作起来!”

满脸愁容的乔深深叹了几口气,开始往吊篮外扔石头。他不时地停下来,问:“能升起了吗?”

“不行。”他得到的总是博士一成不变的回答。

“气球动了。”他终于叫道。

“还要扔。”弗格森重复道。

“上升了呀！我敢肯定!”

于是乔又拿起一块石英石,绝望地扔出吊篮。气球在氢氧燃气喷嘴的协助下上升了100英尺左右,很快便越过了周围的高山。

“你就继续扔吧。”肯尼迪说。

“现在,乔,”博士开口说道,“剩下的足够你享用的了。只要我们能把剩下的这些石头一直保存到旅行结束,那么你的下半辈子就衣食无忧啦!”

乔没有搭话,无精打采地躺在那堆矿石上。

“你看看,迪克,”博士接着说,“金子竟然能使世界上最好的小伙子都动心,这个金矿的秘密一旦被公布于众,不知要引起多少人的欲望与贪婪,滋生出多少罪恶呢,这着实叫人悲哀。”

傍晚时分,“维多利亚号”已向西飞行了90英里。现在它正位于离桑给巴尔1400英里的地方。

第二十四章　风停了

——接近沙漠——储备水的分配
——赤道上的几夜——弗格森的忧虑
——真实处境——肯尼迪和乔的有力回答
——又一夜

“维多利亚号”的锚钩住一棵孤零零的、几乎干枯的树，在寂静中度过了一夜，旅行家们正好借此美美地睡上一觉。他们的确需要好好休息一番，前面几天经受的感情波动给他们留下了悲痛的回忆。

天快亮的时候，天空又恢复了湛蓝、纯净和酷热。气球升空后，经过几次尝试，终于找到一股气流，尽管不算快，不过还是将他们朝西北方向推去。

“我们不能再往前飞了，”博士说，“如果我没记错的话，我们在10天之内已经走完了一半的旅程，不过以目前这样的速度前进，我们还得几个月才能飞完余下的路程；目前最让人担忧的是，我们正面临着缺水的威胁。”

“不过我们总会找到水的，”乔说，“在这么广阔的地区，我们居然找不到一条河流、一泓小溪或者一个池塘，那是不可思议的事。”

“是不是乔的宝贝石头使我们前进的速度慢下来了呢？”肯尼迪说。他说这话并无恶意，不过是想逗逗乔，因为他曾经也有过类似乔的想法，不过没有表露出来罢了。

乔可怜兮兮地看了苏格兰人一眼，但是博士对他的话也没作答。他一想到这片无边无际的撒哈拉沙漠，一阵莫名的恐惧感不由得从心头升起。他知道，从沙漠里经过的骆驼商队几个星期内也找不到一口能救急的井。因此，他极为仔细地寻找着，哪怕是最浅的洼地也不放过。

这几天发生的事情和缺水的忧虑大大改变了三个旅行者的精神状

况。大家都闭着嘴，满腹心事。

忠于职守的乔自从往那片黄金海洋瞧了一眼后，似乎变成了另一个人。他闭口不语，时时贪婪地注视着堆在吊篮里的那些石头。尽管它们现在毫无价值，但明天就将成为不可估量的财富。

非洲的这一带地貌让人看了心中着实不安：荒漠渐渐地在他们周围铺展开来，看不见一个村庄，甚至连几个聚在一起的茅屋都没有，庄稼也消失不见了。此时能看到的几株勉强存活的植物大都蔫巴巴的，就像是长在苏格兰的野地里。接下来地面开始出现灰白的沙子和燧石，偶尔有几棵乳香黄连树和几丛荆棘。在这片不毛之地中，裸露的岩石棱角分明，形成一条条脊梁，显现出地壳的原始构架。这片地区干旱荒凉的景象大大地加重了弗格森博士的不安。

看来，从来没有一支骆驼商队曾涉足此地，否则总会留下一些宿营的痕迹，或者人或牲畜的遗骨。然而，什么也没有。人们预感到，这片荒凉的地带马上要被无尽的沙漠吞噬了。

除了前进，他们已没有选择。博士没有更多奢望，只盼一场风暴把他们带出这里，可是天上没有一点儿云！将近一天，“维多利亚号”还没飞出 30 英里。

如果不缺水当然不怕，可是，他们一共只有三加仑水了。博士分出一加仑留作饮用，因为 50 摄氏度的高温让人口渴难忍。还有两加仑留给氢氧喷嘴供气用，它们只够制造出 480 立方英尺气体，而氢氧喷嘴每小时约消耗 9 立方英尺气体，准确地算来，在没有补充水的情况下，气球只能再飞行 54 小时。

“54 个小时！”博士告诉伙伴们，“我决心晚上不再飞了，我担心天黑会错过小河、泉水或者洼地。如果这样，余下的水够我们飞三天半时间。与此同时，我们必须找到水。伙伴们，我觉得应该告诉你们严峻的形势：我只留下 1 加仑水给我们饮用，我们现在开始就必须严格控制饮水。”

“我们省着喝好了。”猎人答道，“不过，现在还不到失望的时候呢，我们不是还能维持几天嘛，你说呢？”

“是的，亲爱的肯尼迪。”

“那好！要懊悔，三天后再懊悔吧。这三天里，总能拿定主意。在此之前，我们加倍小心就是了。”

晚饭时，用水被严格控制，每人只分得一份，不过白兰地倒可以放开喝。可是，对这种饮料得小心点，因为，它不仅不能使人觉得清爽，反而更叫人口渴。

夜里，气球停在了一片凄凉荒芜的大平原上，它的海拔只有 800 英尺。这个情况给博士带来一丝希望，他记得一些地理学家曾经推测，在非洲大陆的中央可能有一个大湖。如果这个大湖存在的话，必须要找到它，否则在这片静止的蓝天下他们真的会束手无策了。

漫长的白昼和炎热的阳光代替了宁静的夜晚和布满星辰的天空。太阳一升起，空气就变得炙热烫人。清晨 5 点钟，博士准备出发。但在相当长的一段时间内，“维多利亚号”滞留在铅一样沉闷的空气中，没有丝毫动静。

博士本可以使气球上升到一定的高度以避开这灼人的炎热，但是这样必须消耗掉大量存水，所以这个方法是行不通的。他决定使气球维持在地面以上 100 英尺的高度。一阵微风把“维多利亚号”吹向西方。

中饭时，大家吃了一点干肉和干肉饼。将近一个上午的时间，“维多利亚号”连几英里的路都没有飞出。

“我们无法飞得更快了。”博士说，“我们支配不了风，只能受风的左右。”

“唉，亲爱的弗格森，”猎人说，“有些情况下，推进器就是不能没有。这不，眼下就碰到了。”

“可能吧，迪克。不过，除非它不需要水就能动起来，否则结果还是一样的。再说，到现在为止，更实用的东西还没被发明出来呢！目前气球所处的阶段就等于未发明蒸汽机时的船舶所处的阶段。人们花了 6000 年才发明出了暗车和螺旋桨。看来，我们还需要等待很久哩。”

“天气热得真让人难受！”乔擦着额头上的汗嚷道。

“要是我们有水的话，这种热还能帮我们一些忙呢，因为它能使气球里的氢气膨胀，从而减少氢氧燃气喷嘴所需的用水量，当然反过来说，如果我们不缺这种有用的液体的话，我们就用不着这么节约使用了。啊！那该死的野蛮人浪费掉了我们的一箱水！”

“你不会是后悔你的行为了吧，博士？”

“不，迪克，既然我们有能力使那位不幸的传教士从可怕的死亡中逃脱出来。不过，我们扔掉的几百磅水现在对我们来说是十分有用的，它可以使我们的行期缩短13到14天，或者甚至足以使我们飘过这片荒漠地带！”

“我们的旅行起码完成一半了吧？”乔问。

“从距离上看，是走了一半。可从期限上看，如果风不帮忙的话，还不到一半呢。况且，现在风力完全减弱下来了。”

“加把劲儿，先生！”乔接着说，“我们不应抱怨。到目前为止，我们干得一直相当不错嘛。再说，不管干什么，叫我失望是不可能的。我给您说吧，我们一定能找到水。”

地势一英里一英里地低凹下去，那些绵延起伏的金矿山在平原上逐渐消失了，枯竭的大自然正在做最后的挣扎，散乱的杂草代替了东边葱郁的树木，几簇杂草带着残留的绿色正与侵犯它们的沙土做殊死搏斗。一些巨大的岩石从远处山上滚落下来，被颠碎成一块块棱角锋利的小石块，继而变成了粗沙，最后成了细小的尘埃。

“乔，这就是非洲，和你心中描画的一模一样！我当初说‘等着瞧’难道说错了吗，嗯？”

“嗨，主人，至少这都是很自然的现象——炎热和沙尘。在这样一个地区要想见到别的什么东西真是愚蠢的奢望。知道吗，”他又大笑着补充说，“从我这方面来说，我从来就不相信你们所说的森林和草地，它们根本就不合情理。跑这么大老远来这儿看到的景象难道会和英国看到的景象一模一样？那我们来这儿干什么呢？这是我第一次相信自己身在非洲，我并不反对好好地感受一下它的气息。”

黄昏时候，博士注意到在这个炎热的白天，“维多利亚号”一共飞了不到20英里。太阳从地平线上消失，又干又热的夜晚立即笼罩了气球。

第二天是5月1日，星期四。日子枯燥无味，每个早上都一样，中午和昨天中午也没什么区别。白天，持续的阳光直射着大地；到了晚上，散射的热量被聚集在黑暗里，将由下一个白天转交给下一个晚上；原本就难以察觉的微风，好像随时都会消失。

博士没有停止努力，他保持着处变不惊的气度。他拿着望远镜在努力搜索远方的每一个点。他发现一些低坡变成了荒原，植物也消失了踪影，呈现出无垠的沙漠。心中重大的责任感使他不安，虽然他从未流露出丝毫不安的情绪。他借着友情和责任把肯尼迪和乔这两个朋友从远方带来了这里，这样做是对的吗？他是否在走一条不归路呢？在这次探险中，他难道不是要尝试越过艰险吗？难道上帝要把人们对这个大陆的认识再推迟几个世纪吗？

如同所有灰心的人一样，他头脑中盘旋着许多想法。博士胡思乱想起来，思考着可行的办法。在上空的气流中，有没有一股能带他们去相对湿润地区的呢？对于来时的路，他当然有信心，对于没走过的地方，他就不敢说了。为了对得起良心，他决心坦诚地和伙伴们谈谈。他讲明了眼前的处境，征求他们俩的意见。

“我没有其他意见，主人的意见就是我的意见。”乔回答，“他能忍受的，我也能忍受，而且更能忍受。他去哪儿，我就去哪儿。”

“你呢，迪克？”

“我嘛，亲爱的弗格森，我可不是那种容易悲观失望的人。没有人比我更清楚从事这项事业要冒的危险了。自从你决定要面对这些危险的时候，我就不再多想。我的身心全交付给你了。在目前的情况下，我的意见是我们应该坚持到底。再说，我觉得回去的危险同样大，因此只有前进。你只管相信我们好了。”

“亲爱的朋友，谢谢你们。”博士十分动情地说，“我一直依赖于你们的忠诚，可我还是需要听到这些鼓励的话。再一次谢谢二位。”

于是三个朋友激动得紧紧地把手握到了一起。

“听我说，朋友们，”弗格森接着讲，“现在我们离几内亚湾最多不过三百英里，沙漠并不是无边无际的，因为几内亚湾沿岸有人居住并深入到内陆腹地一定距离。如果必要的话，我们可以向几内亚湾飞，说不定在路上会碰到绿洲或水井，那么咱们就可以补充一下存水了。不过现在，我们缺少的是风。没有风，‘维多利亚号’只能一动不动地悬在空中了。”

“那我们就听天由命地等着吧。”猎人说。

在这漫长的令人厌倦的一天里，他们三个人轮流搜索周围的每一寸土地，却仍然一无所获，没找到什么可以让他们抱有希望的东西。随着太阳西沉，地面上的最后几道丘陵消失了，太阳将它最后的光线长长地斜射在这片辽阔的平原上，为它披上一件火红的外衣。这一片荒漠！

在这一天里，三个旅行家只向前飞行了还不到15英里的距离，燃烧嘴却和头一天一样，消耗掉了135立方英尺的气体，解渴用掉了两品脱水。

这一夜静悄悄的，太静了。博士无法入睡。

第二十五章　谈点哲学

——地平线上的云彩——云雾里
——一只出乎意料的气球——信号
——“维多利亚号”的精确映像——棕榈树
——骆驼商队的踪迹——沙漠中的井

第二天，天空如往日一样明净如洗，空气和往日一样地静止不动。“维多利亚号”上升到500英尺高的空中，缓缓地向西移动了少许。

“我们现在到了沙漠中央了，”博士说，“你们瞧这一望无际的沙漠，这是一幅多么奇怪的画面！大自然的安排真令人叫绝啊！为什么在同样的阳光下，同一纬度的那一边郁郁葱葱，而这边却寸草不生呢？”

“亲爱的弗格森，你的为什么，我倒不怎么担心。”肯尼迪答道，“我更关心事实。事情就是这样，这才是问题的关键。”

“亲爱的肯尼迪，应该探讨点哲理，这么做没有害处。”

“咱们探讨吧，我很愿意奉陪，反正现在有的是时间。我们差不多是在原地不动。风吓得不敢刮了，它睡着了。”

“这种情况不会长久的。”乔说，“我好像看到东边有几长条云彩。”

“乔说的对。”博士也说。

“不错。可是这些云会带来好风好雨吗？”

“我们等着瞧吧，迪克，待会儿就知道了。”

“今天可是星期五呀，先生，我最害怕星期五了。”

“那么，我希望你就在这一天改变你的这个成见。”

“我也希望是这样，主人。哇！”他抹了一把脸上的汗，又说道，“炎热是件好事情，特别是在冬天，可在夏天它就不那么讨人喜欢了。”

“你就不怕炙热的阳光烤坏我们的气球吗？”肯尼迪问博士。

“不用担心，涂在塔夫绸外面的马来树胶耐得住更高的温度。我曾把它涂在蛇形管内，用火烘烤，在70摄氏度的温度下都没问题，而且气囊也没受什么影响。”

“云！真的是一块云！”乔大叫着，他犀利的眼睛超过所有的望远镜。

确实，在地平线上方出现了一条厚厚的乌云带，而且越来越清晰可见。这条乌云带又浓又厚，黑压压一片。这是一个从一开始就保持着各自形状的小乌云块的集合，博士由此得出结论：在那片云堆中没有任何气流。

这堆乌云早上8点就出现了，到了中午11点时它才遮住了太阳。太阳躲进了厚厚的云层，云幕的下端离开了地平线，使地平线清晰地暴露在光亮中。

“只是一块孤单单的云。”博士说，“不要对它期望太高。肯尼迪，你瞧，云的形状仍然和早上一模一样。”

“你说的还真不错，弗格森。那边既没下雨，也没刮风。看来，那块云起码不会给我们带来这两样东西。”

“的确让人有些担心，因为它一直待在很高的地方。”

“这样吧，弗格森！既然它不愿意在我们头上散开，我们是不是飞过去弄个明白？”

“我认为这样做没有多大的用处，”博士答道，“而且会白白消耗一些气，特别是会浪费大量的水。不过，在我们现在的处境下，又不能忽视任何可能的机会。好吧！我们就飞上去。”

当“维多利亚号”升到离地面1500英尺的地方，他们终于与那团浓密的乌云相遇了。于是气球飞进了浓密的云雾里并保持在这个高度。但是，他们仍然没有找到一丝风。这团云雾似乎也缺乏水分，吊篮里的东西几乎没有一点潮气。“维多利亚号”被包围在云雾里，似乎飞得快了一点，仅此而已。

博士知道这次行动成效不大，为此他感到十分沮丧，这时，他听见乔惊讶万分地叫道：“天哪，那是什么？”

“怎么了，乔？”

“塞缪尔先生，肯尼迪先生，你们看呀，这太奇怪了！”

“到底怎么回事，乔？”

“在这儿我们并不孤单，周围还有几个阴谋家呢！他们偷了我们的发明!”

“他疯了吗?”肯尼迪问道。

乔站在那儿,一动不动,完全是一副惊呆了的模样。

“难道灼热的阳光真的照昏了这可怜的小伙子的头脑?”博士转向他,说道。

“能告诉我到底是……”

“主人,您看。”乔指着空中一个圆点。

“我以主的名义起誓!”这次该肯尼迪大喊了,“不可思议! 弗格森,你看哪!”

“已经看到了。”博士冷静地说。

“居然有另外一个气球! 不仅和我们一样,而且上面也有探险家!”

200 英尺外飘着一个气球,下面也有一个吊篮,吊篮里也有探险家,飞行路线和“维多利亚号”完全一样。

“这样吧!”博士说,“我们只好给他们发个信号了,肯尼迪,拿我们的国旗展示给他们看。”

那个气球上的人好像想法也一样,也有一个人摇旗示意,并且摇旗的动作、时间以及旗子的样式都完全一样。

“怎么回事?”猎人问。

“是猴子吧?”乔说,“在逗我们玩儿吧?”

“哎呀! 我亲爱的迪克,是你自己在给自己发信号呢,”弗格森笑着说,“那只气球上的人正是我们自己,那只气球正是咱们的‘维多利亚号’。”

“先生,尽管我十分尊重您,可您说的这事我一辈子也不会相信的。”

“乔,你到吊篮边去挥一下手,一定就明白了。”

乔看到自己的举动被对方重复了一遍。

“没有别的,只是影子而已,”博士说,“这是一种普通的现象,是大气层中的空气密度不同造成的。”

“这太奇妙了!”乔不住地赞叹。他实在无法承认事实,心犹不甘地把两只手又轮流挥挥试了试。

“多么稀奇的场面!”肯尼迪说,“看到我们勇敢的‘维多利亚号’,太让人高兴了! 你们瞧,它的样子多可爱,多威风啊!”

“你想怎么解释这件事都行,”乔继续说道,“可不管怎么说,这件事真是太奇怪了!”

可没过多久,这幅画面便开始逐渐消散;云层升高,离开气球,这一次气球没有再做努力追随它而去,不到一个小时,云在辽阔的天空便消失得一干二净。

风本来就小得几乎察觉不到,现在似乎仍然在不断变小,博士完全失望了,他把气球向地面靠近。刚才的小插曲分散了三位旅行家的注意力,使他们暂时摆脱掉忧虑,而随着气球的下降,折磨人的高温又来骚扰他们,使得他们的情绪再次陷入阴郁之中。

快到4点钟时,乔发现在这一望无际的沙漠中冒出了什么东西。过了一会儿,他才看清楚那是两棵棕榈树耸立在不远处。

“什么,棕榈树?!”弗格森说,“这么说,附近肯定有水源或水井什么的。”

他举起望远镜,望了望,证实乔的眼睛没看错。

“终于有水了,有水了!”他反复地说,“我们得救了。尽管我们前进得不多,总归一直在前进。我们最终一定会到那儿的!”

“那么,先生,我们是不是把原来剩的水喝掉?空气实在太闷热了。”乔请求道。

“喝吧,小伙子。”没有人再客气,一品脱水转眼就光了。现在,储备水只剩下三品脱半了。

“啊,太舒服了!”乔叫道,“这水真好喝,喝贝克啤酒也没这么带劲儿。”

“没吃没喝就有这么点好处。”博士说。

“这算什么好处呀。总之我宁可一辈子享受不到喝水的快乐,也不愿意没水喝。”

6点钟,气球飘浮到棕榈树的上空。

这是两棵干枯、孱弱的病树——可以说是两棵棕榈树干——没有枝叶,与其说它们活着,倒不如说它们已经死了。弗格森心怀惊惧地察看着。

树根那儿有口井,可以看见井边被磨损的石头,但这些石头在炙热的阳光的烧烤下,已经非常疏松。眼下看上去它们只不过是不易觉察的灰尘而已,没有一点点潮湿的迹象。弗格森的心收紧了,他正想把自己的担心告诉同伴,这时他听见了同伴们的惊叫声。

在干枯的水井西边散布着一堆堆白骨,这些白骨堆排成了一条直线,一直延伸到天的尽头,还有一些人畜的遗骨把已经干涸的水源团团围住了。看来,一支骆驼商队曾经到过这里,因此沿途留下了那些白骨堆,身体最虚弱的最先倒在了沙漠里,只有最强壮的支撑着走到了这口渴望已久的泉水边,但却没能喝到水,死在了泉水附近。

探险家们面面相觑,脸色灰白。

"我们不要下去了,"肯尼迪说,"离开这里吧,在这里一滴水也找不到的。"

"不,迪克,在这儿过夜跟在别的什么地方过夜都一样,到底有没有水,我们应该弄个明白。我们要一直将这口井挖到底。既然这儿曾经有过水源,那么也许这口井里还留有点儿什么呢!"

"维多利亚号"落地后,乔和肯尼迪在吊篮里装上等于他们体重的沙子后才下来。他们沿着满是尘埃的台阶下到井底。出水口看来已经干涸多年了,他们俩在松软的沙子里挖了很久,连一点儿湿润的迹象都没有,他们只好放弃,回到地面。博士猜到会是这样,就没说什么。他决心支撑起大家的信心。

乔气恼地把从井底带回的几片变硬了的羊皮袋碎片扔到地上散落的骸骨堆中。

晚饭时,三人谁也没说一句话。他们勉勉强强地吃完了这顿饭。

其实到目前为止,他们还没有真正体验过干渴的痛苦。现在,他们不过是为未来的命运担忧罢了。

第二十六章 113度

——博士的反省——无望的寻找
——氢氧喷嘴熄灭了——122度
——沙漠冥想——夜间漫步
——孤独——昏厥
——乔的计划——再缓一天

昨天一整天,“维多利亚号”还没有飞出10英里,但为了保持悬空,耗掉了162立方英尺气。星期六一早,博士指示出发。

“气只够6个小时用的,”他说,“6小时内,如果找不到水,只有祈求上帝保佑了。”

“先生,几乎一丝风都没有。”乔说。见博士忧心忡忡的样子,他又补充了一句:“可能过不久会起风吧。”

毫无指望了。空气死一般的沉闷,即使是在热带海洋里航行的船只遇到这种情况也会像被锁住一样纹丝不动的。气温高得让人受不了,挂在帐篷阴影中的温度计指明现在是华氏130度(摄氏45度)。

乔和肯尼迪并排躺着闭目养神。他们拼命想睡上一觉,就是迷糊一阵也好,只要能不去想眼前的处境就行。这种迫不得已的安闲更使他们度日如年。一个人无法用工作或具体事物来摆脱自己的心事时,是最值得同情的。可是现在,没有任何事可以做,也没有任何事值得去试。既然无法改善处境,只能安于听命了。

他们开始越来越强烈地感受到了干渴的痛苦。白兰地根本不能平息这种对水的迫切需要,相反,倒使得口更渴了。非洲土人把白兰地称为“老虎奶”,的确是恰如其分。剩下的水几乎不到两品脱,每个人都眼巴巴地盯着这一点宝贵的水,但谁也不肯用它来湿湿嘴唇。在一个无边的沙漠里,两品脱水该有多重要啊!

这时弗格森博士陷入沉思，他问自己：这次行动到底够不够谨慎？这几天为了使气球悬浮在空中，白白分解了不少水，当初要是把这些水留下来不是更好吗？的确，他们前进了一小段距离；但是距离他们旅程终点又近了多少呢？既然这一带水资源贫乏，在这个纬度，少行进 60 英里又有什么不同呢？如果终于起风了，在那儿和在这儿又有什么区别呢？如果刮东风的话，这儿的风可能还小些呢。但是希望促使他继续前进。这两加仑水足够他们在这片荒漠上维持 9 天时间，要是白白浪费掉多可惜呀！而且在这 9 天时间内也许情形会发生什么变化呢！要想留下这些水，如果气球想上升就必须抛掉压舱物，但如果想再次下降的话，就只有消耗掉一些氢气了。但气球里的氢气就是它的血液、它的生命啊！种种想法在他的脑海中搅作一团，他双手抱头坐在那里，一连几个小时都没有抬起头来。

“不行，必须做最后一搏！”将近 10 点钟时，他下定决心似的自言自语道，“就这一次了，应该试试，看能不能找到一股气流带我们离开这儿！就拿我们最后一点储备水冒冒险吧！”

在两位同伴打盹的时候，弗格森加热了气球里氢气的温度，气球在气体膨胀的作用下，渐渐变圆，在正午的日光里冉冉上升。从离地 100 英尺开始，博士便积极地寻找可以产生风的气流，直到 5 英里的高度，他还是什么也没有找到。气球仍旧飘浮在老地方的上空。从最低层的大气直到可以呼吸的最高层都被死一般的寂静笼罩着。

终于，供应分解出氢气的水用完了，喷嘴熄灭了，电池停止了工作，气球瘪下来，并慢慢降落在吊篮原先降落的地方，一点儿不差。

博士测出他们所在的经度是东经 19 度 35 分，纬度是北纬 6 度 51 分，距离乍得湖 500 英里，距离非洲西海岸 400 英里多。气球降落到地面的时候，肯尼迪和乔醒了过来。

“我们不走吗？”肯尼迪问。

“是，需要停下来。”博士认真地说。

他的伙伴立刻明白了这话的意思。随着地势的降低，现在地面高度和海拔高度相同，所以气球不需要氢气，也能刚好保持平衡，静止在那里。

三个旅行者往吊篮里装了与他们的体重相等的沙子后，就爬出了吊篮。每个人都心事重重，连续几个小时他们谁也没开口说一句话。乔为大家准备晚餐,晚餐包括饼干和干肉饼,每人勉强吃了一点,最后各自喝了一口热水,就草草结束了这顿沉闷的晚饭。

夜间,没有人值班,但谁也睡不着,天气又闷又热。第二天只剩下半品脱水了,博士把这点水留了起来,三人决定不到万不得已不用它。

"我热得喘不过气来,"过了不久,乔叫道,"气温好像上升了一倍!"看了温度计后他补充说,"难怪,现在有 140 度(60 摄氏度)呢!"

"沙子热得烫手,"肯尼迪说,"好像刚从火炉里拿出来的一样,火热的天空中连一块云也没有。老天爷简直发疯了!"

"别泄气,迪克,"博士说,"在这一带地方,这样闷热的天气过后一定会有一场暴风雨的,而且它说来就来。别看天空现在很平静,说不定一个小时内就会起大变化。"

"算了吧,弗格森,如果变天,总得有点兆头吧!"肯尼迪反驳道。

"不错!"博士答道,"我觉得气压表有点下降了。"

"鬼才相信你的话呢! 弗格森,我们就像断了翅膀的鸟,算是被钉牢在这个鬼地方了。"

"不过,亲爱的肯尼迪,还是有些不同,我们的翅膀仍然完好无损。我还指望着它再为我们服务呢!"

"啊! 风! 风!"乔喊道,"如果能有一股风将我们吹送到一条溪流或者一口水井旁,那我们就舒服透了。我们有足够的食物,如果再有水的话,我们就是等上一个月也没有什么可发愁的。渴真是一件可怕而又残酷的事情!"

除了渴之外,眼前一成不变的荒漠风光也搅扰得他们的思绪疲惫不堪。土地的表面没有任何变化,没有一个沙丘,没有丝毫起伏好让视觉稍微得到缓冲。一望无际的平川使看者心生沮丧,甚至使人产生一种被称为"沙漠病"的不适症。湛蓝的天空和茫茫无边的黄沙死一般沉寂,令人感到莫名的恐惧。在如火的空气中整个大地如同一个熊熊燃烧的火炉,上面的热气不断晃动,面对这片深远的宁静,人人心灰意冷,看不到任何理由能使这种状况发生改变,因为"天边"也是"永久"的一种表现形式。

三位不幸的落难者由于缺水,在这样酷热的天气下开始有些神志不清了,他们拼命地把眼睛睁得大大的,视线也变得模糊起来。

黑夜降临以后,博士决定出去走走,以消除不安心理。他试图在几小时内走遍这片平坦的沙漠,他并不是为了寻找什么,仅仅是走走而已。

“一道去吧,”他劝两位同伴,“相信我,这样对你们有好处。”

“不行,塞缪尔,我一步也走不动了。”肯尼迪回答。

“我宁愿睡觉。”乔这样说。

“可是,朋友们,不管是睡觉还是休息,对你们都非常有害。你们应该动起来摆脱麻木状态。喂,来吧。”

然而,博士的建议没有得到任何响应。于是,他只好在夜晚满天星斗的闪烁下,独自一人走了。一开始,他走起来很艰难,步子踉踉跄跄,就像是一个身体衰弱,或不习惯走路的人一样,但是,他很快就认识到这种运动对他的身体很有益。他往西走了好几英里。正当精神已经振作起来时,突然,他感到一阵头晕目眩,眼前发黑,双腿发软。这块旷野使他产生了一种无名的恐惧。弗格森觉得自己仿佛是几何学中的一个点,一个无穷大的圆的中心。换句话说,什么也不是!“维多利亚号”完全消失在了黑暗中。弗格森博士,这位总是那么镇定自若、勇敢无畏的旅行家,竟被一种无法克服的恐惧心理攫住了!他想掉头回去,然而,腿怎么也迈不动;他大声呼唤,但甚至没有招来一点回响。他的声音如同石沉大海,无声无息地消失在空间里。弗格森终于支持不住了,他孤零零地躺在这片寂静无声的沙漠中失去了知觉。

午夜时分,他在忠实的仆人乔的怀抱中苏醒过来。乔见主人去了那么长时间还不回来,觉得不安,于是他顺着他的方向,沿着沙地上清晰的脚印一路找了过来,最后发现他躺在那里,已经昏迷过去了。

“先生,究竟发生了什么事?”乔开口便问道。

“什么也没发生,乔,什么事也没有,只是太虚弱了而已,仅此而已。现在已经好了。”

“但愿您没什么事,先生。好了,现在您扶着我站起来,咱们一块儿回到‘维多利亚号’上去。”

于是,乔搀着博士沿原路往回走。

“您太不小心了,先生,您不该这样冒险,您也许会遇上打劫的呢。”乔笑着说。接着,他又补充道:“好了,先生,现在我们该谈些正经事了。”

“你说吧,乔,我听着呢。”

“像现在这样下去,我们最多只能拖几天。如果再没有风的话,大家就没命了，所以，一定得想个办法。”

博士没回答。

“这样吧！现在需要有个人出来为大家的命运做出牺牲。显然，这个人就是我。”

“你说这话是什么意思？你有什么计划？”

“我的计划很简单：带点儿吃的东西，一直往前走，最后总会到某个地方，这点毫无疑问。我不在的时候，如果老天爷帮忙，送来了顺风，你们也不必等我，只管飞走好了。至于我嘛，如果能走到一个村庄，我就用您给我写下的几个阿拉伯字来应付。到那时，要么我带人来救你们，要么就是把命丢在那儿了。您认为我的计划怎么样？”

“非常愚蠢，乔，不过你的大公无私值得赞扬。这事行不通，你不能离开我们。”

“可是，先生，我们必须做点儿什么，这个计划不会对你造成任何伤害的。因为，我再重复一遍，你无须等待。再说了，我也许会成功呢。”

“不行，乔，不行，我们三个不能分开！任何一个人离开对其他两人来说都是一种痛苦。我们现在陷入了绝境，这是天意，很可能过一会儿情况就会有所改变的，这也是天意。我们还是听天由命吧！”

“好吧，先生，就依您。但是我要预先告诉您，我只给您一天的时间，我不能再等了。今天是星期天，确切地说，是星期一，因为现在已经凌晨1点钟了，如果星期二我们还走不了，我就要按我的计划行事了。我已经做出决定，谁也别想阻拦我。”

博士没有回答，几分钟后，他们回到吊篮里，他在肯尼迪身边躺了下来，后者躺在那里一声不吭，但并不能据此就认为他已经睡着了。

第二十七章　热得可怕

——幻觉——最后几滴水
——绝望的一夜——自杀未遂
——西蒙风——沙漠绿洲——雄狮和雌狮

第二天，博士醒来后第一件事就是查看气压表。水银柱几乎没有一点变化。

“一点没降，一点没降！”他喃喃自语道。

他爬出吊篮，审视了一下。天气依然那么热，天空依然那么晴，一切依然难以改变。

“难道真的没有希望了？”他大吼了一声。

乔一句话不说，仍在想着心事，考虑着他的冒险计划。

肯尼迪看上去病得很厉害，处于一种极度不安的亢奋状态中。他口渴得很厉害，舌头和烧出了水泡的嘴唇只能微微颤动两下，挤出一点儿声音。

大家都清楚水壶里还剩下一点儿水，每个人心里都在念叨着它，几乎抵挡不住这几滴水的诱惑，但是，没有一个人敢去碰它。

这三位同伴、三个朋友怀着野兽般的贪婪，两眼喷火，虎视眈眈地互相望着，尤其是强壮的苏格兰人，他表现得最为明显，因为他身材高大，比别人更容易缺水。一整天他都处于亢奋状态，踱来踱去，发出沙哑的喊叫，咬着自己的拳头，好像随时准备咬开自己的血管，喝掉自己的热血。

“啊！”他喊道，“干渴之地！或许也可以称之为绝望之地！”

最后他陷入极度虚脱，他的两位朋友只能听到从那干裂肿胀的双唇间发出的嗞嗞的呼吸声。

将近天黑时分，乔也开始变得疯疯癫癫的了。这片广阔的沙洲在他眼中成了一池盛满清澈湖水的水塘。他一次又一次地扑到火烧般的大地上就喝。每次站起来时,都是满嘴的细沙。

“该死!”他气愤地大叫,“是咸水!”

看到弗格森和肯尼迪一动不动地躺着,乔这时产生了一种遏制不住的念头,一心想把留下的那点可怜的水喝光。这种念头非常强烈,他不由自主地连滚带爬奔到吊篮前。他的眼睛一下子就死死盯住了装着水的瓶子。瓶子里的水诱人地晃动着。他一把抓起瓶子就往嘴里送。

正在这时,一个撕心裂肺的声音叫道:“水,我要喝水!”

这声音是肯尼迪发出的。不幸的猎人爬到乔身边,跪在地上流着眼泪,苦苦哀求他。

乔也哭了,他把瓶子递给猎人。肯尼迪感激地接过了瓶子,把瓶内的水喝得一滴不剩。

“谢谢!”肯尼迪喝完后对乔说。

可乔这时什么也听不见了,他和猎人一样,一头倒在沙土上。

这个可怕的夜里所发生的事谁也不知道。星期二早上,在阳光倾泻的火雨下,这些不幸的人感到他们的肢体在一点点干枯。乔想站起来,然而,根本做不到。他已无法实施他的计划了。

他往周围望了一眼。吊篮里,博士神情沮丧,双手交叉在胸前,傻呆呆地盯着空间想象中的一个点;肯尼迪样子可怕,头左右摇晃着,像关在笼子里的一头野兽。

突然,猎人的目光落在了他的马枪上。枪托在吊篮外边伸着。

“肯尼迪!”乔大喊道,一边扑向自己的朋友。

“别管我!松手!”苏格兰人以嘶哑、刺耳的声音咆哮道——接着两个人绝望地争夺起马枪来了。

“别管我,否则我就杀了你!”肯尼迪重复道。

可是乔死死地拽住了他。他们就这样搏斗了近一分钟,博士好像什么也没看见似的,仍然坐在那儿一动不动。突然,马枪走火了。在子弹的爆裂声中,博士像个幽灵一样直直地站了起来,向四周张望。这时,他的眼中突然焕发出了生气。他指着天边,用一个不像人的声音喊道:“那儿,那儿,瞧那儿!”

博士的这个动作如此强烈,突然扭打着的乔和肯尼迪马上停了手,两个人顺着博士手指的方向望去。

远处，大漠上翻起了滚滚沙浪，如同在风暴下咆哮的大海。只见波涛汹涌，一浪接着一浪，沙漠上空被搅起大量的细沙；东南方向，一根硕大的沙柱以惊人的速度飞快地旋转着，正逐渐往这儿逼近。转眼间，火辣辣的骄阳消失在一块昏黑的乌云后面，巨大的阴影一直往前延伸，不大工夫笼罩了“维多利亚号”；细微的沙尘如同水的飞沫一样轻盈地在空中飞舞，渐渐升高的沙潮缓缓地靠了过来……

弗格森两眼放光，重新燃起了希望的火种。

“西蒙风？”他叫道。

“西蒙风！”乔还没确切地弄明白到底是怎么回事，便重复了一遍。

“真是太好了！”肯尼迪绝望地痛苦不堪地说道，“太好了——我们就要一命呜呼了！”

“真的是太好了！”博士接口说道，“因为我们就要得救了！”

博士说着，很急地往吊篮外抛压载用的沙袋。伙伴们此时明白过来了，他们一起干着，干完后站在博士两边。

“乔，把你的矿石扔掉 50 磅吧！”博士指示。

乔立即执行，脸上还是有一点不舍的神情。气球升起来了。

“真险啊！”博士如释重负。

西蒙风如同闪电般迅速来到了。再晚一会儿，“维多利亚号”就会被风压扁，撕成碎片，甚至完全毁灭。巨大的龙卷风眼看要追上气球了，冰雹般的沙雨劈头盖脸落下来。

“再扔！”博士对乔喊。

“好！”乔一边答应，一边抛出一大块石英石。

“维多利亚号”马上升到龙卷风的上方，但是它立即被一股强气流罩住了。气球被拖着，疾飞在沙海上空。

弗格森、肯尼迪和乔都没说话，看着并且等着什么。这阵风很凉爽。3 点钟，风暴停歇，沙尘落到地上，化成无数的小型沙丘，天空像什么也没发生过。

气球这时又失去了前进的动力，飘浮在那里，他们望见一片绿洲，一个耸立着绿树的小岛出现在这片沙海中。

“水！我们在那儿一定能找到水！”博士说。

他立即打开外层气球的阀门，让一些氢气逸出，气球慢慢下降，在距离绿洲的边缘大约200英尺的地方着陆。

他立即打开上方的阀门。氢气漏了出来,气球缓缓地降落在离绿洲大约两百多步远的地方。

这一回,仅仅用了4个小时,气球便飞了240英里。

乔和肯尼迪用重物把吊篮稳定住后,便跳到了地面上。

"带上枪,小心些!"博士叮嘱道。

迪克拿上了他心爱的马枪,乔也挑了一支步枪。他们钻入丛林,在郁郁葱葱的树木间穿来穿去,不用讲这里肯定有足够的水源。由于过于兴奋,他们没有注意到在潮湿的地面上有野兽新近踩出的足印。

忽然,在离他们大约20步的地方传来一声怒吼。

"这是狮子叫!"乔说。

"那更好!"猎人兴奋地说,"我们上吧。一想到打猎我就来劲儿。"

"小心点,迪克先生,小心点。您一个人的生命可关系着我们大家的生命啊!"

但是,肯尼迪根本没听乔在说些什么。他两眼冒火,手里端着马枪,勇敢地向前移动。在一棵棕榈树下,一只长着黑鬣的大狮子正摆着一副准备进攻的架势。它一看到猎人就扑了过来,但是还没等到爪子触地,它的心脏就挨了一枪。狮子倒在地上死了。

"漂亮!干得漂亮!"乔叫了起来。

肯尼迪顾不了许多,他急匆匆奔向水井,踏着潮湿的台阶钻下去,一下子趴在清新的水源前,贪婪地喝了起来。乔也学着他的样子,趴下就喝。顿时,只听见动物饮水时发出的那种咂动舌头的声音。

趁抬起头喘口气的当儿,乔提醒猎人:"当心点吧,迪克先生!不要喝得太多了。"

迪克只顾喝水,没有搭话。他陶醉似的把头和手浸入这沁人心脾的泉水中。

"弗格森先生怎么办?"乔问道。

这话提醒了肯尼迪。他拿出带在身上的一个瓶子,灌满了水,然后顺着阶梯往上爬。这时,一个黑糊糊的庞然大物堵住了井口。猎人惊恐万分,跟在他身后的乔也吓得倒退了几步——

"我们被堵住了——出不去了!"

“不可能！你这话是什么意思?”迪克没来得及说完这句话,一声可怕的咆哮使他立马便明白了他所面临的是什么样的对手。

“又是一头狮子!”乔喊道。

“确切地说,是一只雌狮。”肯尼迪说,“啊！该死的畜生!”他又补充了一句,“让我来好好地收拾你!”一边说,他一边迅速往马枪里装子弹。

但那头狮子已经消失不见了。

“咱们上去吧!”猎人说。

“不行,迪克先生,现在还不能上去。您这一枪还没把那畜生打死呢,要不然它会掉到井里来的。这会儿它一定等在井口边,我们谁先上去谁准完蛋,它一定会扑过来的。”

“那怎么办呢？我们总得出去呀,塞缪尔还等着呢。”

“我们把野兽引过来。迪克先生,拿着我的枪,把您的马枪递给我。”

“你想干什么?”

“你就等着瞧吧。”

乔脱掉自己的亚麻上衣,把它挂在马枪的顶端,然后将马枪伸出井口。雌狮见状疯狂地扑了上来。肯尼迪对它早有防备,一颗子弹击中了它的肩膀。雌狮发出一声可怕的怒吼,从台阶上滚落下来,把乔也撞翻了。可怜的小伙子以为这威猛畜生巨大的利爪已经刺进自己的肉里,这时狭窄的过道里又传来一声枪响,弗格森博士出现在井口,他一只手握枪,枪口的余烟还未散尽呢。

乔连忙爬起身来,跨过死狮,把装满水的瓶子递给了主人。弗格森接过瓶子,一口气喝了半瓶。此时,三位旅行家打心眼里感谢上帝那么及时地救了他们。

第二十八章　美妙的夜晚

——乔的烹调手艺——谈论吃生肉
——詹姆士·布鲁斯的故事——露营——乔的梦想
——气压表下降——气压表上升
——出发前的准备——飓风

饱餐了一顿营养丰富的晚饭,并痛痛快快地享用了大量的茶和白兰地后,三位旅行家在合欢树清凉的树荫下,度过了一个美好的夜晚。

当然,肯尼迪从不同的方向踏遍了这小块绿洲,并仔细搜索了每一簇灌木丛。最后,旅行家们确认,他们是这块人间天堂中唯一的生物。他们舒展手脚躺在铺盖上,放心大胆地度过了祥和的一夜。这一夜使他们忘却了刚刚经历过的苦难。

第二天,5 月 7 日,阳光极其明亮,但还是无法穿过重重树叶。鉴于这里有足够的食物和水,博士决定等有了合适的气流再启程。

乔搬来了他的行军灶具,他一心要做出各种美味来展示他高超的手艺。他再也不用担心浪费水了。

"一会儿忧愁不已,一会儿高兴万分,多么奇妙的转换啊!"肯尼迪非常感慨,"生命就是这样奇怪,我那阵子几乎要疯掉了!"

"肯尼迪,"博士说,"如果没有乔,你也无法在这里谈人生无常了。"

"谢谢你,我的朋友!"肯尼迪一边说,一边把手伸向乔。

"这没什么。"乔回答,"将来说不定您也会救我。不过,但愿这种事不要发生在我身上。"

"人类也真够可怜的,"弗格森开口了,"为这么一点小事就支持不住了。"

"先生,您是想说为这么点水吗?"乔问道,"这东西对人的生命来说真是太重要了!"

“这是毫无疑问的,乔,没东西吃的人比没水喝的人还能多活上几天。”

“这话我相信。人在饿得快死的时候肯定会饥不择食的,遇到什么吃什么,甚至吃自己的同类,虽然这会令他恶心半天,但还是会吃下去的。”

“不过,野人并不认为吃人肉是不好的事。”肯尼迪说。

“对嘛,所以他们是野人呀,他们还习惯吃生肉哩。这种习俗真让我恶心!”

“的确让人恶心,所以最初来非洲考察的旅行家们讲述这种事时,才会没有人相信。”博士证实道,“当初,那些旅行家报告说,非洲好多部落吃生肉。可是,人们普遍不愿承认这个事实。就是因此,詹姆士·布鲁斯意外地碰到一件特别的事。”

“先生,您给我们讲讲吧,反正我们有时间。”乔请求说。他舒展着手脚,在清新的草地上躺着,觉得非常惬意。

“好吧,我就讲讲。詹姆士·布鲁斯是苏格兰斯特灵郡人。他在1768年到1772年间,游历了整个阿比西尼亚,最远到达提亚那湖,以探寻尼罗河的源头。后来他返回英国,但直到1790年才出版了他的旅行游记。他在书中记述的事物当时受到了极大的质疑,将来我们自己的游记说不定也会遭到同样的待遇。阿比西尼亚的生活方式与风格习惯与英国的差异非常大,所以没有人相信这些事。詹姆士·布鲁斯在游记里详细地描述了东非土著吃生肉的习俗,对于这一点人们尤其怀疑,认为这是信口开河,反正没有人能到非洲去验证它。詹姆士·布鲁斯这个人性格直率,性情暴烈,这些怀疑使他大为恼火。一天,在爱丁堡的一个沙龙里,一位苏格兰人当着他的面又拿这件事开玩笑。这位怀疑论者明确表示,有关吃生肉一事,既不可能也不真实。布鲁斯听后,什么也没有说。他出去了一会儿,带回来一块按非洲方式撒了盐和胡椒粉的生牛排,他对那位苏格兰人说:‘先生,您怀疑我说的事,就是对我的莫大侮辱。您认为这事做不到,那您完全错了。现在,我要您当着大家的面把这块生牛排吃下去,除非您能讲清楚您说这话的根据来。’苏格兰人害怕了,只好乖乖地服从,面露难色地把生牛排吃了下去。随后,詹姆士·布鲁斯冷静地对他说:‘先生,您说这事是不可能的,可现在,您还有什么话说呢?至少,您不会再说它是不可能的吧。’”

“真是绝妙的反击。”乔夸赞道,“那个苏格兰人要是得了消化不良,也只能说他是自找的了。如果我们回到伦敦时,有人怀疑我们的旅行……”

“那么,乔,你怎么办?”

“我会让那些怀疑论者们把‘维多利亚号’撕碎了吞下去,而且还不放盐和胡椒粉!”

乔把大家逗得都笑起来了。

乔不想离开这个避难的港湾,这是他梦想中的国度,这里就是他的家。由于他的一再请求,博士帮他测出了这里的精确位置,乔认真地在他的旅行记录上写下:东经15度43分,北纬8度32分。

有件事让肯尼迪觉得很遗憾,在这个极小的森林中,无猎可打。他觉得这里什么都好,就是缺少猎物。

“但是迪克,”博士说,“你记性可真差,你忘掉那两只狮子了吗?”

“嗨,那个呀!”他带着一个真正的猎人对被打死的猎物不屑一顾的样子说道,“不过有一件事倒是真的,在这儿遇上它们使我觉得,我们距离肥沃地区应该不会太远了。”

“那倒未必,迪克,因为这些动物在饥渴的驱使下,能够长途跋涉,我想今天晚上,我们最好更加小心警惕一些,另外,再燃起几堆篝火。”

“这样的大热天还烧火?”乔叫嚷道,“好吧,如果很有必要,那就烧一堆火吧。唉,我真舍不得把这些树木烧掉,我们没少享受它们的好处呢!”

“对了,尤其注意不要引起火灾,以后还能让其他人在这茫茫的大沙漠里找到一处避难所。”博士提醒乔。

“我会小心的,先生。您认为有人知道这个绿洲吗?”

“肯定知道。这是经常出入非洲中心的那些骆驼商队的歇息地。不过他们的拜访不会使你高兴的,乔。”

“这附近也有那些可怕的尼阿姆-尼阿姆人吗?”

“当然,周边的部落一般不以这样的名字命名,在相同的气候条件下,相同的种族很可能拥有同样的生活方式和风俗习惯。”

“呸!”乔说,“不过,话说回来,这也是再自然不过的事情。如果野蛮人的生活方式和绅士相同,那二者之间怎么区分呢?那样的话,这些可爱的家伙们不必踌躇就会将那苏格兰人的生牛排吃掉,甚至连那苏格兰人一起吞进自己的胃里!”

出于这番非常明智的考虑,乔去搭了一些夜里用的柴堆,并尽可能把柴堆搭小点。所幸的是这些担心是多余的,一夜平安无事,每人轮流睡了个好觉。

第二天,天气仍没有变化,依然是晴空万里。气球悬在那儿一动不动,空中连一丝风也没有。博士又担忧起来。如果旅行不得不这样拖延下去,吃的东西很快就会不够了。前两天因缺水差点儿渴死,难道现在又要被逼到饿死的地步?可是,看到气压表上的水银柱明显下降,他又心安了一些。许多迹象明显表明,最近天气要发生变化。他决定做好出发前的准备工作,以便一刮风马上可以飞走。于是,供气箱和水箱全都装满了水。

接下来他不得不重新调整气球的平衡,乔被迫与相当大一部分他那宝贵的石英石块依依惜别。随着精力的恢复,他的野心也大大恢复了,在依照主人的命令抛掉那些宝贝时,他不止一次哭丧起了脸。但后者对他说,他不可能带着这么重的石头在空中飞行,让他自己在水和金子之间做出选择。乔不再犹豫,立即将他那些弥足珍贵的石头抛到了沙地上。

“把它们留给我们的后来人吧!”他说,“在这样的地方发现了一大笔财富,他们一定会感到奇怪的。”

“如果某个博学的旅行者发现了这些矿石……”肯尼迪说。

“亲爱的迪克,毫无疑问,他肯定会惊奇万分,然后把这次奇遇写成长篇大论发表出来,到那时,我们就会听人们传说在非洲沙漠中发现诱人的金矿层的奇闻了。”

“这都是乔干的好事。”肯尼迪道。

愚弄倒霉学者的玩笑安慰了受到损失的乔,他那张一直沉着的脸终于露出了笑容。

一切准备就绪。余下的时间里,博士眼巴巴地等待着空气发生变化。然而,气温在继续升高,要不是待在绿洲上的树荫下,人会热得受不了。温度计在阳光下显示,气温高达华氏 149 度(69 摄氏度)。天在下着一场名副其实的火雨。这一天的温度是他们旅行以来最高的了。

晚上,乔像头一天一样准备了篝火。在博士和肯尼迪值班的时间里,没有任何事情发生。将近凌晨 3 点时,正在值班的乔发现温度骤然下降,空中很快布满了乌云，天也变得更黑了。

“快起来！”乔喊醒两位同伴，“快起来！起风了！”

“终于起风了！”博士望着天空，说道，“可这是暴风！气球！我们赶紧去保护气球！”

他们到达得正是时候。“维多利亚号”在狂风的威力下几乎贴着地面，吊篮拖在沙地上摩擦。万一部分压舱物被抛出去，气球就会随风飘走，绝对不可能追上。

不过腿脚利索的乔迅速冲过去，死死地抓住吊篮，这时气球擦着沙地，随时都有可能被撕成碎片。肯尼迪紧跟在博士后面跳进吊篮，博士点燃燃气喷嘴，与此同时他的两位同伴扔掉多余的压舱物。

三个旅行者向绿洲望了最后一眼，只见树木被暴风雨打得弯下了腰。“维多利亚号”升到了离地面 200 英尺的空中，借着东风，消失在黑夜之中。

第二十九章 出现植物的迹象

——一位法国作家的异想天开
——世外桃源——阿达莫瓦王国
——把斯佩克和伯顿的考察活动与巴尔特的
活动连成一体——大西洋山——贝奴埃河
——约拉城——巴热雷山——芒蒂夫山

动身以来,三位旅行家一直在以很快的速度飞行。他们急于离开这个险些成了他们葬身之地的大沙漠。

将近9点过一刻的时候,地上隐隐约约开始显示出一些有植物的迹象。在这片沙海中已能看到疏疏落落几簇绿草。这对他们来说,犹如哥伦布发现了新大陆,说明沙漠就要到头了!绿色的萌芽畏畏缩缩地从石子缝中钻了出来。渐渐地,石子变成了这片沙海浅滩上的岩石。

博士高兴地向这个地方打招呼。他几乎要像一个在海上瞭望的水手那样喊出来:

"陆地!陆地!"

一个钟头后,土地呈现在他们眼前,虽然杂草丛生,未经开垦,但已不再是那样平坦荒芜。灰色的天空下出现了树木的轮廓。

"我们该到文明的地方了吧?"猎人问。

"文明的地方?肯尼迪先生,这是您说话的特有方式吧,我可是连一个人影都没看见。"

"不会太久了。"弗格森回答说,"照我们这样飞下去,很快就会看到人烟的。"

"我们还是在黑人地区吗,弗格森先生?"

"是的,乔,在到达阿拉伯联合酋长国之前,都是黑人地区。"

"阿拉伯人?先生,是那些骑骆驼的地道阿拉伯人吗?"

“不是的,是不骑骆驼的阿拉伯人。那种动物在这个地区很少见,他们恐怕还不认识呢,要再往北飞几度才能碰得上。”

“真不巧。”

“为什么要这么说呢,乔?”

“因为,如果风向转顺的话,它们或许对我们有用呢。”

“怎么个有用法?”

“是这样的,先生,我的脑海里突然冒出这样一个想法:我们可以将骆驼套在吊篮上,让它们拉着我们走,你觉得怎么样,博士?”

“可怜的乔!在你之前已经有人产生过这样的念头了。真的。梅利先生,一位非常有天赋的法国作家就曾在一本小说中提到过。在小说中,几位旅行家坐在气球里,由一队骆驼拉着他们前进,不巧,有一头狮子扑了过来,吃了骆驼,吞了拖索,于是旅行家们就让狮子来拖气球;故事就是这么继续下去的。你瞧瞧,这整件事情完全是作者虚构出来的,与我们的前进方法毫不相干。”

一听到点子已经被人用过,乔的脸上有些挂不住了。他又寻思哪种动物能把狮子吃掉。但思量来思量去,也没想出个结果,于是,他干脆打量起周围的地区来。

展现在眼前的是一个不大不小的湖,湖周围环绕着一些算不上山的丘陵。许多小路在丘陵间蜿蜒,丘陵上杂乱无章地生长着各种各样的树木,其中最多的是油棕树。这种树的树叶长达 15 英尺,树干上长满了尖刺。木棉毛茸茸的种子被风吹得飘在空中;香松——阿拉伯人称之为“干达”——散发出强烈的香味,直冲“维多利亚号”袭来;叶子呈掌状的木瓜树、苏丹核桃树、锦葵树、香蕉树更丰富了热带植物的品种。

“这地方真不错。”博士说。

“看,动物!”乔叫道,“看来不远处就会有人居住了。”

“啊!瞧那些大象!”肯尼迪兴奋地叫了起来,“我们在这儿打会儿猎吧!”

“亲爱的肯尼迪,风这么大,我们怎么可能停下来呢?你先忍着吧,不久,你会有机会尽情打猎的。”

确实有种感觉让肯尼迪心跳得很快,他握着枪托的手正在暗暗用力。

这个地方的动物多得不亚于这个地方的植物。野牛懒散地躺卧在茂密的草中,身形完全被遮住。身材高大的灰色、黑色或黄色的大象穿行于树林中,一路上连撞带咬,身后一片狼藉,仿佛只有这样才能证明它们路过似的。在丘陵树木丛生的坡面上,挂着许多小瀑布,条条水流奔向北方。一群河马正在水中洗浴,时不时弄出巨大的声响。长达 12 英尺、身形像鱼一样的海牛,挺着被奶水胀得鼓鼓的乳房,仰面躺在岸边歇息。

这简直像在一个神奇美妙的暖房中进行的珍稀动物展览。里面无数五颜六色的小鸟映着阳光,在乔木状植物中闪着绚丽多彩的光点。

看到大自然的这种奇观,博士意识到,他们已到了美丽的阿达莫瓦王国上空。

"我们现在开始驻足于现代发现的考察地了。我已经接上了前辈旅行家们所中断了的线索。朋友们,真是走运,我们能把伯顿上尉和斯佩克上尉的辛勤劳动与巴尔特博士的探险成果连接起来了。我们已经将两位英国人抛在了身后,现在我们已经追上了那个汉堡人。用不了多久,我们就可以到达那位无畏的探险家所到达的最远地点。"

"我似乎觉得,两条探险路线之间还有一片相当广阔的区域,"肯尼迪说道,"至少,根据我们的行程可以做出这样的推断。"

"这很好计算。你拿出地图来,看看斯佩克上尉到过的乌克雷维湖的南端是在什么纬度上。"

"差不多在 37 度上。"

"那么,我们今晚要到的约拉城呢?就是巴尔特到过的那座城,它处在什么方位?"

"大约东经 12 度。"

"也就是说 25 度。每度为 60 英里,一共 1500 英里。"

"对于步行的人来说,这么远的距离走下来可真够受的。"乔说。

"但是有人做到了,利文斯通和莫法特曾经一直往内地走。他们曾经考察过的尼亚萨湖,距伯顿曾经考察过的坦噶尼喀湖很近。截至本世纪末期,一定会有人考察这些广大的地域的。"博士说,"但是风在把我们往西吹,我本想往北,看来是没希望了。"

飞行了 12 个小时后,"维多利亚号"到达了苏丹王国境内。他们在这一带地方最先看见的居民是放牧牛群的游牧民族苏阿大阿拉伯人。远处,阿特兰提卡山脉宏伟的山峰高高耸立在地平线上,这些山峰从来没有欧洲人涉足，它们的海拔高度估计有2600米，是这一地区河流的分水岭，非洲这一部分的大小河流沿着它们的西坡向海洋奔流而去。在这一带地区，人们称阿特兰提卡山为“月亮山”。

终于，一条真正的大河出现在旅行者眼前。根据河两岸密密麻麻的房屋来看，博士断定这条河便是尼日尔河最大的支流之——贝奴埃河。当地的土著人称它为“水之源”。

博士对他的两位同伴说：“总有一天，这条河会成为与尼格利提国内地进行联系的天然枢纽。在我们的一位勇敢的船长的指挥下，‘昴星团号’轮船曾溯流而上最远到达约拉城。你们瞧，我们并不是处在一个未知的区域。”

许多奴隶正在田间忙着干活，耕种蜀黍——一种充当他们基本食物的作物。看到“维多利亚号”流星闪电般地从头顶上飞过，他们一个个惊得目瞪口呆。这天晚上，气球在距约拉城40英里的地方停了下来。博士望见前面远远地耸立着芒蒂夫山的两个尖峰。

博士让乔抛下锚，钩住了一棵高树的树冠。但大风把“维多利亚号”刮得乱晃，气球甚至平躺了下来，有几次吊篮险些就翻倒了。博士一夜没敢合眼，他好几次差点就要砍断锚索，躲开风暴。最后，暴风终于停息了，气球也不摇摆得那么厉害了，大家才放下心来。

第二天，风更和缓了，不过它将三位旅行家裹挟着远离了约拉城，其实弗格森对于这座刚刚被富拉尼人重建的城市十分好奇，非常想参观一下。不过，他仍然下定决心把气球驶向朝北更远的地方，甚至稍稍偏东一些也行。

肯尼迪提议在这个上好的猎场上停一停，乔也宣称得补充些新鲜肉食；但是该地区野蛮的风俗习惯和该地居民的敌对态度以及对“维多利亚号”射来的几枪，迫使博士不得不继续向前飞行。接下来，他们飞往一个到处都是杀戮的地区，在那里，野蛮的苏丹人之间的厮杀永远没有停歇的时候，他们以各自的王国做赌注相互残杀。

大块大块的牧场之间铺展着许多人口稠密，有着长形茅屋的村庄。牧场上茂密的青草里开满了紫色的花朵。模样像大蜂箱一样的草房隐蔽在上面带有尖头的栅栏后面。丘陵蛮荒的坡地使人想到苏格兰山地的幽谷，连肯尼迪也多次提到这点。

不管博士怎么努力,气球仍然被风带着一直往东北方向,向着隐没在乌云后面的芒蒂夫山飘去。尼日尔盆地和乍得湖盆地就是被这座山相隔开来。

此后没多久,巴热雷山出现在他们的眼前,18 个村庄散布在它的斜坡上,就好像一群血脉相连的孩子紧紧依偎在母亲的怀抱里——这幅奇妙的景象被几位空中观光者尽收眼底,他们还看到一道道被一片接一片的稻田和花生地所覆盖的山谷。

3 点钟时,"维多利亚号"到了芒蒂夫山前。既然气球无法避开这座大山,只好飞过去了。博士把温度提高到华氏 180 度(100 摄氏度),给气球添加了差不多 1600 磅的升力,使气球升到了 8000 英尺的高空。这个高度是他们出发以来所达到的最高点。气球上升的过程中,气温骤然下降,博士和他的伙伴们只好用毯子把自己裹起来取暖。

越过芒蒂夫山后,博士又急着让气球降下去,不然气囊会有被撑破的可能。他发现,这座山曾经是座活火山,那熄灭了的火山口现在成了一个无底深渊,山坡上堆积着一层厚厚的鸟粪,看上去很像石灰岩。如果将这些鸟粪用来作为肥料,够整个英国用的。

在南风的庇护下,5 点钟时"维多利亚号"沿着芒蒂夫山的山坡缓缓滑落,最后停在一块远离居民区的空地上。吊篮一触及地面,他们便采取一切必需的谨慎措施,好使气球稳稳地固定住。肯尼迪手持猎枪冲进倾斜的原野。没多久他便回来了,扛着六只野鸭和一只沙锥鸟,乔就用自己的一双巧手将这些猎物做成了美味。这顿饭吃得很开心,一夜平安无事,大家都睡了个好觉。

第三十章　莫斯菲亚城

——阿拉伯酋长——丹纳姆、克莱普顿、奥德内
——弗格尔——洛古姆的首都
——图尔——凯纳克城上空没风了
——统治者和大臣们——攻击——火鸽

第二天，5月11日，“维多利亚号”又开始了它的探险旅程。现在，三个旅行者相信他们的气球就像老水手相信自己的轮船一样。无论是可怕的风暴，热带的酷热，还是危险的升空以及更危险的降落，它每次都能幸运地化险为夷，当然，弗格森博士驾驶气球的确很娴熟。尽管现在还不知道这次探险的最后目的地，博士却不再担心旅行能否顺利完成了。只是在这样野蛮和迷信的国度里，他们必须倍加小心，谨慎行事，因此博士建议他的同伴们每时每刻都睁大双眼，密切注意前方的事物。

风吹着气球往更加偏北一些的方向飞去。将近9点时，三位旅行家隐约望见前方有座大城市，那就是莫斯菲亚城。它建在两座大山之间的一块高地上，地势险要，易守难攻。沼泽地和树林之间有一条狭窄的道路，这就是通往该城的唯一要道。

就在三位旅行家查看该城时，一位阿拉伯酋长正由一队服装艳丽、骑着马的卫兵护卫着进城。队伍前走着一些号手，还有几个人跑前跑后，负责清理路边的树枝，以免酋长路过时衣服被挂住。

为了观察土著居民，气球下降了一些。土著居民看到气球越来越大，他们也变得越来越害怕，最后全部都跑掉了。只有酋长一个人没有跑，他拿着长筒火枪，上好子弹，威严地等着。

博士让气球在150英尺的空中停下来，他用阿拉伯语向酋长致意，酋长立刻跳下马来，跪倒在满是尘土的路上，博士想尽办法也无法改变酋长

对他的崇敬。

“毫无疑问，”弗格森说道，“这些人把我们看成神了。当欧洲人第一次来到他们中间时，曾被他们误解成超人。这位酋长谈起这次会面时，一定会充分发挥阿拉伯人的想象力把这件事添油加醋一番。所以你们可以想象将来某一天我们在他们的传说中会是什么样子了。”

“不管怎么说，从文明的角度来看，这并不是我期待发生的事，”苏格兰人说道，“还是把我们当作单纯的人比较好一些。那样的话，这些黑人种族就会对欧洲的威力产生很直观的认识了。”

“我同意，迪克，可是你如何做到这一点呢？难道你向当地的先知先哲们耐心地解释气球的飞行原理吗？这简直是对牛弹琴，他们仍会固执地认为这是一种超自然的神物。”

“先生，”乔问，“您刚才讲到最早来这儿考察过的欧洲人。您能告诉我，他们是谁吗？”

“亲爱的小伙子，当然可以了。”弗格森应允说，“要知道，我们现在正好在丹纳姆少校走过的路线上。就是在莫斯菲亚城，他受到了曼达拉的苏丹的款待。他曾离开博尔努，陪同阿拉伯酋长去远征费拉塔赫人，并参加了攻城战。该城人用弓箭英勇地抵抗住了阿拉伯人的子弹，最终击败了酋长的军队，把他们打得落花流水。其实，这一切不过是烧杀抢掠的借口而已。少校也被洗劫一空，全身衣服被剥得精光，要不是藏在一匹马肚子下面，被马带着拼命地奔跑，躲开了胜利者，他就再也回不到博尔努的首府库卡了。”

“这位丹纳姆少校是什么人呢？”

“一位无畏的英国人，1822 到 1824 年间，他率领一支探险队深入到博尔努城，陪同他前往的还有克莱普顿上尉和奥德内博士。他们于 3 月份从黎波里出发，到达费赞的首部穆尔祖克，沿着后来巴尔特博士回欧洲时走的路线，他们于 1823 年 2 月 16 日到达乍得湖附近的库卡。丹纳姆在博尔努、曼达拉和乍得湖的东岸进行了好几次考察活动，克莱普顿上尉和奥德内博士经过苏丹国将旅行的进程一直推进到萨卡图，在米尔米尔城，奥德内由于劳累过度，衰竭而死。”

“原来，已经有不少学者在非洲的这一带为科学献身啦？”肯尼迪问。

“是的，这个地方真是个死亡区啊！现在，我们正一直向巴尔吉米王国进发，弗格尔1856年去瓦代王国时到过那儿，后来他在瓦代王国失踪了。这位年轻人才23岁，是被派去协助巴尔特博士工作的。他们两人在1854年12月1日会了面，之后，弗格尔开始了地区考察活动。1856年前后，他在最后一批信中谈到他打算去考察瓦代王国，那个地方还从来没有一位欧洲人去过呢。他似乎一直到了瓦代的首都瓦拉，有人说他在那里做了俘虏；有人说他被打死了，因为他想爬上当地的一座圣山。不过，我们不能轻信这些旅行家死亡的消息，因为这就等于说我们不必去寻找他们了。曾经有好多次谣传说巴尔特博士不幸遇难，这使博士气愤不已，所以很有可能弗格尔是被瓦代的苏丹囚禁了起来，等着有人去赎他。另外，涅满斯男爵也曾做过瓦代之行，但是1855年他到了开罗就死了。现在我们知道，欧格林先生正率领着从莱比锡出发的探险队沿着弗格尔的足迹一路寻找，我们则是第二批打探这位年轻有为的旅行家下落的人。"

莫斯非亚城已经在地平线上消失很长时间了。费达拉逐渐出现在三个旅行者的眼中。这个地方异常肥沃富饶，有着茂盛的皂角树林，遍地红花的草场和大片的草本植物田，如棉田和槐蓝田。沙里河水流湍急，向80英里外的乍得湖奔流而去。

博士提醒两位同伴注意巴尔特博士在地图上标明的这条河。

"你们看，"他说，"这位学者所做的记录是多么的精确无误；我们正径直前往洛古姆地区，也许会到达它的首都凯纳克。可怜的图尔就是在那儿送了命，当时才22岁。他是一位年轻的英国人，是第八十团的掌旗人，他在非洲加入丹纳姆少校的探险队，才不过几个星期，他就在那儿遭遇了死亡。啊！这片辽阔的土地还不如被称作是欧洲旅行家的草地呢。"

几只大约50英尺长的船在沙里河上航行，沿着沙里河顺流而下。由于"维多利亚号"目前飞行的高度大约有1000英尺，因而并未引起当地土人的注意。一直吹得很猛烈的风现在开始变小了。

"莫非又要遇上空气完全静止的那种情况吗?"博士开始担心起来。

"哎呀，先生！我们现在既不缺水，又不是在沙漠里，还有什么好怕的?"乔说。

"这里的野人比缺水和沙漠还要可怕呢。"

"先生，您瞧，"乔喊道，"那儿好像是座城市。"

"是凯纳克城。残存的最后一股微风正将我们向它吹去，如果愿意的话,我们可以绘制一幅精确的平面图。"

"我们不靠近一些吗?"肯尼迪问道。

"这再简单不过了,迪克。现在我们就在城市的正上方,只要把燃烧嘴的火头调整一下,气球很快就会下降的。"

半个小时以后,"维多利亚号"一动也不动地悬浮在200英尺高的空中。

"好了,我们离凯纳克城更近了,"博士说,"比一个蹲在圣保罗教堂球形柱上的人离伦敦城还要近,这样我们可以好好看看这座城市了。"

"咦,怎么回事?从四面八方传来一种好像用木槌敲东西的声音。"

乔仔细地张望,很快就发现,这种声音是许多织布工人在露天敲打他们绷在大树干上的布时发出的。

现在,洛古姆的首府像一幅展开的画卷一览无余。这是一座名副其实的城市,房屋排列整齐,街道宽敞。在一个大大的露天广场中间,是一个奴隶市场,市场上买者云集,由于曼达拉的女人手足非常纤细,因此市场需求量极大,卖价也能提得很高。

人们一看见"维多利亚号",以前经常出现的场面又重演了。首先是人们的叫喊声,接着所有的人都显得惊慌失措,正在进行的交易停止了,手中的活儿也扔下了,嘈杂声戛然而止。三个旅行家站在稳稳当当浮在空中的气球上仔细观察,没有放过这个人口稠密的大城市的任何一个细节,他们甚至下降到了离地只有60英尺的高度。

洛古姆的君主打着绿色的旗出来了,乐师们吹着简单的牛皮角尾随在后。号声急促,看来乐师气息纷乱,土著人渐渐围拢来。这里的人高额头、卷头发,略有点鹰钩鼻,看上去骄傲而聪明。一些骑马的人向四面奔去。事情很快就清楚了,君主的军队集结到广场,准备和一个来路非凡的敌人战斗。乔挥舞着各色手帕,没有任何效果。

就在这时,被大臣们簇拥着的君王要求子民肃静,然后,他叽里咕噜地讲了一通。博士一点也没听懂他的话,这是一种掺杂了巴尔吉米语的阿拉伯方言。他只是根据君王打的手势(这种世界性的语言),弄清楚了是在请他离开。博士也希望离开这儿,可是眼下一点风也没有,根本没法走。见气球仍然不动,君王被激怒了。于是,他的大臣们齐声呐喊起来,想以此逼迫这个怪物逃掉。

那些大臣们奇形怪状,每个人身上都裹了五六件花花绿绿的薄衫,挺着一个大肚子,看得出其中有几位的肚子是假的。博士解释说这是他们讨好苏丹的一种方式,肚子的肥胖程度表示一个人的抱负,肚子越大,抱负也就越大。这个解释使他的两个同伴大吃一惊。这些大腹便便的家伙在下面指手画脚,大喊大叫,其中有一个叫得最为疯狂,根据他肚子的肥胖程度来看,可能是个宰相。周围的黑人也跟着他们叫喊,像猴子似的模仿他们的手势,结果,上万只手同时做着同样的动作。

见这些恐吓方式收效甚微,他们便开始采取更加可怕的举动。士兵们挎着弓箭排列成战斗队形;可这时,气球已膨胀起来,静静地上升到了他们的弓箭的射程之外。看到这一情形,君王一把抓起枪朝气球瞄准;然而一直在注视着他的一举一动的肯尼迪,轻轻一扣扳机,便将他手中的武器击落在地。

这突如其来的一枪,使得全场顿时乱作一团。土人们个个像受惊的兔子,撒开腿飞快地跑回了自己的草屋。直到天黑,整个城市显得空荡荡的,大街小巷见不到一个人影。

夜幕降临了,仍然没有起风,“维多利亚号”只好悬在300英尺的空中。下面一片漆黑,没有一点光亮,夜像死一般的沉寂,博士更为警惕了,因为这样的寂静往往暗藏着陷阱。

博士的谨慎不无道理。午夜左右,整个城市像着了火似的,成百上千条火光如同腾升的焰火,左右穿插,上下飞舞,在空中搅成了一个火团。

“真奇怪!”博士有些迷惑。

“哎呀,我的上帝!”肯尼迪忽然嚷起来,“这些火好像在往上来,而且离我们越来越近了。”

果然,在胆怯的呐喊声和砰砰的枪声中,这片火光逐渐升高,奔着“维多利亚号”而来。乔见状,立即准备好扔压载物。弗格森忽然明白了眼前发生的一切。

那原来是成千上万只鸽子,它们的尾巴上拴着易燃物,被放出后冲着“维多利亚号”而来。它们惊恐不安,越飞越高,在空中划出无数道弯弯曲曲的火线。肯尼迪准备用全部的子弹朝这群正朝他们飞来的火鸟射去,可是如此众多的部队,他一人如何抵挡得了呢?鸽子们已经在吊篮周围盘旋,它们甚至已经包围了气球,在这片火光的映照下,“维多利亚号”

仿佛被罩在了一张火网中。

博士毫不迟疑地把一块矿石扔了出去,这样“维多利亚号”才上升到了那群危险的鸽子飞不到的高度。他们看见无数道火线在下面飞来窜去,飞了近两个钟头,数目才慢慢减少,最后,这场由鸽子引发的火灾终于平息了下去。

“现在,我们可以放心大胆地睡觉了。”博士松了口气。

“这些野人想的办法还真不错!”乔回味说。

“是的,他们往往放出这种带火的鸽子去烧其他村子的茅屋。但是这一次,他们要烧的房子却比他们那带翅膀的纵火部队飞得还要高!”

“事情明摆着嘛,气球没什么要怕的人。”肯尼迪说。

“并不是这样。”博士反驳道。

“那么,气球害怕什么呢,博士?”

“害怕吊篮里那些漫不经心的乘客!所以说,朋友们,让我们随时随地保持警惕吧。”

第三十一章 夜间动身

——三人聊天——肯尼迪的天性
——预防措施——沙里河——乍得湖
——湖水——河马——打飞的一枪

早上3点钟左右,正在值班的乔终于看到脚下的城市移动了。“维多利亚号”又开始上路,这时弗格森醒了。

博士查看了一下罗盘,他满意地发现风正带着他们向东北偏北方向移动。

“我们很走运,”他说,“事事顺利,今天,我们就能见到乍得湖了。”

“湖的面积大吗?”肯尼迪问。

“相当大,亲爱的迪克。这个湖最宽的地方有120英里呢。”

“在大桌布似的湖面上飞行肯定会给我们的旅行增添不少乐趣。”

“怎么?难道说以前的旅行一直很枯燥无味吗?我倒认为我们没什么可抱怨的,这样的旅行已经很有趣了,尤其是直到现在一切都还顺利。”

“毫无疑问,确实是这样;除了在荒漠上缺水的那一段日子,我们还没遇上什么严重的危险呢。”

“不可否认的是,我们尊贵的气球一直表现得十分出色;今天是5月12日,我们是4月18日启程的,已经旅行25天了。用不了10天我们就可以到达目的地了。”

“到哪儿?”

“我也不知道。可这并不重要。”

“说得对,塞缪尔。相信上帝会指引我们,保证我们一切顺利的。直到现在,我们三个不都是好好的吗?哪里有一点经过长途旅行之后狼狈不堪的样子?”

“而且我们还能飞得高高的。”

“空中旅行万岁!”乔喊道,“我们已经飞行了25天了,身体健康,吃得好,睡得也好,可以说休息得太多了,我的腿都快要退化了。如果现在让我走上30英里路,活动活动筋骨,我一点儿也不反对。”

“在伦敦的大街上你可以那样做的,乔,不过眼下,我们三个最好一起行动,就像丹纳姆、克莱普顿和奥韦尔韦格一样;也像巴尔特、理查森和弗格尔一样,我们比这些前辈们要幸运得多,我们三个仍然在一起。对我们来说最重要的就是不要分开。如果我们中间有一位在地面上,而‘维多利亚号’为了躲避某个突然出现的危险而升空,那么,谁知道我们彼此还会不会再见面呢? 所以我再向肯尼迪重复一遍,我不想让他单独下去打猎。”

“可是,塞缪尔,你总得让我稍稍过把瘾吧? 更新一下我们的食物种类也没什么坏处嘛。还有,在我们出发之前,你就向我列举了种种狩猎的美妙景象,可直到现在我还没领略到真正的过瘾滋味呢。”

“亲爱的迪克,你的记忆力出错了吧,要不然就是你太谦虚,把自己创下的业绩忘了。除掉那些小野味不算,我记得你已猎获了一只羚羊、一头大象和两只狮子了。”

“可是,一个在非洲的猎人能眼睁睁地看着世界上所有的各种动物都白白地从他的枪口下溜走吗? 看! 看那儿! 一群长颈鹿!”

“那是长颈鹿吗?”乔问道,“它们只有拳头那么大呀!”

“因为我们是在一千英尺高的空中,如果凑近看,它们比你高两倍呢。”

“对这群非洲羚羊,你又怎么说?”肯尼迪问,“还有那些跑起来像风一样快的鸵鸟。”

“啊! 那就是鸵鸟!”乔又叫道,“简直就是鸡嘛,完完全全像鸡!”

“怎么样,弗格森! 就不能靠近点吗?”

“肯尼迪,可以靠近些,但是不能着陆,所以说,这些动物对你没一点儿用处,你又何必打它们呢? 假如是只狮子、老虎或鬣狗,我还能理解,至少总是只凶险的野兽,可是像羚羊这样的动物,除非有其他好处,否则,打它们干什么? 如果只是想满足你那猎人的打猎瘾,的确不值得。再说,我们毕竟要待在离地100英尺高的空中。当然,如果你认准某只猛兽,一枪打中它的心脏,我们会很高兴的。”

“维多利亚号”缓缓下降，不过仍保持在一个安全的高度上，因为在这个人口稠密的野蛮地区，有必要时刻警惕意外情况的发生。

三位旅行家现在是沿着沙里河的走势飞行。这条河迷人的两岸掩藏在五颜六色的树木构成的华盖下面，藤本植物和攀援植物弯弯曲曲，朝四面八方蔓延，组成了一片最绚丽的混合色彩。鳄鱼时而在阳光下打斗，时而潜入水中嬉戏，动作像蜥蜴一样灵敏，它们边玩耍边向沙里河急流中众多的绿岛游去。

快到早上9点钟时，博士和他的伙伴们终于到达了乍得湖南岸地区。乍得湖被称作非洲的里海，但它的存在很长一段时间内被认为是无稽之谈。在博士他们以前，只有德纳姆和巴尔特的探险队到过这个非洲的“内海”。

弗格森博士试着记下湖的现在形状。从1847年至今，湖的模样已经有了很大的差异。其实，这个湖的地图是没法画出来的，因为，湖的四周几乎全是无法穿越的泥沼。巴尔特就曾陷到里面险些丧了命。沼泽地里一年到头长着15英尺高的芦苇和纸莎草，它们已经成了湖的一部分。湖边的城市常常因此被淹没，1856年，博尔努就遇到了此事。河马和凯门鳄现在经常出没的地方原来曾是博尔努城的住宅区。

太阳把耀眼的光芒洒到平静的湖面上，映得湖水一片金光。往北眺望，只见地平线上水茫茫，天无涯，天水交接连成一片。

博士想确认一下水质，长久以来，人们一直认为湖水是咸的。下降到贴近湖面的高度不会有什么危险，不一会儿，吊篮便像一只水鸟一样在距湖面五英尺的高度一掠而过。

乔将一个瓶子伸入湖中，盛了半瓶水。尝过以后，他们发现这水不适合饮用，带有一种泡碱味。当博士正在将测试结果记录在案的时候，突然听到身旁传来一声震耳欲聋的枪响。原来肯尼迪实在按捺不住，便朝一只体格庞大的河马开了火。那河马本来在悠闲地呼吸，听到枪响便立即跑得不见了踪影，不过看样子肯尼迪那圆锥形子弹好像只是把它吓跑了而已，根本没有伤着它。

“要是用鱼叉就好了。”乔遗憾地说。

“这儿哪来的鱼叉？”肯尼迪问。

“就拿我们的锚试试嘛。对付这样的大家伙，锚正好当钩用。”

“哦,乔倒想了个好主意……”肯尼迪说。

“我求求你们,千万别这么做!”博士表示反对,“这怪物会很快把我们拖到我们不愿去的地方。”

“尤其现在,我们已经弄清楚了乍得湖水的味道。”乔表示同意,“弗格森先生,那条大鱼能吃吗?”

“你称为那条鱼的东西实际上是厚皮动物中的一种哺乳动物。据说它的肉很好吃,而且是居住在乍得湖两岸的各部落之间交易得最多的货物。”

“唉!迪克先生,您那一枪没打中它真遗憾!”

“这种厚皮动物只有肚皮和两腿之间的皮肤才稍薄弱些,刚才肯尼迪放的那一枪,子弹肯定没有射穿它的皮肤。瞧,湖的北岸看上去不错,我们就在那儿降落吧。到了那儿,肯尼迪算是到了真正的动物园了,那里的动物他想打多少就打多少。”

“那太好了!”乔喊道,“让迪克先生打几只河马吧!我真想尝尝河马肉的滋味。如果到了非洲中部还跟在英国一样吃鹧鸪和山鹬,那才荒唐呢。”

第三十二章　博尔努的首府

——比迪奥玛人的小岛——胡兀鹫
——博士的忧虑——戒备——空中袭击
——气囊破了——下落
——崇高的牺牲精神——乍得湖北岸

自从到达乍得湖上空后，“维多利亚号”就遇上了一股向西去的气流。乌云减缓了白天的炎热，在这广阔的水面上可以感到有阵阵凉风袭来。下午将近1点时，气球斜着飞过了湖面，然后又在陆地上空飞了七八英里。

博士开始还因为气球朝着这个方向飞而有点儿恼火，但是在看到了博尔努王国的都城——库卡城后，便转怒为喜了。过了一会儿，他就望见了用白色的黏土砌成的城墙。在许多阿拉伯人用来建房子的方石块中间坐落着一些盖得很粗糙的清真寺，广场上房屋的院子里种植着棕榈树和橡树，茂盛的枝叶活像一个个直径100英尺长的绿盖子。乔问两个同伴是否注意到那些天然的太阳伞正好替房屋遮挡住了炙热的太阳光，由此乔得出了上帝很可爱的结论。

库卡实际上由两座不同的城组成，两城之间由“当达尔”分隔，“当达尔”是一条宽约300码的林荫大道，此时，大道上挤满了骑马的人和步行者。在路的一边，富人的宅子高高耸立，环境优美，四面通风，而且排列十分整齐；在路的另一边，穷人的房子堆积在一起，房屋低矮，圆锥形屋顶，看上去十分简陋，很显然，住在这些茅屋里面的人生活十分艰辛，因为库卡既不属于贸易城市，也不属于商业城市。

肯尼迪觉得它看上去跟爱丁堡有些类似，都坐落在平原上，而且都是由两座不同的城组成。

但这一地区的风向总是变幻不定，几位旅行家还没来得及好好看一眼库卡城，一阵逆风刮来，“维多利亚号”被裹着向后退了约 40 英里，又回到了乍得湖上空。

这一部分的乍得湖则是另一番景象：湖中散布着的无数小岛上居住着凶残的比迪奥玛人，他们是些嗜血成性的湖上强盗，和撒哈拉大沙漠的游牧民族图瓦雷格人一样。这些野人正大着胆子准备用弓箭和石子来迎接“维多利亚号”时，气球却像一只大金龟子一样很快飞过了他们的头顶。

这时候，乔盯着远处的地平线，对肯尼迪说：“嗨，迪克先生，您不是老想着打猎吗？现在机会来了。”

“怎么了，乔？”

“有群大鸟飞过来了。”

博士马上拿起望远镜察看。

“是的，”肯尼迪说，“最少有一打。”

“14 只。”乔说。

“这么多，但愿是害鸟，这样的话，弗格森就不会阻止我了。”

“我不想说那么多，”弗格森说，“但我希望它们离得越远越好！”

“您怕它们吗？”乔说。

“它们是胡兀鹫，并且是其中体型最大的一种，如果被它攻击……”

“弗格森，我们可以自卫啊！反正有那么多弹药，我不信它有那么可怕！”

“谁知道呢？”博士有点担心地回答。

10 分钟后，鸟群已飞得很近，猎枪完全可以打着了。这 14 只胡兀鹫的嘶哑叫声在空中响成一片，它们渐渐向“维多利亚号”靠近。显然，气球的出现不仅没有使它们感到害怕，反而激怒了它们。

“它们叫得多响！翅膀拍打得多厉害！”乔猜测，“这些鸟看到有人侵入它们的领地，而且胆敢和它们一样飞，可能觉得很不自在。”

“啊，说真的，我仔细地观察了它们一番，它们的样子狰狞可怕。如果它们配上珀迪－摩尔马枪的话，一定会颇具杀伤力的。”肯尼迪说道。

“它们不需要马枪就已经够可怕了。”博士回答。顷刻间，他变得很严肃。

开始，那些大鸟围着“维多利亚号”盘旋，接着，它们的包围圈越缩越小，它们以不可思议的速度在天空中来回穿梭，一会儿像飞弹似的俯冲下来，一会儿又来个急转弯，突然改变飞行方向。

博士非常担心，决定使气球上升以避开这块危险区域。他马上加热氢气使其膨胀，气球当即往上升去。

可是，那些胡兀鹫也跟着一道飞了上来，丝毫没有放过气球的意思。

“那些鸟好像恨透了我们。”猎人说着，往马枪里装上了子弹。

的确，那群鸟正在向他们逼近，其中有几只已经冲到了离气球只有50 英尺的地方，好像根本不在乎肯尼迪的马枪。

“我真要朝它们开枪了！”猎人说。

“迪克，不行！千万别开枪！可不要无缘无故惹恼了它们。那样做只会刺激它们来攻击我们。”

“可是，我能轻而易举地干掉它们呀！”

“迪克，你弄错了。”

“这么几只鸟，我们一枪一只，有什么错的？”

“如果它们冲到气球上面去，你怎么打得着它们呢？想想你在陆地上面对一群狮子，或在海上面对一群鲨鱼时的情形吧！对于乘气球上天的人来说，这和那一样危险。”

“弗格森，你这话当真？”

“迪克，千真万确。”

“那么，我们就等等吧。”

“是的，你先等等。不过，你要随时准备着，万一遭到攻击，我们只有自卫。还是那句话，没有我的命令别开枪。”

那些鸟聚得更近了，它们那裸露的脖子已清晰可见，它们拼命尖叫的时候将脖子伸得老长，脖子上光秃秃的，没有一根毛，头顶上因恼怒而竖起的紫色肉冠被三位旅行家看得清清楚楚，甚至能看到肉冠上的皱纹。它们的个头特别大，身长足有 3 英尺，白色的翅膀在阳光下闪闪发光。它们就像是带翅膀的鲨鱼，因为与深海里那种凶恶的水族猛兽相比，它的凶狠程度毫不逊色。

“它们跟着飞上来了！”博士看到那些鸟儿紧紧跟随着气球，便说道，“不管我们升多高，它们都能超越我们！”

“那怎么办？”肯尼迪问。

博士没有回答。

“塞缪尔,你听我说,”猎人接着说道,“一共有 14 只兀鹫,而我们三个人一块儿开枪的话,能放 17 枪,难道还没法子把它们全消灭吗?你放心,大部分由我负责。”

“迪克,我完全信任你的枪法,那几只兀鹫撞在你的枪口上必死无疑。可是,我再跟你说一遍,万一它们飞到气球上面去了,你连看都看不见它们,它们会抓破气囊。别忘了,我们可是在 3000 英尺的高空啊!”

说话间,一只最凶狠的大鸟,张着嘴,伸着爪子,向“维多利亚号”俯冲过来,准备啄破和撕烂气球。

“开枪!快开枪!”博士急忙高喊。

话音未落,鸟就被击中了,尸体打着转掉了下去。

原来,肯尼迪手里早已抓着一杆双筒猎枪等候多时了,旁边的乔也端着一支枪跃跃欲试。

胡兀鹫听到枪声吓得离开了片刻,但是几乎马上又极其疯狂地扑了上来。肯尼迪一枪打掉了离得最近的一只胡兀鹫的头,乔一枪打碎了另一只的翅膀。

“只剩下 11 只了。”他嘴里算着。

随即,鸟儿们改变了它们的作战策略,一起飞到气球的上面去了。肯尼迪看着弗格森。后者虽然极力掩饰,但面色仍然变得苍白。有一瞬间,吊篮里是一片可怕的静默。接下来,他们便听到一种刺耳的撕扯声,那是胡兀鹫们撕绸子发出来的,三位旅行家随即便感到脚下的吊篮开始下沉。

“我们完了!”弗格森大叫,他看了看气压表,只见上面的水银柱正在迅速上升。“扔掉压舱物!”他喊道,“快扔!”

马上,全部石块都扔出去了。

“吊篮还在下降!把水箱也倒空,乔!我们马上就要掉到湖里了!”

博士弯下身,看见湖面像涨潮一样迎来,湖中的东西迅速变大。

“把食物扔掉!”博士喊。

下降速度慢了点儿,但仍停不下来。

“继续扔!”博士喊。

“没有东西可扔了。”肯尼迪说。

“有!”乔一只手飞快地在胸前画了个十字,然后跳出吊篮。

“乔！乔!”博士惊呆了。

可是乔再也听不见了。“维多利亚号”减轻了足够的重量,又开始上升,一直升到了1000英尺的高空。风灌进了瘪塌塌的气囊,把它吹鼓了起来,并把它吹往乍得湖的北岸。

“完了!”猎人做了个绝望的手势,说道。

“他是为了救我们才这样做的!”弗格森说。

大颗大颗的泪珠从这两位勇敢的人脸颊上滚落。他们倚在吊篮的边沿,希望看到他们那位英勇的同伴的踪迹,可是这都是徒劳,因为他们已经离他太远太远了。

“我们怎么办?”肯尼迪问。

“一有可能我们就着陆,然后等着。”

“维多利亚号”飞行了60英里后,降落在湖的北岸一个荒凉的地方。猎人把锚抛在一棵矮树上,牢牢地将它固定住了。

黑夜来临了,可是弗格森和肯尼迪一分钟都无法合眼。

第三十三章　推测

——“维多利亚号”重建平衡
——弗格森博士的新打算——肯尼迪打猎
——全面查看乍得湖——唐加利亚村
——返回湖边——拉利城

第二天，5月13日，两位旅行家首先勘查了他们现在所在的这块湖岸。这是一大片沼泽地中的一个小岛，这种岛的地面是硬邦邦的土，小岛四周生长着像欧洲的树一样高的芦苇，茂密的芦苇一直延伸到远方，一眼望不到边。

这片无法通行的沼泽地保证了“维多利亚号”的安全，他们只需要注意湖的一侧就行了。尤其是东边，原来就很宽阔的水面更是浩瀚无垠，放眼远眺，直到天际也不见一块陆地或小岛。

两位朋友一直没勇气谈起他们那位同伴。最后还是肯尼迪先于博士打破了沉默。

“也许乔根本就没死，”他说，“他是个机灵的小伙子，而且他游泳的技术堪称一流。他能毫不费力地横渡爱丁堡的福思湾。我们还会见到他的——但是怎样才能见到，在哪儿才能见到，我也不知道。至于我们这方面，不能放弃任何有可能找到他的机会。”

“希望上帝能够听见你的话，迪克。”博士很激动地说：“我们一定要找到我们的伙伴！我们要先确定我们的方位，在这之前要把‘维多利亚号’外层的气囊摘掉，它已经破了，去掉它，我们可以减少六百五十磅的负重。”

博士和肯尼迪开始着手进行这项工作。他们遇到了很多困难。首先他们必须把裹在外面结实的塔夫绸撕成一块块的，然后再把块状的布撕成长条状，从网眼上扯下来。他们发现被兀鹫啄破的口子长达几英尺。

完成这项工作至少用了 4 个小时。最后，外面的气囊终于全部去掉了，内气囊露了出来，还好，它一点儿也没损坏。“维多利亚号”的体积减少了五分之一，这种差别实在太大了，肯尼迪感到不怎么踏实。

“它还能带我们飞吗？”他不无担心地问博士。

“关于这一点，你不必担心，我会重新确定气球的平衡，等找到我们可怜的乔以后，我们就带着他，想办法按照原路返回。”

“如果我没记错的话，我们降落的时候，离一个岛不太远。”

“是的，我也记得，”博士说，“不过毫无疑问，就像乍得湖中所有的小岛一样，那个岛上面聚集着一伙强盗和杀人犯。他们肯定目睹了我们的不幸遭遇，如果乔落到他们手上而又受不到迷信的保护，那他会怎么样呢？”

“塞缪尔，我跟你说过了，乔是一个能随机应变的人，我相信他的聪明和机智。”

“但愿如你所说，迪克。你到周围打打猎，看看能打到点儿什么，不过不要走得太远。我们现在迫切需要补充储备粮，大部分吃的都扔掉了。”

“好吧，弗格森，我不会走开很久的。”

肯尼迪拿起一支双筒猎枪，踏着高高的野草向较近的一片矮树林走去，只一会儿工夫，枪声频频响起，弗格森知道，肯尼迪这一次打猎收获肯定不小。

在肯尼迪打猎期间，博士负责清点一下吊篮中所剩物品和恢复气球的平衡。现在吊篮里总共还剩大约 30 磅干肉饼、一些茶和咖啡、一加仑半烧酒、一个空水箱，所有的干腊肉都没有了。

博士清楚，由于第一个气球破裂损失了很多氢气，“维多利亚号”的升力减少了 9000 磅左右，所以，要恢复气球的平衡，应该考虑到这重要的一点。现在的“维多利亚号”体积是 68000 立方英尺，存有 33480 立方英尺的氢气，用来使氢气膨胀的设备运行状况良好，电池和蛇形管都没有受损。

新的气球升力大约为 3000 磅，除掉仪器、旅行者、吊篮及其他附件，50 加仑水和 100 磅鲜肉的重量，总共的升力还剩 2130 磅，所以它还能承受 170 磅重的压舱物，用于应付意外事件。带上这些压舱物，气球就可以恢复平衡了。

根据计算结果做了妥善的安排之后，博士又补充了一些相当于乔的体重的压舱物。一整天，他都将时间花费在这些准备工作上，当肯尼迪回来时，一切已安排就绪。猎人收获颇丰，他带回一大堆野鹅、野鸭、沙锥、小凫等猎物。他一回来便开始动手把野禽收拾干净，然后用烟熏制。他把每只野禽都穿在一根小细枝上，然后吊在用绿树枝燃起的火堆上熏烤。烤得差不多了，肯尼迪便将它们收起来放到吊篮里，他做起这些事来很是在行。

第二天，猎人继续打猎，补充食物储备。一天很快就在忙碌中过去了，两位旅行家都觉得诧异，怎么天又黑下来了。他们的晚餐食品包括干肉饼、饼干和茶，填饱肚子后，疲倦的他们倒头便睡。每个人值班时都在黑夜中睁大眼睛，竖起耳朵，有时甚至出现幻觉，仿佛听到了可怜的乔的声音。可是，唉！他们长久以来渴望听到的那个声音离他们是多么遥远啊！

天一亮，博士就喊醒了肯尼迪。

“我一直在考虑找到乔的方法。”博士说。

“怎么样我都会支持你的，弗格森，说吧。”

“首先，要让乔得到我们的信息。”

“对啊！他还以为我们不要他了呢！”

“他当然不会，他很了解我们。但是，他需要知道我们在哪儿。”

“怎么能做到这一点呢？”

“让我们的吊篮回到空中。”

“要是气流把我们吹走了呢？”

“所幸今天的风向对我们不会有什么不利。迪克，你看，微风会把我们往湖上送的。要是在昨天遇上这种情况就糟了，可是今天正相反。我们就在湖的上空飘上一天吧，乔不会看不见我们的，他的双眼肯定一直在搜寻我们，说不定，他还会想法子让我们知道他在哪儿呢。”

“只要他还是独自一人，而且是自由的话，他肯定会这样做的。”

“假如他被当地人抓住了，”博士接着说，“根据土人的习惯，他们是不把俘虏关押起来的。这样，乔就会看见我们，明白我们在寻找他。”

“可是，”肯尼迪说，“如果我们找不到他发出的任何信号，也见不着他留下的任何蛛丝马迹，怎么办呢？什么情况都得预料到啊。”

“那我们就试着回到湖的北部去，停在尽可能显眼的地方。我们在那儿等着，搜索一下沿湖地带。乔肯定会想法到那儿的。在没有想尽一切办法找他之前，我们绝不离开。”

“那我们就动身吧。”猎人急不可耐地说。

博士把所处地点的位置测下来，对照地图，得知他们在乍得湖的北部，在拉利城和支热米尼村中间。这两个地方，丹纳姆少校都曾到过。利用博士测算的时间，肯尼迪又去打了趟猎，再储备一些新鲜肉食。虽然沼泽里犀牛、海牛与河马的踪迹比比皆是，肯尼迪却没有运气再碰见了。

早上7点钟，他们准备启程。由于没有乔，两人费了好大的劲儿才把锚从树上取了下来，而以前乔干这活是轻而易举的。接下来，气体膨胀了，新的“维多利亚号”上升到了200英尺的空中。开始，它在原地直打转，这时，一股强劲的风吹了过来，“维多利亚号”便以每小时20英里的速度往湖的上方飞去。

博士一直使气球维持在200英尺到500英尺之间的高度，肯尼迪则在一旁不时地放上一枪。在飞过一些岛屿的上空时，旅行者不顾危险地把气球降得很低，以便仔细地搜寻那些树林、灌木丛、荆棘丛、林荫、洼地……总之，一切可能的藏身之处都搜寻了。有时他们从湖上一些划行着的独木舟上面飞过，在船上捕鱼的渔夫们一见到气球，就赶紧跳到水里，飞快地游到附近的岛上去了。

他们在湖上搜寻了两个小时后，肯尼迪说：“什么也没发现。”

“再等等，迪克，别泄气，我们现在离出事的地方应该不远。”

11点时，“维多利亚号”已经前进了90英里。这时他们遇上了一股新的气流。这股风几乎是横着吹过来的。气球被风吹得拐了个直角向东飞了约60英里，来到一个人口非常稠密的大岛上空。博士判断这个岛应该是法拉姆岛。比迪奥玛的首府就设在这儿。他期望乔奔跑着、呼喊着从某个灌木丛后突然冒出来。如果乔是自由的，把他吊上来就成了，这没什么难的。如果乔成了土人的囚犯，那就按救传教士的方法再来一次，也能很快把他救出来，与朋友们团聚。然而，事实上，什么也没出现，什么动静也没有，这实在让人失望！

2点半左右，“维多利亚号”上的人看见唐加利亚村进入视野，该村位于乍得湖的东岸，它标志着丹纳姆探险旅程的终点。风一直将他们往那个方向吹去，博士开始变得不安，因为他感到自己正被向东边吹去，朝着非洲的中心飞去，朝着那个地区无边无际的荒漠飞去。

“我们必须停下来，”他说，“甚至是着陆也行。特别是为了乔的缘故，我们应该回到乍得湖的上空；不过，首先，我们得想办法找到一股逆气流。”

博士花了一个多小时，尝试回到湖上，气球在 1000 英尺的空中遇上了一股气流，又被吹回西北方向，即湖的上方。

“乔如果在岛上，他一定有办法表明自己的位置。他可能被带到了陆地上。”博士说。

他们都不认为乔会被淹死。弗格森和肯尼迪的脑海中还闪过了另一种极为可怕的猜测：附近地区有很多鳄鱼出没，难道乔会被鳄鱼吞噬吗？起初，两个人都没有勇气把这种猜测讲出来，可是它在脑海中变得越来越鲜明。终于，博士不再躲躲闪闪，他直截了当地说：“只有在岛的附近或湖边才有可能碰到鳄鱼，乔那么机灵，一定能避开它们。再说，这里的鳄鱼不危险，那些非洲人常常不把它们当回事地在湖里洗澡，从来不怕鳄鱼的袭击。”

肯尼迪没有回答。他宁愿保持沉默，也不想讨论这一可怕的可能性。

傍晚 5 点钟的时候，博士认出了拉利城。居民们正在自家茅屋前面的棉花田里采摘棉花，这些茅屋用芦苇编成，茅屋周围用干净整洁的篱笆墙围起来。这片窝棚有 50 个左右，它坐落在小山间宽阔山谷中略微低洼的地方。大风将博士一直向前吹去，已经超出了他想要的界限。不过，风向又一次发生变化，又把他吹回他出发的地方，头天晚上，他就是在那个硬地岛上度过的。锚这一次没有钩住树枝，而是钩住了沼泽地厚厚的淤泥中的几束芦苇，而且钩得特别牢。

弗格森在固定气球时遇到了很多困难。黑夜来临了，风总算平息了下来。这一夜，两个人都没睡，一整天毫无结果的搜寻使他们失望极了。

第三十四章　飓风

——被迫启程——损失一只锚
——忧心忡忡——下定决心
——龙卷风——骆驼商队被沙漠吞没
——逆风和顺风——回到南方
——肯尼迪在哨位上

早晨3点钟时，刮起了狂风。风一阵猛似一阵，“维多利亚号”已不可能安全地停在原地。芦苇来回剧烈地晃动，抽打着气球的气囊，好像威胁着要撕裂它似的。

“肯尼迪，不能不走了。”博士说，“这种情况下，我们无法再待在这儿。”

“但是，乔怎么办，弗格森？”

“我绝不丢掉他！绝不！就是飓风把我们往北吹一百英里，我也要回来！但是，现在再等在这儿，我们也不安全。”

“我们必须抛下他先走吗？”苏格兰人问，他的语气里饱含悲伤。

“难道你认为，”弗格森反问道，“我就不难受吗？我也和你一样啊！我这样做也是迫不得已，你明白吗？”

“我完全听从你的吩咐。”猎人回答说，“我们出发吧！”

可是现在要飞起来也很困难，锚钩在芦苇深处，难以拔出来，风吹着气球往外拉，锚钩得更紧了。肯尼迪怎么都摘不下锚，而“维多利亚号”随时可能在肯尼迪爬上吊篮之前飞走。

博士不想这样冒险，就把肯尼迪喊回来，然后砍断了锚索。气球猛然升高了300英尺，向北飞去。弗格森只有听从风的安排。他交叉着双臂，慢慢地思考着。然后，他转向一言不发的肯尼迪。

“也许我们的旅行确实是太冒险了，这样的事的确不是凡人所能办到的。”说完，他发出了一声痛苦的叹息。

“就在几天前，我们三个人还在一起，为顺利脱险而相互握手庆祝呢。”肯尼迪也伤心地说。

“可怜的乔！他是一个多么出色的小伙子呀！那样勇敢，那样坦诚，虽然他曾一度被财富迷惑，可还是心甘情愿地牺牲了他所有的财富。但是现在，他在哪儿呢？风却以飞快的速度把我们刮向远方。”

“对了，塞缪尔，如果乔被乍得湖的某个部落救上了岸，说不定他会遇到跟德纳姆少校和巴尔特博士一样的待遇呢。这些人最后还是回到了自己的祖国。”

“唉！可怜的迪克。乔连一句当地话也不会说呀！他孤单单一个人，又没有什么财物。你说的那几位旅行家，每到一个地方都给酋长送了大量的礼物，而且他们的探险都是事先做了充分准备的，他们的身边配有武器，每走一步都有卫队护送。即使这样，他们也免不了在这恶劣地区吃苦受罪！你想想，可怜的乔还会怎么样？真叫人越想越可怕。我觉得，我还从来没有这么难受过呢！”

“弗格森，我们回去怎么样？”

“我们一定回去，迪克！哪怕必须抛弃‘维多利亚号’，徒步走遍乍得湖地区，我们也要再回来。我们和博尔努的苏丹交涉一下，看看有没有希望。我想，第一批欧洲人留给他们的印象不会太差的。”

“塞缪尔，总之你怎么做，我就怎么做。”猎人斩钉截铁地说，“相信我，我宁愿放弃这次旅行，也要找到乔。乔是为了我们才失踪的，我们也应该为他牺牲自己。”

这个决心在两位朋友的心中又燃起了一些希望，一致的看法使他们更加坚定。弗格森想方设法，竭尽全力，寻找能把他们带回乍得湖上空的反向气流。但是，一切尝试都失败了。在这片光秃秃的大地上，在这狂暴的飓风中，就连把气球降下去也成了奢望。

“维多利亚号”就这样掠过提布人居住的地区，飞越苏丹边境上长满带刺灌木的荒原地带，进入由无数骆驼商队留下一条条连绵印迹的沙漠。最后一行植物很快溶入了南方的天际中，紧接着而来的是非洲这一带最重要的沙漠绿洲。绿洲里的50口水井被密树浓荫遮掩着。现在，这块绿洲离“维多利亚号”越来越远了。最后，仅存的一抹绿色也消失在南方的天边，可是气球仍没有办法停下来。再往前有一个阿拉伯人的宿营地，几顶斜放的帆布帐篷，一些头像蝰蛇一样伸着的骆驼给单调的景色带来了一点儿生气。“维多利亚号”像流星一样从这群阿拉伯人头上疾驰而过。3 个小时以后，气球已经飞了大约 60 英里。

“我们停不下来也无法下降，地面上既没有树也没有土堆什么的。难道要再次穿越撒哈拉沙漠吗？看来什么都跟我们过不去了！”

博士正在发出绝望的感叹的时候，发现沙漠北面暴沙飞舞，空中弥漫着沙尘。因为两股对流气团的作用，沙尘飞快地旋转着。正巧一个骆驼商队经过，暴风席卷了他们。商队马上被沙暴吞没，骆驼的哀鸣和商人的惨叫不断传来，鲜艳的衣服飞舞在昏黄的沙尘里，格外引人注目。风暴呼啸着抹平了这一切，在沙原上形成一个移动沙丘，把整个骆驼商队彻底埋葬在下面。

博士和肯尼迪目睹了这场惨剧，脸色变得惨白。气球失去了控制，在几股相反方向的气流间打转，气体膨胀产生的升力也不能对它起任何作用。“维多利亚号”被这股气旋缠住，以令人眩晕的速度旋转着，吊篮剧烈地来回晃动，帐篷里挂着的仪器互相碰撞，几乎要碎了，蛇形管也被压得有折断的危险，水箱被抛得翻来滚去，两位旅行者尽管只相隔 2 英尺远，彼此却听不见对方讲话。他们死命地抓住缆绳，在怒号的狂风中努力使身体保持平衡。

肯尼迪的头发被吹得乱蓬蓬地披散到脸上，他两眼凝视前方，一句话也不说；但博士在这生死关头又恢复了一贯的英勇气概，从他的表情上看不出一丝情绪波动。“维多利亚号”在最后一轮激烈的旋转之后，突然就停了下来，周围出乎意料的平静，甚至在这时，博士也无动于衷；北风猛然间占了优势，以同样的速度将气球顺着早晨来时的路线吹送回去。

“我们这是去哪儿？”肯尼迪问。

“听天由命吧，亲爱的迪克。我错怪了上帝，这太不该了。其实，什么合适什么不合适，他比我们更清楚，这不，我们又在离开我们不愿再看见的地方。”

来时沙漠还是平平坦坦，而现在都像暴风雨后的海面，沙浪起伏，连绵不绝。风仍然猛烈地刮着，把“维多利亚号”一个劲儿地往前吹。

现在“维多利亚号”飞行的路线跟早上来时的路线稍有不同，所以，气球差不多飞行了 9 个钟头,还没有回到乍得湖畔。

肯尼迪有点担心,他提醒博士注意这件事。

"没关系,"博士回答,"重要的是飞回南边,我们肯定还会看见博尔努的城市,如伍迪、库卡,那时我会让气球停下来的。"

"既然你满意,我也没什么意见。"猎人答道,"只是,但愿老天爷千万别让我们落得和那些不幸的阿拉伯人一样穿越大沙漠!我们看见的那一幕实在太可怕了。"

"这种事情经常发生,迪克,穿越沙漠的旅行比那些横跨海洋的旅行要凶险得多。这片沙漠具备海上所有的危险,包括被吞没,而且还有令人难以忍受下去的疲倦和饥渴。"

"我觉得风似乎有小下去的迹象,沙尘不那么密集了,地表的沙浪也在逐渐减小,天空越来越明净了。"

"风好像开始小下来了,"肯尼迪说,"飞起来的沙土也没那么密了,沙浪也变小了。瞧!塞缪尔,天边终于放晴了。"

"太好了。现在得用望远镜仔细瞧瞧,不能放过任何东西。"

"这事儿让我来做,塞缪尔,一看见有树我就告诉你。"

于是,肯尼迪手里拿着望远镜,站到了吊篮前部,仔细观察起来。

第三十五章　乔的故事

——住着比迪奥玛人的岛——崇拜
——岛遭水淹——湖岸——“蛇树”
——徒步旅行——遭受苦难——蚊子和蚂蚁
——饥饿——“维多利亚号”飞来了
——“维多利亚号”消失了
——失望——沼泽——最后的呼喊

在博士和肯尼迪到处找乔又毫无结果时，乔到底怎样了呢？

那天他跳入湖中后，第一个反应就是钻出水面，用眼睛在空中寻找“维多利亚号”。他看见“维多利亚号”很快升了上去，在空中变得越来越小，后又被一阵疾风吹向了北方，最后消失了。他的伙伴们得救了。

“幸亏我想出了跳湖这个办法，”乔心里想，“肯尼迪先生肯定也这么想，如果不是我抢先了一步，他也会毫不犹豫地跳下去的。当然，一个人理所当然要为两个人献身。再说，这也是最划算的办法了。”

确信没做错后，乔开始考虑自己的处境。他现在是在一个广阔的大湖中，周围岛上、岸边住的全是些陌生的当地人。他们可能很凶残，因此，要想摆脱困境，只能靠自己。虽然如此，他其实并不怎么害怕。

乔认为遭到像胡兀鹫这样真正的猛禽攻击是很正常的。在此之前，他就发现地平线上有个岛，他决定往那儿游。于是，他脱去几件碍手碍脚的衣服后，开始施展出全部的游泳本领。游上五六英里对他来说几乎毫不费劲。既然是在湖里，他就只想着用力地游，别游斜了。

游了大约一个半小时后，他和小岛之间的距离已大大缩小了。但就在他朝陆地靠近时，一个起初模糊继而清晰的念头在他的脑海里冒了出来。他知道湖岸一带常有巨大的凯门鳄出没，而且他非常了解那种猛兽的凶残。尽管这位可敬的小伙子一向认为世间发生的一切事情都是再自然不过的,此时仍然被这个想法吓了一跳。他非常害怕自己这身白肉会特别勾起那可怕的水兽的食欲,他只是加倍谨慎地继续往前游,两只眼睛警惕地四处张望,留意身旁的一切动静。最后,他距离湖岸只有一百码了,岛上绿树成荫,就在这时,一股浓烈的麝香气味朝他扑面而来。

"完了!"乔心想,"我担心的事终于发生了,鳄鱼就在我身边!"

乔急忙潜入水中,但还是碰到了一个巨大的东西,被那东西的鳞刮了一下。他想这次是死定了,于是拼命地快速向前游去。他钻出水面,吸了一口气,又赶紧重新钻进了水里。在大约一刻钟内,乔处于一种无法克制、难以名状的极度恐慌中,他甚至好像听见鳄鱼那宽阔的上下颌在身后左右移动发出的声音,天哪!他想,鳄鱼就要张嘴咬过来了。乔尽可能地轻手轻脚分开水流向前游去。突然,他觉得自己的一条胳膊被抓住了,随后又被什么拦腰抱住。

可怜的乔!他最后一次想到了主人,接着就绝望地死命挣扎起来。慢慢地,他感到有些不大对劲。鳄鱼吞吃俘获物时的习惯是把猎物往湖底拖,而自己不仅没有被往下拽,相反却被往湖面上拉。

乔赶忙吸了两口气,睁开眼睛一看,只见是两个漆黑的黑人。他们死死地抓住乔不放,嘴里还发出怪叫声。

"啊!是黑人,不是鳄鱼!"乔忍不住叫了出来,"太好了!我宁愿碰到黑人。可这些人怎么敢在这里游泳!"

乔并不知道,乍得湖沿岸的居民和非洲很多其他地区的黑人一样,一向放心大胆地在鳄鱼出没的河里洗澡,而且从未遭袭击。他们认为这里的两栖动物是不会伤人的。

不过,乔是不是才逃出狼窟又落入虎穴呢?唉!这事还是待会儿再考虑吧。既然他现在没有别的办法,只好任凭两个黑人拖着往河岸游去了。乔一点儿也不害怕。

"显而易见,这些人看到了'维多利亚号'像个怪物似的掠过湖面。"乔思忖,"他们肯定是眼瞅着我从空中跳了下来,所以,他们不会不敬重一位从天而降的人。我倒要看看他们会干些什么!"

当乔上了岸被乱叫乱嚷的人群围住时,他心里还在想着这些事。这群人中男女老幼都有,但肤色却只有一种——黑色。原来,他到了比迪奥玛人的一个部落。这个种族的人很黑,却很漂亮。乔甚至不必为自己祖胸露背的模样脸红,他这种几乎全裸的打扮正是当地最时髦的。

乔还没有弄清楚怎么回事,但已经看出自己成了崇拜的对象。尽管他马上想到了在卡泽赫发生过的事,但这并不能让他安下心来。

“我想,他们又要把我当成神了,”他想,“很可能又是月亮神的儿子之类的人物。算了,当一个人走投无路时也只有随遇而安了。最重要的是争取时间,如果‘维多利亚号’再次飞过本地的上空,我就利用我的新身份向我的崇拜者们现场表演一出升天的好戏,让他们好好开开眼界!”

正当乔这样胡思乱想的时候,人群朝他围了过来。他们挤到他面前,有的点头哈腰,有的伸手触摸他,他们的态度甚至可以说是十分亲切。与此同时,他们还善解人意地为他端来了丰富的食物,包括酸奶和一种用碎米混合蜂蜜做成的食品。可爱的小伙子充分享受眼下的一切,他吃了有生以来最开心的一顿饭,给他的新崇拜者们传递了这样一个信息:神在重大场合就是这样狼吞虎咽地进餐的。

到了晚上,岛上的巫师们用手搀扶着乔,毕恭毕敬地把他领到了一间外面挂满符咒的小房子里。在走进这间神殿般的小屋之前,乔看到房子的周围堆放着一堆堆白骨,心里变得很不安。那些黑人散去了,他被独自关在了这间屋子里,开始仔细考虑自己的处境。

从傍晚到深夜,乔听到屋子外不停地传来狂欢的歌声,那是一种鼓声和铁器的敲击声。在非洲人听起来,这些声音非常悦耳。他们齐声颂吟着,围着这幢神圣的草房子跳个不停,又是扭身子,又是扮着鬼脸。

在这道用泥巴和芦苇糊起的墙的另一面,乔真切地感受到这种震耳欲聋的喧嚣。如果是在往常的情况下,他会对这种奇怪的仪式怀有相当浓厚的兴趣。只不过现在,他的脑子里萦绕着一种郁闷的思绪,对外面的吵闹厌烦透了。虽然他知道看事情要从它好的一面看,但流落在这个野蛮的地区,身处这些土人中间,乔觉得自己确实够傻的,甚至非常悲哀。据说,以前敢冒险到这些地方来的旅行家很少有人能安全返回的。此外,他能确信自己会被一直崇拜下去吗?他有充分的理由相信,人间的荣华富贵都是虚无缥缈的。他暗暗自忖,这个地方的黑人崇拜,会不会到了把崇拜物给吃掉的程度?

尽管前景不是十分乐观,但乔想了几个钟头后,疲倦还是压倒了悲观情绪。他倒头睡着了。要不是被一股不知从哪儿冒出来的潮气惊醒,他肯定会一觉睡到天大亮。不一会儿，潮气变成了水，水很快就涨到半人深了。

“怎么回事?”乔心里问道，“发大水了吗？下大雨了吗？难道是黑人们发明的新酷刑吗？唉，不管是什么，我可不能等到水淹到我的脖子，我得马上逃走。”

这么说着，他便用结实的臂膀猛撞芦苇墙，然后钻了出来——他发现自己身处何方呢？——原来是在湖里！小岛已不复存在。一夜之间它便被吞没了。在它原来耸立的地方，现在是一望无际的乍得湖水！

“对于地产主来说，这可真不是个好地方！”乔说，他再次生龙活虎地施展出他那门有用的技艺。

乍得湖上常有的自然现象救了乔。湖上有很多看起来像岩石一样坚硬的岛屿就是这样消失的。所以，湖岸上的居民常收容到一些幸免于难的人。

乔对这种奇特的现象一无所知，不过这个逃走的机会却不能放过。他看到水面上漂着一只小船，便马上爬了上去。这只小船实际上是一根粗树干，中间草草地挖掉了一部分。幸运的是乔还在船里发现了两只现成的桨。这时小船正好遇上了一股急流，便顺着急流漂了下去。

“咱们来辨一下方向吧。”他自言自语地说，“北极星做事总是很诚实，它给每个人指明向北去的路，当然也很愿意帮我的忙。”

他满意地发现，水流正把他冲向乍得湖的北岸。他也就乐得顺其自然了。夜里2点钟左右，他踏上了湖的一个岬角。这里遍地长着一种非常讨厌的带刺芦苇，再想得开的人也不会喜欢这种东西。好在旁边有棵大树，就像故意长些树枝给他当床用似的。为安全起见，乔爬上了树，睡意蒙胧地待在树杈上等候天亮。

赤道地区的早晨来得很突然，这一点非常与众不同，乔瞥了一眼几个小时以来为他遮挡风险的那棵大树，但他看到的景象让他感到一阵彻骨的寒冷！树枝上密密麻麻地爬满了蛇和蜥蜴！它们弯弯曲曲地盘在树冠上，把树冠都遮了个严严实实，乔还以为他看见的是一种新品种的树，专门盛产爬行动物。在清晨第一缕阳光的照射下，这些可怕的生物正蠢蠢欲动，盘曲回绕！看到这幅景象，乔顿觉一阵恶心和恐惧，他在这群爬虫不友善的嗞嗞嘶嘶声中，从树上一跃跳进了水里。

“这件事真让人不敢相信。”他心有余悸地说。

他不知道，弗格尔博士在他的最后几封信中已经谈到了乍得湖沿岸的这种特殊现象。这一地区的爬行动物比世界上其他任何地区都多。经历了这件事后，乔决定以后更加谨慎些。他根据太阳辨别了一下方向，就动身朝东北走去。一路上，他万分小心地避开土人的草屋、芦棚、土房等所有可能用来住人的建筑。

乔无数次地抬起头来向天空张望，希望看见“维多利亚号”的影子。这一整天，他都在寻找气球和两个伙伴，虽然暂时找不到，可他对博士的信任却丝毫没有减少。在这种环境中，人需要有怎样坚强的毅力才能保持冷静、达观呀！乔这时饥渴交加，毕竟只靠吃树根、灌木汁（比如“梅列”之类）或者埃及棕榈树的果实，是很难维持体力和营养的。乔估计他向西走了 30 英里左右，身上被芦苇、洋槐、金合欢等带刺的灌木竖起的尖刺划出的伤口却有 20 处之多。他的双脚满是鲜血，每走一步都感到一阵钻心的疼痛。尽管这样，困难还是没有压倒乔。黑夜来临了，乔决定在湖边过上一夜。

不过夜里，他又不得不经受无数昆虫的无情叮咬，苍蝇、蚊子、长达半英寸的大蚂蚁铺天盖地。两个小时后，乔身上很少的几件衣服，连块碎片布也没剩下，全被昆虫吃掉了！这一夜成了痛苦难熬的一夜。这位疲惫不堪的旅行家连一分钟也没能捞着睡。而且一个晚上，灌木丛中野猪、野牛窜来窜去，不住地发威；湖水里的“阿蠕”——一种相当危险的海牛类动物狂怒不已。黑暗中，野兽的叫声此起彼伏，无休无止，乔动也不敢动。虽然他的忍耐性好，胆子大，可是这会儿也难以抵御住这种恐怖的场面。

天终于亮了。乔朝旁边看了看，迫不及待地一跃而起。原来在他身边躺着一只奇丑无比的癞蛤蟆。乔恶心得想吐。这只癞蛤蟆足有 5 英寸长，样子很吓人，瞪着一对圆鼓鼓的眼睛，望着乔。乔又是一阵恶心，急忙别过头去。他稍稍平静了一会儿，积蓄起一些力量，然后紧跑几步跳进了湖里，突然而至的清凉暂时缓解了全身上下由于被叮咬所带来的灼痛。嚼了几片树叶之后，他继续步履坚定地向前走去，他感到身上又有了一种力量，连他自己都没有意识到这种力量究竟源自哪里。他似乎已经不再是自己行为的主宰，只是觉得体内有一股超越绝望的力量。

这时，极度饥饿又开始折磨他。他的胃可不像他那么能忍耐，咕咕噜噜一个劲地抱怨。他只好扯一根藤蔓把肚子使劲勒住。好在渴不着，到处都可以找到水喝。想起在沙漠里遭受的罪，他觉得不受干渴的折磨，实在是件幸事。

“‘维多利亚号’现在怎么样了呢？”他心里想，“风从北边刮来，它应该被吹回到乍得湖的上空。毫无疑问，博士首先得重新调整气球的平衡，不过昨天一天的时间就够他用的了，因此，今天也许——不过，我不能指望这个，该怎么行动就怎么行动吧。不管怎么说，只要我能到达湖边上的某个大村庄，我就能妥善安排自己，就像我的主人过去常常提到的那些旅行者们一样。难道我就不能像他们一样化险为夷吗？他们中有的人最后还是回到了自己的祖国嘛。哼，管他呢！勇敢些！前进！”

勇敢的乔就这样边走边为自己打气，最后他来到了一片大树林，在树林里他遇见了一群黑人，幸亏他及时地停住了脚，才没有被发现。那群黑人正忙着用大戟树的毒汁涂抹箭头呢。这被当地的土著人看成是一件大事，所以他们正在举行一个很隆重的仪式。

乔躲藏在灌木丛里，屏住呼吸，一动也不动。他抬了抬眼，突然，透过树叶的间隙，他看见了“维多利亚号”。没错，真是“维多利亚号”在他头顶上方仅仅100英尺的地方向湖那边飞去。可是现在，乔没有办法通知博士他们，没有办法让他们看见自己。

他的眼里噙着泪水。不是因为失望，而是因为感激。他心中清楚，主人正在找他！主人没有舍弃他！他不得不一直等到黑人离去。之后他走出藏身地，便向乍得湖边奔去。但是，“维多利亚号”此时已越来越远，最后消失在天际中。乔决定等着气球。它肯定会回来的。果然，“维多利亚号”回来了。但是，它更靠东边。乔向东跑去，挥动着双手，嘴里拼命喊叫……一切努力都白费了！一股大风正以无法遏止的速度带着气球飞呢。

不幸的乔第一次真正地感到心灰意冷了。他以为这下是彻底完了，“维多利亚号”飞走了，再也不会回来了。此刻，他什么也不敢想，什么也不愿想。

乔拖着鲜血淋淋的双脚和疼痛难忍的身体像个疯子似的走了一整天，一直走到深夜。他有时用双膝走，有时用双手爬。他觉得全身渐渐没有了力气，他觉得自己快要死了。

就这样他不停地向前，最后他发现自己来到一片沼泽地前，但当时他并没有意识到那是一片沼泽，因为早在几个小时以前，夜色已笼罩了整个大地，他只是突然间觉得自己陷入黏性很强的烂泥中。不管他怎样努力，不管他怎样绝望地挣扎，他觉得自己渐渐地在这淤泥里越陷越深，才几分钟，淤泥已淹没到了他的腰部。

“这回真要死了！唉，这是个什么死法！”他痛苦地自忖。

这位不幸的人狂怒地挣扎，但这只能使他在这块墓穴里越陷越深。周围没有一棵树可以拦住他，没有一根芦苇可让他抓住！他明白这一下完了！他闭上了双眼……

“主人！主人！救救我……”他呼喊道。

但是，这绝望、孤独，已经很微弱的呼喊声在黑夜中消失了。

第三十六章　天边的一群人

——一群——阿拉伯人——追捕

——是他！——坠马

——一名阿拉伯人被掐死——肯尼迪的一枪

——计谋——飞行救人——乔得救了

自从肯尼迪再次站到吊篮边观察以来，他一直聚精会神地仔细搜索着地平线。

过了一段时间，他转过头对博士说："如果我没看错的话，远处有一群人或者动物。现在还不可能将它们辨认清楚，不过我发现他们的速度非常快，因为他们身后扬起一片巨大的沙尘。"

"会不会又是龙卷风？"博士说，"再来一场龙卷风就要把我们再刮回到北边去了。"他一边这样说着，一边仔细查看地平线。

"好像不是的，塞缪尔，"肯尼迪回答，"可能是群羚羊或野牛。"

"可能吧，迪克。这群东西离我们至少有9到10英里。即使拿着望远镜，我还是什么都看不清。"

"无论怎样，我都不会放过的。那儿肯定有点什么特别的事，我觉得很奇怪。有时，好像是一场骑兵演习。唔，我没弄错！是些骑马的人，你瞧！"

博士极目眺望肯尼迪指的那群人，稍停片刻，说："我认为你是对的，那是一队阿拉伯人或提布人。他们现在跑的方向和我们一样。可是我们的速度更快，追上他们轻而易举。再有半个小时，我们就能弄明白是怎么回事，知道该怎么做了。"

肯尼迪再次举起望远镜专注地盯着他们的一举一动。这时，那群骑在马背上的人看得越来越清楚了，其中有几个脱离大部队落在了后面。

"很显然是一次狩猎演习，"肯尼迪说，"那些人似乎在追捕什么东西。我倒想知道他们究竟在干什么。”

“耐心点，迪克，如果他们不改变方向的话，再过一会儿，我们不仅能赶上他们，还能超过他们呢。我们的速度是每小时 20 英里，任何马都不可能达到这个速度的。”

肯尼迪接着观察，几分钟后，他说：“那些阿拉伯人在全速前进。现在看清楚了，他们总共有 50 来人，背上的斗篷被风吹得鼓囊囊的。这是一次骑兵演习，他们的首领跑在前面，他领先了 100 英尺左右，其余的人紧跟着他。”

“迪克，不管他们是什么，我们都不怕。必要的时候我们再升上去。”

“等等！塞缪尔，等等！”

肯尼迪似乎看到了什么挺奇怪的东西，他举起望远镜又仔细地瞧了瞧，补充说：“很奇怪。”肯尼迪仔细看了一会儿，又说，“这些阿拉伯人跑得如此快，而且队形很乱，我猜他们不是在跟着前面的人跑，而是在追一个人。”

“你确定？”

“是的，前面那个，不是领头的，是一个被追缉的人！”

“逃跑者！”弗格森叫起来。

“是的！”

“哦！那我们可要盯住了。等一等看！”

这些骑马的人跑得够快的，可是后来，还是被“维多利亚号”追得只剩下三四英里的距离了。

“弗格森！弗格森！”肯尼迪声音颤抖地呼喊道。

“你怎么了，肯尼迪？”

“难道是幻觉吗？这可能吗？”

“你这话是什么意思？”

“等一等。”

猎人匆匆擦了擦望远镜的镜片，又举起来观察。

“怎么了？”博士问。

“弗格森，是他！”

“他！”博士叫了起来。

“是他骑在马上，比那队人马快 100 步，他在逃跑呢。”

“对,真是乔!”博士脸色都变白了。

“他还没有看见我们,他正忙着逃命呢!”

“他会看见的。”博士一边回答,一边减弱了燃烧嘴的火焰。

“怎么办呢?”

“5 分钟以后,我们就会降到离地 50 英尺的高度,再过 15 分钟我们就会在乔的头顶上了。”

“不行!他不能往回跑,他的后路被切断了。”

“那你说怎么办?”

“我们必须等待。”

“等待?可这些阿拉伯人就要追上他了!”

“我们追上他们,再超过他们。我们离他们只有两英里远了,但愿乔的马能坚持得住!”

“伟大的主啊!”肯尼迪突然喊道。

“怎么了?”

肯尼迪发出一声绝望的叫喊,因为他看见乔摔到了地上。显然他的马已筋疲力尽,再也跑不动了。

“他看见我们了,”博士叫道,“他爬起来的时候还向我们招了招手呢。”

“天哪!那些阿拉伯人快要抓住他了!他们扑上去了!啊!勇敢的小伙子!好!”猎人按捺不住性子,不停地叫嚷。

乔掉下马后,立即一跃而起。这时一个跑在最前面的阿拉伯人骑着马冲了过来,乔像豹子一样敏捷地往旁边一闪,迅速地蹿上了阿拉伯人的马。随后用他那双有力的手,卡住了那个阿拉伯人的喉咙,将他掐昏过去。然后,他把敌人推下马,继续一路狂奔。

阿拉伯人叫声连天,响成一片。他们狂怒地追捕逃跑者,根本没看见飞临身后的“维多利亚号”。气球离他们只有 500 步远了,而且距地面几乎不到 30 英尺高。但是阿拉伯人和逃跑者之间,已经只剩下不到 20 个马身的距离了。一位阿拉伯人差不多追上了乔。他正要把矛刺过去,肯尼迪眼明手快,一枪击中了他,那个阿拉伯人惨叫一声,摔倒在地上。

听到枪响,乔甚至没有回头。一部分阿拉伯人看到“维多利亚号”后,立即停止追赶,翻身下马,匍匐在尘埃中,另一部分人马则继续追赶着乔。

“乔在干什么呀？他怎么不停下来呀？”肯尼迪着急地说。

“放心，乔肯定有更好的办法。现在，我明白他的意思了！他是在按气球飞行的方向跑，他指望我们快想出办法来，这家伙好聪明！我们要把他救走了，我们离他最多也不到200步远了！”

“那我们该怎么做？”肯尼迪问。

“把枪放下，迪克。”

苏格兰人立即按要求照办。

“你认为自己能抱动一百五十磅压舱物吗？”

“能，就算再重一些我也能！”

“不，那么重就足够了！”

于是，博士立即动手将几个沙袋堆在肯尼迪的双臂上。

“你站到吊篮的后部去，站稳，随时准备将那些压舱物抛出去。不过，为了大伙儿的性命，没有我的命令千万不要那么做！”

“这你尽管放心。”

“否则的话，我们就没办法救乔，他也就完了。”

“相信我吧！”

这时，“维多利亚号”已经差不多飞到那群飞快追赶乔的阿拉伯人的头顶上了。博士站在吊篮的前部，放下软梯，准备随时将它扔下去。乔和那些追赶的人一直保持着50英尺左右的距离。现在“维多利亚号”超过他们了。

“注意了！”弗格森提醒肯尼迪。

“准备好了。”

“乔！接着！”博士大声喊着，甩手扔下了绳梯。梯子的最下面几格碰到了地面上，搅起了一片灰尘。

听到博士的召唤，乔扭过头，他并没有把马停下。绳梯到了他旁边，待他抓住软梯的一刹那间，博士连忙吩咐肯尼迪：“扔！”

“好！”

这时，“维多利亚号”在猛然卸去比乔本身重得多的东西后，一下子升到150英尺高的空中。气球摆动得很厉害，乔紧紧抓住绳梯，在空中晃来荡去。等软梯渐渐稳定下来，他向阿拉伯人做了一个嘲弄的手势，然后像马戏团的小丑般敏捷地爬上了气球。乔一上来，两个伙伴就一把将他紧紧地抱住。

阿拉伯人又惊又恼，狂叫起来。逃跑的人竟然被救上了天，救他的那个怪物把他飞快地带走了。

“主人！肯尼迪先生！”乔刚招呼了一声，由于激动和疲劳，他支持不住地昏了过去。肯尼迪还在狂喜地呼喊着：“终于得救了！感谢上帝！”

“当然啦！”博士说。他已经恢复了往常不动声色的冷静。

乔几乎一丝不挂，两只手臂流着血，浑身上下青一块紫一块。所有这些说明他吃了不少苦。博士给他包扎好伤口，把他抱到帐篷里睡下。

没多久乔便醒了过来，他想喝一杯白兰地，博士认为没有拒绝的必要，因为这忠诚的小伙子必须与别人区别对待。大口喝了几口酒之后，乔紧紧抓住两位朋友的手，准备讲述他的遭遇。但是，他们不允许他在这特殊时期开口讲话，他又陷入昏昏沉沉的睡梦中，看样子他非常需要好好地睡上一觉。

这时，“维多利亚号”微微转向偏西方斜着飞去。在一股急风的吹送下，气球又飞过长有多刺灌木的荒原，掠过被暴风吹倒或连根拔掉的棕榈树。从救出乔到现在，气球飞了将近200英里。天快黑时，“维多利亚号”越过了东经10度线。

第三十七章　往西的旅程

——乔醒了——乔的执拗
——乔的个人历险记——塔热莱尔
——肯尼迪的不安——向北飞
——阿加德兹附近的一夜

夜里,风势从白天的狂暴中缓和下来,最后停止了。"维多利亚号"的锚钩住一棵硕大的无花果树树顶,气球稳稳当当地停在空中。博士和肯尼迪轮流值班,乔放心大胆地睡了整整一天一夜。

"这就是他所需要的药物,"弗格森博士说道,"大自然会给他治疗的。"

天亮时,风力又加大了,但是风向却变化不定。一会儿突然转南风,一会儿又突然变北风。到最后,"维多利亚号"竟然被它裹挟着飘向了西方。

博士对照地图,发现此刻他们是在达迈古王国的上空,这儿的地势起伏不定,土地却极为肥沃,居民所住的茅屋都是用长长的芦苇与马利筋树的枝条编成的。耕田里,一个个小小的支架上,高高地堆放着打好的粮食,这些支架用来保护粮食免遭田鼠和当地大白蚁的糟蹋。

三位旅行家很快到了津德尔城上空,从那宽广的刑场很容易认出它来。刑场中间高耸着一棵"死亡之树",刽子手就守在树下。凡从树荫下经过的人,不管他是谁,都要被立即吊死!

肯尼迪查看了一下罗盘,忍不住地说:"哎呀! 我们又向北飞了!"

"这有什么关系? 即使风把我们带到廷巴克图,我也没有什么意见! 还从来没有过这么自在地完成美妙的旅行的呢!"

"啊! 咱们的朋友醒了! 咱们的救星醒了!"猎人叫道,"你感觉怎么样,乔?"

“好极了，肯尼迪先生，真是好极了！我的感觉从来没有像现在这样好过哩！没有什么能够比先做一次愉快的旅行，然后在乍得湖里洗个澡更能使人神清气爽了。塞缪尔先生，您说是吗？”

“乔，你真是好样的！”弗格森握住了乔的手回答道，“可你让我们有多担心哪！”

“嗨！你们也一样叫我担心呀！你们以为我就能放心得下你们两个人吗？你们要是知道了我多替你们担惊受怕，肯定得意死了。”

“我的乔，有你的！”

“乔这一次失踪，却没有改变他的脾气啊！”肯尼迪插了句话。

“我的小伙子，在危险关头，你表现出了崇高的献身精神。是你救了我们，当时‘维多利亚号’正在往湖里坠落。要知道，气球一旦掉下去了，没有人能把它拉起来。”

“什么献身呀！你们乐意的话，就说我翻了个筋斗好了。如果说我的所谓自我牺牲救了你们，不也救了我自己吗？瞧，我们三人的身体多健康！因此，想来想去，这件事从头至尾，我们都没有什么可自责的。”

“算了吧，和这个小伙子永远也讲不通。”猎人说。

“要想和我讲通呀，最好的办法就是不要再提这事啦！过去的就过去了，是褒是贬，就由它去吧，反正又不能重来一遍。”

“唉！真固执！”博士笑着说，“不过你总愿意给我们讲讲你的故事吧？”

“好吧。既然你们坚持要听，那我就讲讲吧。不过，在此之前，我要将这只肥鹅再好好烤一烤，看来肯尼迪先生没有在它身上花多少时间呀。”

“是的，乔。”

“那让我们来试一下欧洲人的胃是否欢迎非洲的野味。”

很快，支架上的野鹅就烤熟了。整只野鹅马上被三个人吃个精光，乔也吃了很多，他好多天没有好好吃一顿了，简直饿坏了。喝过茶和酒之后，乔才给两人讲了他的冒险经过。虽然他看得很平常，但讲着讲着乔也有些激动起来。博士明白了，这位称职的随从关心他人胜于关心他自身，博士几次忍不住握住他的手。当乔讲到小岛被淹没的时候，博士说，这种事在乍得湖区并不罕见。

最后，乔说到他陷入沼泽的历险经过：“我的主人，我以为这次真的完了，脑子里只挂念着您了。我拼命挣扎起来，当时怎么做的，现在说不上来。反正，我决心不能就这样被沼泽给埋掉。我模糊地记得，两步外有个东西，你们猜是什么？是一截刚断不久的粗绳子！我拼尽力气，终于够到了它，拉了一下，觉得没问题，就努力向外爬，总算爬上地面了！我这才注意到，绳子的另一头连着一个锚，如果您不反对，我叫它‘救命锚’！我一眼就认出了它，它是‘维多利亚号’上的！我立刻明白，你们曾在那里着过陆。绳索的摆放位置提醒了我你们的飞行方向，我就顺着方向找，费尽力气离开了沼泽地。走了半个夜晚，远离了湖区，来到一个很大的村子。那里，有一块圈起来的草地，里面有几匹很温顺的马。生活中有的时候就是这样，不会骑马的一下子会骑了，你们说，难道不是吗？我连想也没想，跳上一匹马，就往北猛跑。我说不上一个城市，因为我没有见过；我也说不上一个村子，因为我都是避开的。我跑过耕田，越过篱笆，穿过荆棘丛，催着马儿快快向前，那可怜的畜生的四条腿几乎都不着地了！最后我终于跑到了耕地的边界。

“好啊，是沙漠！这正合我的心意，因为这样一来，我的视野会更开阔，更清晰。我一直希望看见气球慢慢地飞着等着我。可是，我看不见它的踪影。就这样，在3个小时内，我像个傻瓜似的一直疯跑，最后竟然闯进了一个阿拉伯人的营地！天哪！那是一场怎样的围猎啊！肯尼迪先生，你瞧，一个猎人根本不懂得什么叫作真正的狩猎，除非他自己被当作猎物被追捕过！不过我还是建议他不要冒这个险，能避开还是尽量避开为好！我的马太累了，它的腿几乎抬不起来。那些阿拉伯人近在咫尺，我从马背上摔了下来，接着我跳到一个阿拉伯人的马背上！我并不是有意要伤害他，我真希望他不要因为我掐死了他而恨我。就在这时我看见了你们——其余的事情你们已经知道了。‘维多利亚号’紧跟在我后面，你们飞着把我救了上来，就像骑在马背的骑手捡地上的一枚戒指一样。我指望你们难道不对吗？博士，现在你瞧，这一切就是如此简单！就是世界上再平常不过的事情而已！如果这样做对你们有益的话，我随时准备再来一次。还有，主人，我刚才已经说过了，这事不值一提。”

“好样的，诚实的乔！”博士激动地说，“我们看到了你身上的那些优秀品质！”

“嗨，先生！我只是凭感觉办事罢了，顺其自然嘛。不过，有一点是肯定的，就是无论做什么事都要顺其自然。”

就在乔讲述他的故事时，气球已经飞了很远的一段距离了。这时，肯尼迪指给两位伙伴看一片房屋，看样子像是一座城市。博士察看了一下地图，认出这是达米尔古国的塔热莱尔镇。

“我们又找到巴尔特博士走过的路线了。”博士说，“他当年就是在那儿与他的两位同伴理查森和奥韦尔韦格分手的。理查森走的想必是津德尔路线，奥韦尔韦格走的是马拉迪路线。你们还记得吗？这三位旅行家，只有巴尔特一人最后回到了欧洲。”

“这么说，根据‘维多利亚号’的飞行方向看，我们正一直往北去吗？”肯尼迪问。

“正是这样，亲爱的迪克。”

“可你一点儿都不担心吗？”

“担心什么？”

“这条路线就是要穿过撒哈拉大沙漠到的黎波里去的。”

“哦！朋友，我们不会飞这么远的。至少我希望这样。”

“可你想在哪儿停下来呢？”

“咱们看看再说吧。迪克，你不想参观参观廷巴克图城吗？”

“廷巴克图？”

“对，就是廷巴克图，”乔也说，“如果到非洲旅行不去看看廷巴克图城那就太遗憾了。”

“迪克，如果我们到了那儿，你就是第五个或者第六个领略过这座神秘城市的风情的欧洲人。”

“那好！向廷巴克图前进！”猎人兴奋地叫道。

“好吧！让风把我们带到北纬 17 度和 18 度之间，到时候我们再找一股能把‘维多利亚号’往西送的顺风，就行了。”

“好极了。”猎人说，“可是，我们还要往北走很长的路吗？”

“至少 150 英里。”

“那么，我要睡一会儿了。”肯尼迪说。

“睡吧，先生，睡吧！”乔说道，“还有你，博士，你也得睡一会儿。你们都特别需要休息，因为我，你们都累坏了。”

猎人在帐篷里舒舒服服地躺了下来；但弗格森仍留在自己的工作岗

位上，他可不是那种轻易就会被疲劳打倒的人。

大约3个小时后，“维多利亚号”飞越了山峦重叠的多石地区。光秃秃的山上全是花岗岩，一些孤立的山峰，高达4000英尺。山脚下生长着茂密的刺槐、金合欢和椰枣树。长颈鹿、瞪羚以及鸵鸟在树林里出没。大沙漠消失在他们身后，大地又全是草木了。这里是凯鲁阿人的地方，和他们的危险邻居图瓦雷格人一样，也用棉布带裹头包住他们的脸。

又飞了250英里后，晚上10点左右，“维多利亚号”停在了一个大城市的上空。月光下，能看见城市大部分已经损毁，一些清真寺的尖塔矗立着。博士根据星星的位置，辨认出他们位于阿加德兹上空。这里曾是主要的贸易城市，但是在巴尔特博士到的时候，就已经衰落了。

“维多利亚号”在距阿加德兹城以北两英里的一片辽阔的黍田里着了陆，由于天黑它丝毫没有被发觉。这一夜过得非常宁静。将近早上5点钟时天亮了。轻柔的风吹拂着气球，使它向西稍稍偏南方向倾斜。弗格森赶忙抓住这个难得的机会，使气球很快升了上去。“维多利亚号”沐浴着晨光向前飞去。

第三十八章　迅速飞行

——审慎的解决办法——骆驼商队
——连绵大雨——加奥——尼日尔河
——戈尔贝利、杰弗罗伊、格雷——蒙戈·帕克
——莱恩——勒内·卡耶
——克莱普顿——约翰·兰德和理查德·兰德

5月17日的白天过得很平静，没有任何意外发生。沙漠又开始出现了。一股不大不小的风把“维多利亚号”往西南方送去。它不偏不倚地一直往前飞着，影子在沙地上画出一条笔直的线条。

出发前，博士唯恐在图瓦雷格人的地区不能降落。为了谨防万一，他往水箱里注满了水。他们要经过的地区是一片辽阔的平原，平均海拔高度1800英尺，地势由北往南逐渐降低。由阿加德兹到穆尔祖克有一条骆驼长年踏出来的道路。旅行家们横穿过这条道路，晚上到了北纬16度、东经4度55分的位置。漫长单调的一天里，他们飞了180英里。

乔一整天都在忙着烤制上次肯尼迪打猎打回来的野味。猎人只是将这些野味进行了粗糙的加工，乔实在看不过眼，一定要亲手把它们重新再调制一番。晚饭时，乔为大家送上了一串令人垂涎欲滴的烤山鹬。风不大不小，正好适合赶路。博士决定夜里趁着满月的照耀继续飞行。“维多利亚号”上升到500英尺的高度，在黑夜里前进。气球一直稳稳当当的，它的移动连婴儿的浅睡也不会被惊醒。

星期天早上，风向再次发生变化，转成西北风。几只乌鸦从空中掠过，天边有一群秃鹫，好在离他们还非常远。

乔一看见这些鸟立马开始称赞主人把气球设计成两层这个主意。

“如果只有一个气囊，很难说，我们现在在哪里了！”他说，“这新的气球，就像一艘救生艇，可以用来逃生。”

“我的朋友,你是对的。但是我们的救生艇并没有船那样令我放心。”

“怎么讲呢?”肯尼迪问。

“新的‘维多利亚号’不如从前。或者是塔夫绸用久了,也或者是马来树胶被蛇形管烤得老化了,气球有点儿漏气。还好现在不算严重,但必须要留心了。气球的升力越来越弱,为了让气球停留在某一高度,我得让氢气尽量地膨胀。”

“倒霉!”肯尼迪说,“看来,没有办法补救了。”

“是的。因此,我们必须多赶路,日夜不停。”

“我们离海岸还远吗?”乔问道。

“哪个海岸,乔? 谁知道命运会把我们引向哪里呢,现在我只能告诉你,廷巴克图城还在西边400英里呢!”

“还要多久才能到那儿?”

“如果风不把我们往别处吹,我估计星期二晚上就能到了。”

“那么,我们肯定会比那支骆驼商队早到了?”乔指着一队在沙漠中蜿蜒行进的人和牲畜说。

弗格森和肯尼迪看见下面走着一支庞大的队伍,其中有大约150匹骆驼。他们从廷巴克图到塔菲莱去,每匹骆驼驮着500磅货,每个人能赚12金穆特喀尔(大约125法郎)。骆驼尾巴下面,都有一只小袋子挂在那里,用来收集骆驼粪,因为这是沙漠里唯一可以依赖的燃料。

图瓦雷格人的骆驼是最优良的品种,它们可以3天甚至7天一口水不喝,或者两天不吃一点东西。它们跑起来比马还要快,而且聪明、听话,服从向导“克阿比”的指挥。在当地提起“梅阿利”没有不知道的。

在博士介绍这些奇闻趣事时,猎人和乔注视着那群男女老幼在似动非动的流沙中艰难地跋涉。地面上凋谢的枯草和孱弱的灌木丛疏疏落落,难以遏制住沙子的流动。队伍刚一走过,留下的足迹几乎立即就被风沙掩平了。

乔不明白阿拉伯人在茫茫沙漠中怎么能知道往哪儿走,如何找得到散落在荒凉的沙漠中的水井。

弗格森博士回答说:“那些阿拉伯人天生有一种特异功能,那就是认路。在有些地方,欧洲人绝对会迷路,而他们却丝毫也不会犹豫。一块毫无意义的石头,一粒小石子,一丛小草,沙子颜色的差异等等,这些都能够准确地为他们指引方向。晚上,他们根据北极星的位置来认路。他们每小时只能行进两英里,而且总是选择在正午最热的时候休息。你们可以想想,他们要穿越撒哈拉得花多长时间,这片荒漠可足足有 900 英里宽呢。"

这时,"维多利亚号"已经从阿拉伯人的一片惊讶声中消失了。看到气球飞得那么快,那些阿拉伯人说不准心里有多么的羡慕呢。天黑时,气球飞过了东经 2 度 20 分的地区,夜里,又往前飞了一度多。

第二天是星期一,天气变了,下起了倾盆大雨。气球和吊篮由于淋雨受潮而增加了重量,"维多利亚号"的前进因此受到了阻碍。这一带终年降雨不断,所以一眼望去到处是沼泽和泥塘。绿色植物开始重新出现了,旅行家们可以看见金合欢树、猴面包树和怪柳等。

桑海国到了。这个地区的房顶都是向后倾斜的,如同亚美尼亚人的无边软帽。大山很少,但有一些仅仅算得上丘陵的小山。山丘间有许多细谷和天然水库。珠鸡鸟和沙锥鸟在那里来回飞翔。一股股汹涌的激流把路截得支离破碎。当地人只好攀紧藤蔓,从一棵树荡到另一棵树越过水面。再往前,小树林被莽莽丛林所代替。林中生活着钝吻鳄、河马和犀牛。

"我们没有耽搁多少时间,很快就要看到尼日尔河了。"博士说,"越靠近大河,地面的外貌变化就越大。准确地说,这些大河就是奔流不止的一条条推动社会前进的'希望之路'。它们到达任何地方,首先都会带来植物,然后就送来文明。可以这么说,尼日尔河,在它 2500 英里长的流程中,孕育了非洲那些最大的城市。"

"说到这儿,"乔插进来说道,"倒使我想起了那位对上帝大唱颂歌的大人物的故事,他赞美上帝有先见之明,总是让大河从紧邻大城市的地方流过!"

中午时分,"维多利亚号"飞过一个小镇的上空,这座曾命名为加奥的小镇过去是一个重要的首府,如今却只剩下几座破败的茅屋了。

"巴尔特从廷巴克图返回时就是从这里渡过尼日尔河的。"博士介绍说,"在古代,这条著名的河流是尼罗河的竞争者,异教徒迷信地认为,它是从天上流下来的。尼日尔河和尼罗河一样,曾经吸引了历代地理学家的注意。为了勘探这条河流而牺牲的探险家甚至比为勘探尼罗河牺牲的还要多。”

尼日尔河河面很宽,滚滚河水滔滔向南流去。三位旅行家几乎还没来得及看清它奇怪的轮廓,气球就很快被吹走了。

“我来说说这条河吧。”弗格森说,“真可惜,它现在离我们很远了。这条河,有的地方叫它‘迪乌勒巴’,有的地方叫它‘玛约’,也有的地方叫它‘考拉’,当然还有其他一些叫法。这些名字的原意就是‘大河’,只是流经的地区不同叫法不同罢了。”

“巴尔特博士是否走过这条线路?”肯尼迪问。

“没有。他离开乍得湖后,经过的是博尔努的几座城市。他到了加奥城往南一个叫‘塞’的地方。随后,他深入了尼日尔河河湾那里,那是一片从未被考察过的地区。又经历了 8 个月,巴尔特才抵达廷巴克图。要是风大些的话,他走过的路,我们不到 3 天就可以飞完了。”

“尼日尔河源头是否被人发现过?”乔问。

“很早以前就有人考察过它的源头了。”博士回答,“尼日尔河和它的支流吸引了众多的探险家,我给你们说几个主要的。从 1749 年到 1758 年,阿丹逊曾考察了这条河并访问了高列城。从 1785 年到 1788 年,戈尔贝利和杰弗罗伊穿过了塞内冈比亚的沙漠,一直走到了摩尔人的国家。索涅·布利孙、亚当·瑞利、考奇莱特,还有其他好多不幸的人都是被摩尔人杀死的。再后来是赫赫有名的苏格兰人蒙戈·帕克——苏格兰人华尔特·斯科特的朋友。他于 1795 年受伦敦非洲考察协会派遣前往非洲考察。他到了班巴拉,看到了尼日尔河。然后又跟着一个奴隶贩子走了 500 英里,终于到达了冈比河。他于 1797 年回到了英国。1805 年 1 月 30 日,他再次出发前往非洲。这一次和他同行的还有他的姐夫安德逊、画家斯科特和一队工人。他们先到达了高列。在那儿,一支有 35 个士兵的小分队加入了他们的队伍。同年 8 月 9 日,蒙戈·帕克再次看到了尼日尔河。但是,接下来的日子里,由于疲劳、饥饿、土人的虐待、恶劣的气候和卫生条件,40 个欧洲人死得只剩下了 11 个。同年 11 月 16 日,蒙戈·帕克的妻子接到了他的最后一封信。一年以后,人们从一个到过布萨的掮客那里得知,12 月 23 日那天,倒霉的旅行家乘坐的小船在尼日尔河口被暴雨打翻,他本人不幸被当地土人捉去杀害了。”

“这个结果没有吓倒别的探险家吗?”

“恰恰相反,因为人们需要考察这条河流,更需要找到他遗留的资料,所以在1816年,伦敦又派出一个探险队,其中包括格雷少校。他们到达塞内加尔,抵达富塔贾隆高原,接触了富拉尼人和曼丁哥人。1822年,莱恩少校对英属殖民地附近的西非土地进行了考察,第一个到达了尼日尔河的源头。根据他的记载,河源宽不足两英尺。”

“这么说,一跳就跳过去了。”乔说。

“是啊!非常容易,”博士答道,“不过当地有这种说法:谁想跳过去,谁就会马上被淹死;谁要想从它里面汲水,就会感觉到有一只无形的手把他往水里推。”

“我不相信这种说法总可以吧?”乔问道。

“噢!当然可以。五年以后,莱恩上校穿过了整个撒哈拉沙漠,到达了廷巴克图。但是后来,他在廷巴克图以北几英里的地方遇到了乌拉德－西曼人。他们逼他改信伊斯兰教,他不答应,于是他们就把他勒死了。”

“又是一个牺牲者!”猎人感叹道。

“还有一位勇敢的年轻人,他用微薄的钱财实施并完成了现代旅行史上最惊人的一次探险活动——我说的是法国人勒内·卡耶,在1819到1824年间,他曾做过多次尝试,1827年4月19日,他再次从里奥－努内出发。8月3日,他到达蒂梅城,这时他的体力已严重透支,疾病缠身,没法继续他的旅程,直到6个月后,也就是1828年1月。这时,他加入一支旅行商队,穿着东方人的服装打掩护,于3月10日到达尼日尔河,深入热内城,他沿着尼日尔河顺流而下,到达廷巴克图,到达的时间是4月30日。1760年,另一位名叫安伯尔的法国人;1810年,一位名叫罗伯特·亚当斯的英国人,他们俩也曾目睹过这座传奇的城市;不过,勒内·卡耶应该算作是第一位把该城市准确资料带回来的欧洲人。5月4日,他离开这个‘沙漠明珠’;9日,他顺利地找到了莱恩少校被谋杀的地方;19日,他到达埃尔－阿拉旺,随后,他离开这座商业城市,历经艰难险阻,穿过位于苏丹和非洲北部地区之间的茫茫荒漠。最后,他进入丹吉尔城,9月28日经水路去土伦。在长达19个月的时间里,他有180天都在生病,但他就这样完成了自西向北横跨非洲的旅行。啊!如果卡耶出生在英国,他一定会被尊崇为现代最勇敢的旅行家,与蒙戈·帕克齐名。但是在法国,他却没有受到应有的重视。”

“真是一个勇敢的人。”猎人赞美道,“可他后来怎么样了?”猎人接着问。

“他 39 岁就因积劳成疾死去了。1828 年法国人曾授予他地理协会奖,认为这已经足够了。可要是在英国,他会获得比这大得多的荣誉。此外,还有一个英国人在卡耶进行这次惊人的旅行期间,也在非洲有过这样的创举,他就是丹纳姆的伙伴——克莱普顿上尉。他的勇气丝毫不逊于卡耶,但是却没卡耶那么幸运。

“1829 年,他在西海岸的贝宁湾登陆重返非洲。他沿着蒙戈·帕克和莱恩的足迹前进,在布萨发现了与蒙戈·帕克之死有关的资料。8 月 20 日,他抵达萨卡图。在那儿,他成了当地人的俘虏,在他忠实的仆人理查德·兰德的怀抱里咽了最后一口气。”

“这位兰德的命运如何呢?”乔饶有兴趣地问。

“他最终抵达海岸,回到了伦敦,并带回了上尉遗留下的文件和他自己旅行的精确记录。他向政府提出愿为国家效劳,完成对尼日尔河的考察工作。他与他的兄弟约翰结成同伴。他们俩是出身贫寒的科努尔人。1829 到 1831 年,两人从布萨沿河而下,一直到了尼日尔河的河口,详详细细记下了这段河流的全部情况。”

“这么说,他们兄弟俩都平安回来了?”肯尼迪问。

“这一次,是的。但是在 1833 年,理查德对尼日尔河进行了第三次勘探。这一次,他在河流的入海口被冷枪打死了。朋友们,你们看看,我们现在经过的这个地方正是伟大的献身精神的见证。但是,那些勇于献身的人们得到的报酬却往往只是死亡。”

第三十九章　尼日尔河河套地区

——洪博利山的神幻景象——卡布拉
——廷巴克图——巴尔特博士的计划
——廷巴克图的没落——天意难违

星期一，天空阴沉沉的。弗格森博士兴致勃勃地给他的同伴讲述了许多有关他们所经过地区的细节。地面非常平坦，前方没有任何妨碍他们前进的高山峻岭，唯有这可恶的东北风令博士不安。风迅猛地刮着，使他们渐渐远离了廷巴克图。

尼日尔河一直向北上行到廷巴克图后，犹如一股喷泉射出的水柱，在地上画出一个大大的弧线，掉头分成一条条支流，心花怒放地流入大西洋。这个河套地区，土地条件变化很大，一会儿是肥壤沃土，一会儿是不毛之地。玉米地过去是荒芜的平原，接着又是大片长满灌木的旷野。各种各样的小鸟成群结队地栖息在激流两岸和洼地上。

偶尔，下面会闪过一个图瓦雷格人的营地。男人们躲在帐篷里休息，女人们却在户外干活。她们一面抽着大烟斗，一面挤着骆驼奶。

快到晚上 8 点钟时，“维多利亚号”向西飞行了 200 多英里。这时，旅行家们的眼前出现了一幅奇妙的景象。

几缕月光从乌云间的缝隙中溜了出来，穿过层层密密的雨网，洒在绵延起伏的洪博利山上。没有比这些玄武岩山峰更奇特的了！它们幻影般的轮廓清晰地映在阴暗深沉的天空中，好像传说中中世纪某个大城市的废墟，又像冰海里让人目眩的浮冰。

“看呀，这简直是《尤多尔夫的奥秘》中的一个景色。”博士说，“安娜·拉德克利芙也未必能勾勒出比这个山景更可怕的场面了。”

“我的天！”乔叹道，“我可不愿晚上一个人在这个幽灵出没的地方溜达。主人，您看，如果不是太重的话，我就把这整个景致搬回苏格兰，放到罗蒙湖边上去，肯定会很合适，而且肯定有大批游人蜂拥而至。”

“我们的气球可不够大，经不起你那小小的试验——不过，我想我们的飞行方向发生了变化。好啊！这方土地的神灵实在可爱。瞧，他们给我们送来了一股吹向东南方向的顺风，它将使我们回到正确的航道上去。”

事实上，“维多利亚号”飞行的方向更偏北一些，20 日早上它飞过尼日尔河支流的上空，这里大大小小的河流纵横交错，织成了一张错综复杂的网。许多运河里还长满了茂密的青草，像是肥沃的草场似的。在那儿，博士认出了探险家巴尔特曾经走过的路线，巴尔特当初就是从这儿沿河而下到达廷巴克图的。尼日尔河流到了这里，河面宽达 800 托瓦兹，河两岸生长着茂盛的十字花科植物和罗望子树。一群群蹦来跳去的羚羊把弯弯的犄角埋在草丛里，钝吻鳄则在那里面不动声响地窥伺着它们。长长的驴队和骆驼队驮着从热内买来的货物钻进了密林，再过去，在一个河道的拐弯处出现了一排排阶梯状的矮房子，房前和屋顶上堆满了从附近地方采来的草料。

“这是卡布拉，廷巴克图的港口。”博士高兴地叫道，“廷巴克图离我们只有 5 英里了。”

“博士，现在您满意了？”乔问道。

“是的，乔。”

“太好了！一切顺利！”乔也开心地欢呼。

果然，下午 2 点钟时，这颗沙漠明珠展现在旅行家们的眼前。神秘的廷巴克图和雅典、罗马一样，曾有过许多学者贤人，文化气息非常浓厚。弗格森根据巴尔特本人画的平面图核查了城里的每一处。他发现地图绘制得非常精确。

城市在浩瀚的白沙平原中呈一个大大的内接三角形，三角形的顶点向北刺入沙漠的一角。城的周围一片荒芜，上面稀稀落落长着一些野生谷物、矮小的含羞草和萎靡不振的灌木。

空中俯瞰，气球正下方的廷巴克图城的外貌很容易让人想到一堆游戏用的弹子和骰子。街道相当狭窄，路两旁全是些用土坯建造的平房、草屋和芦苇棚。这些房子有些是圆锥形的，有些是方形的。平台上懒洋洋地躺着一些身穿鲜艳长袍、手握长矛或火枪的居民，街上一个女人也没有。

“听说这儿的女人很漂亮，”博士说道，“你们看这3座清真寺的尖塔，原来有好些呢，现在只剩下这3座了——这座城市古时候是多么华贵，如今确实是败落了！三角形的顶端耸立着桑科尔清真寺，绘有精美图案的拱顶支撑着一排排游廊。再远些，在圣龚古区附近，是西迪－叶海亚清真寺和几栋两层楼的房子。但是，不要费神寻找宫殿或者纪念性建筑物，酋长只是个普通的商人，他的皇宫就是一间商行而已。”

“我好像看见了一些断壁残垣。”肯尼迪说。

“那是1826年被富拉尼人毁掉的；那时候，这城市比现在要大3倍呢，自11世纪以来，廷巴克图就是各部落普遍觊觎的目标，它曾先后属于图瓦雷格人、桑海人、摩洛哥人和富拉尼人；16世纪时，城里有一个学者艾哈迈德·巴巴就拥有一个收藏了1600部手稿的私人藏书室，可如今这个重要的文化中心竟成了中非的一个贸易货栈。”

的确，这座城市似乎被人们极为漫不经心地丢弃了；到处显露出衰败城市所惯有的杂乱无章。大堆大堆的垃圾堆积在郊区，与市场所在的小丘一起，构成了这一带唯一的不平整地块。

当“维多利亚号”从城市上空路过时，城里出现一阵骚动，鼓声顿时响起。然而，恐怕连当地仅存的一位学者也没来得及观察这个新奇的现象，气球就在沙漠来风的吹送下，又飞回尼日尔河蜿蜒水道的上空了。很快，廷巴克图就变成了他们旅行中仅仅能回忆到的一个景点。

“现在，就看老天把我们往哪儿带了！”博士说。

“但愿能往西去！”肯尼迪期望道。

“唔！管它顺原路返回桑给巴尔，还是横渡大西洋到美洲，我都不在乎！”乔大大咧咧地说。

“乔，不管到哪儿去，首先得有这种能力。”

“怎么？难道办不到吗，博士？可是我们还缺少什么呢？”

“氢气，小伙子，”博士回答，“气球的升力明显下降了，所以我必须尽量节约使用氢气才能维持飞到大洋沿岸。看来我不得不扔掉一些压舱物。唉！我们现在太重了。”

“先生，这就是无事可做的结果呀！我们整天像懒虫似的躺在吊篮里，那当然会发胖，会增加体重喽。我们的旅行简直是在培养惰性。回去后，别人肯定会发现我们三个都成了大胖子。”

“原来乔担心的是这个呀！”猎人说道，“可是现在我们的目的地还不知道在哪里呢。塞缪尔，你知道老天爷会把我们送到哪儿去吗？当然，现在我们离旅行结束还远着呢，不过，你至少可以估计一下我们会在非洲哪个海岸降落吧？”

“迪克，你这个问题真让我难以回答。我们只能听从风的指挥，现在风向很难确定呀！不过，运气好的话，我希望我们能在塞拉利昂和波尔登第克之间着陆，因为那儿有我们的朋友。”

“能和他们见面是一件高兴的事。可是，我们至少现在是在往想去的方向飞吧？”肯尼迪说。

“不完全是，肯尼迪。你瞧瞧磁针，我们又在往南去，也就是说，我们正顺着尼日尔河去它的发源地。”

“如果源头不是已经发现的话，这倒是一个少有的考察机会。”乔俏皮地说，“主人，咱们就不能发现别的源头了吗？”

“乔，不能。不过，放心吧，但愿我们不至于到那儿。”

夜幕降临了。博士扔掉了最后几袋压舱物后，“维多利亚号”上升了一些。不过，尽管他把燃烧嘴的火头燃到了最大，也只能使气球勉强维持在一定的高度。气球这时飘荡在廷巴克图以南 60 英里的地方。第二天，它飞到了尼日尔河畔，离德波湖不远了。

第四十章 弗格森博士的不安

——持续南飞——乌云般的飞蝗群
——热内城一瞥——塞古城一瞥
——风向变了——乔的遗憾

尼日尔河流到这儿被一些大岛分裂成许多河面狭窄、水流异常湍急的支流。有一个大岛上建着几所牧羊人住的陋屋。但是，对这块地区做精确测量是根本不可能的，因为“维多利亚号”的速度一直在逐渐加快。糟糕的是，气球还在往南倾斜，一会儿的工夫就飞过了德波湖。

弗格森一面尽量使气体膨胀，一面尝试着变换气球高度在大气层中寻找合适的气流。但一切努力均付之东流。他及时放弃了无谓的寻找，因为这种尝试使气囊老化的内壁压力加大，气体泄漏得更多了。

博士一言不发，他变得十分焦虑。风仍旧一个劲儿地往南吹，完全出乎他的意料，令他束手无策。如果气球不能在英法属地降落，而是落入了几内亚湾沿岸的非洲土著人手里，那结果会怎样呢？在那儿，他们能够找到一条回英国的轮船吗？一直刮着的南风正把他们送往达欧梅王国，达欧梅人的凶残是闻所未闻的，他们的国王在每次节日庆典上都要杀掉成千上万人来祭神。要是落入他们手中准难逃命。

另一方面，气球明显地越来越瘪了，博士感到它已承受不起他们了。不过，这时天气稍有好转，他希望雨停了以后，气流的状况会发生一些变化。这时，乔大声说了几句话，又使他对眼下的处境焦虑不安起来。

“瞧！雨比先前下得更大了。从飘过来的那一大团乌云来看，这一次，雨是不会轻易停下来的！”

“怎么，又来了一块乌云吗？”弗格森问。

“是的，而且这块乌云黑得真少见！”肯尼迪答道。

“我还从来没有见过这样的乌云呢，”乔证实说，“有棱有角、笔直笔直的！”

“嗨，吓了我一跳。”博士放下手中的望远镜，松了一口气说：“哪里是乌云。”

“啊！您说是什么？”乔惊讶地问。

“不是乌云，而是另外一种威胁！”

“这话怎讲？”

“那是一大群飞蝗。”

“飞蝗？”

“是的，几十亿只蝗虫龙卷风般地即将从这个地区飞过。这一带可要遭殃了。只要它们一落下，地上所有能吃的全会被吃得一干二净。”

“我倒想见识见识！”乔有些不相信。

“等等，乔。10 分钟之内，那团云就会来到我们所在的位置，你可以用自己的眼睛来判断。”

博士说的没错。那团黑压压的乌云绵延好几英里，发出震耳欲聋的嗡嗡声，在地面上投下一大片阴影。这种被人称作“蝗虫”的飞虫多得不计其数，它们落在距气球百步远的一片绿油油的田地上。15 分钟后，蝗虫群飞走了，旅行者们望望那块土地，只见树木、灌木只剩下光秃秃的枝条，草场像是刚被彻底地割过似的，这幅景象如同寒冬突然来临时的原野一般，一片荒芜。

“乔，有什么感想？”

“先生，这实在不可思议！不过，说实话，也很自然。一只蝗虫是没什么，要是成万上亿只蝗虫聚在一起，那就厉害了。”

“这简直像一场可怕的暴风雨！”猎人说，“比冰雹的破坏力还要厉害。”

“并且不能预防。”博士说，“人们曾烧掉树和庄稼，想阻止它们，但是前面的蝗虫掉到火里，火就被弄灭了，后面的则继续推进。不过当地人有个办法补偿自己，就是大量捉蝗虫，当作美味吃掉。”

“那它们就是空中的虾了，味道一定不错的。”乔说道。他很后悔，没有品尝过这种昆虫。

临近傍晚时，气球下面沼泽地多了起来，树林渐渐被小树丛所代替。河畔地区，可以分辨出一些烟草和长着刍草的大块洼地。这时，在尼日尔河的一个大岛上显现出了热内城和一座土质清真寺的两个尖塔。与此同时，三位旅行家嗅到空气中弥漫着一股恶臭味。原来墙上有无数的燕子窝，臭气就是它们发出的。猴面包树、金合欢树、椰枣树的树冠伸过屋顶。这个城市即使晚上也很热闹，作为繁华的商业城市，它的小船沿着河流、骆驼商队沿着树荫为廷巴克图送去各种物品。

“如果不是怕耽搁行程的话，我真想在这座城市降落。”博士说，“城中一定有些阿拉伯人曾经到过英国或法国，他们对气球这玩意儿也许不会感到奇怪。不过，在这里停下来还是不大妥当。”

“咱们下次旅行时再来拜访它吧！”乔笑着说。

“我说，朋友们，如果我没弄错的话，风向好像变了，开始刮东风了，这种机会可不能让它溜走。”

博士扔掉了一些不再有用的东西——几只空瓶子、一只原来装肉的箱子——这样才得以使气球保持在理想的大气层中。早晨4点钟，最初几缕阳光照射在邦巴拉的首府塞古城上，它的特征非常明显，很好辨认，它是由四个城区构成的，还有它那摩尔风格的清真寺，平底小船不停地来来往往，把居民们从一个地方运送到另外一个地方。还没等下面的人看到三位旅行家，气球已经快速地径直向西北方向飘去，博士的焦虑渐渐得到了缓释。

“一直保持这个速度再飞4天，我们就能到达塞内加尔河了。”

“到了那里就算是到了友好地区了，对吧？”猎人问道。

“不完全是。不过在那里，要是气球无法飞行，我们可以去法国属地。当然了，气球要是再走几百英里，我们就能高兴地抵达西海岸了！”

“到那时候，整个旅行就可以结束了！那多没意思，不过只能这样了！”乔说，“要不是还有机会与人说说我们旅行的乐趣，我这辈子可不想着陆！主人，您认为大家会相信我们的话吗？”

“亲爱的乔，事实终归是事实，谁也无法驳倒。要知道，成千个人目睹了我们从非洲一侧的海岸动身，相信会有成千个人看到我们在非洲另一侧的海岸降落。”

“在这种情况下，我相信，别人很难说我们没有横穿非洲大陆！”肯尼迪说。

“唉！塞缪尔先生，”乔长长地叹了口气，说道：“我会常常后悔扔掉那些金矿石的，它们可是咱们这次旅行的真凭实据呀！只要发给每个听众一克重的金子，在我周围肯定会聚集一大批人，他们甚至还会对我佩服得五体投地呢！”

第四十一章　临近塞内加尔

——“维多利亚号”越来越低了
——尽可能扔空吊篮
——伊斯兰教圣人埃尔·哈吉
——帕斯卡尔、万桑、朗贝尔
——穆罕穆德的竞争者
——不易飞越的高山——肯尼迪的武器
——乔别出心裁——在树林上空歇息

5 月 27 日早晨，大地呈现出崭新的面貌，地面缓缓变成了丘陵。随后有高山出现，他们的航程还要飞过尼日尔河和塞内加尔河之间的这条山脉，这条山脉使得两边的河流分别流入几内亚湾和佛得角湾。

三位探险家飞往塞内加尔的路途，一直被认为是危险地区，博士从先前的探险家那里了解到这一点。他们遭到黑人的洗劫，因而陷入困境，无数次从各种危险中脱身。帕克的许多伙伴们，都死于该地的恶劣气候。博士更是打定了主意，绝不能在这里降落。

但是，他已经没有工夫休息了。“维多利亚号”明显地越飞越低，他不得不再次扔掉许多不是十分有用的东西，尤其是在飞越一座山峰的时候。就这样，气球又前进了 120 多英里，忽升忽降，大家都被折腾得疲惫不堪。气球如同西绪福斯推的巨石，好不容易升起来，很快又降下去。几乎失去膨胀力的球囊，形状已大大改变，越拉越长了。风吹在松松的外壳上弄出了许多大皱褶。

发现这种情况，肯尼迪不由得担心起来。他问：

“气球会不会有裂缝呢?”

“那倒没有。”博士答道，“可是温度高，天气热，橡胶显然已经老化或溶化，所以氢气从塔夫绸布缝里漏跑了。”

“怎么才能让它不漏气呢？”

“有什么办法弥补吗？”

“没有，只能减轻重量，这是唯一的办法，我们得扔掉所有能扔的东西。”

“还能扔什么呢？”猎人看了看几乎是空空如也的吊篮。

“帐篷，我们还可以把帐篷扔掉，它可是相当重的。”

一听到这话，乔便爬到了系着网索的圆箍上，轻而易举地取下了篷布扔了出去。

“这块篷布可以造福一个部落的人呢，”乔打趣地说，“用它来做衣服，够一千个土人穿，因为他们只穿一点点衣服。”

气球稍稍上升了一点儿，但是很快又明显地向地面靠近。

“咱们降下去吧，”肯尼迪建议，“看看能不能为气球做点什么。”

“肯尼迪，我再说一遍，我们没有任何办法修补它。”

“那我们该怎么办呢？”

“把不是非用不可的东西全都丢出去吧。无论如何也要避免在这附近着陆。我们眼下飞过的这片树林可是一点儿也不安全。”

“什么？有狮子，还是有鬣狗？”乔一脸蔑视地说。

“小伙子，比这些更可怕。这里有人，而且恐怕是非洲最残酷的人。”

“您怎么知道是呢？”

“通过在我们之前到过这儿的旅行家的记录。还有法国殖民主义者，他们统辖着塞内加尔殖民地，必然与其周边的部落脱不了干系。在费德尔布上校统治时期，对非洲的探险工作已经推进到该地区了。一些军官，诸如帕斯卡尔先生、万桑先生、朗贝尔先生，曾经从他们的探险中带回许多宝贵的资料。他们考察了由塞内加尔河湾形成的这些地区，由于战争和洗劫，那儿只剩下一片废墟。”

“那么，发生了什么事？”

“是这样的。1854 年，塞内加尔福达城的一个伊斯兰教的隐士埃尔·哈吉自称和穆罕默德一样曾受到神灵的启示，煽动起这个地区所有的部落攻打那些不忠的人，也就是欧洲人。战火破坏了塞内加尔河和它的支流法莱梅河之间的地区，田园一片荒芜，他率领着疯狂崇拜他的匪帮横扫了这个地区,到处烧杀劫掠,一个村庄、一间茅屋都不放过。他们一直进犯到了尼日尔河流域,给塞古城造成了长时间的威胁。1857 年,他们北上包围了梅第纳堡——法国人建在塞内加尔河畔的一个哨所。法国人在英雄保尔·霍尔的率领下,进行了英勇抵抗,苦苦坚持了 8 个月,几乎弹尽粮绝,直到费德尔布上校带人来援救。埃尔·哈吉带领他的信徒们重新渡过塞内加尔河,又来到卡尔塔城继续杀人抢掠。这块地区就是他和他的那帮强盗躲藏、隐蔽的地方。我肯定地告诉你们,落在这伙人手里,绝不会有好事的。"

"我们别落到他们手里了。"乔说,"能不要的都不要吧,哪怕把东西扔光,连脚上的鞋子都不剩,我们也要让'维多利亚号'再升上去。"

"现在我们离塞内加尔河已经不远了。"博士说,"不过我认为气球恐怕飞不到河对岸。"

"只要能飞到岸边,我们就有救了。"肯尼迪说。

"这正是我们努力的目标。"博士说,"不过,我担心一件事。"

"什么事?"

"前面有几座高山,我们很难飞过去。气球的升力不可能再提高了,即使把燃烧嘴烧到最热也不行。"

"嗨,等等,"肯尼迪说,"我们等着瞧吧!"

"可怜的'维多利亚号'!"乔叹口气,说道,"我爱它,就像水手爱他的船只一样,我不会那么轻易就放弃它的。也许它不如刚开始那么好了——这是当然的,不过,我们不应该指责它。它为我们鞠躬尽瘁,要舍弃它,我的心都会碎的!"

"放心吧,乔,即使有一天我们离开它,那也是出于不得已。它会一直为我们服务,直到它筋疲力尽,我只要求它再为我们服务 24 个小时就足够了。"

"它在衰竭。"乔打量着气球说,"它瘦了,它的生命就要到头了。可怜的气球!"

"弗格森,如果我没弄错的话,地平线那儿就是你说的那些大山了。"

"正是的,"博士举起望远镜察看后,证实道,"看来这些山很高,恐怕我们很难飞过去。"

"就不能避开吗?"

“肯尼迪,我认为不能。你瞧它们占了多大一片,差不多是地平线的一半了!”

“它们就像把我们围住了似的。”乔说,“左边、右边全让山给占住了。”

“我们只有从上面飞过去。”

这些障碍物那么威严,似乎在飞快地靠过来。说得准确些,大风拼命地刮着,猛推“维多利亚号”向锐利的山尖扑去。必须不惜一切代价把气球升高,否则就要撞上去了。

“把水箱里的水倒掉。”弗格森说,“留下够一天的就行了。”

“遵命。”乔说。

“气球上升了吗?”肯尼迪问。

“上升了一点儿,有50来英尺吧,可这远远不够,”博士回答。他的双眼根本没有离开气压计。

的确是这样,那几座高高的山巅高耸在气球的上面,迎面向旅行者们撞了过来。气球必须再上升500英尺,才能超过它们。用来供应燃烧嘴的水也倒掉了,只留下了几品脱。可是气球上升得还是不够。

“不管怎样,我们一定得飞过去。”博士说。

“把水箱扔掉吧,反正水也倒掉了。”肯尼迪建议说。

“那就扔吧!”

“好的!”乔答应,“就这样把东西一样样地给扔了,心里怪难受的。”

“说到你,乔,你可不能再像那天那样做自我牺牲了!不管发生什么事,你得向我保证,绝不离开我们!”

“放心吧,主人,我们三个不会再分开的。”

“维多利亚号”又向上升了20多托瓦兹,可是山峰仍比他们高出了许多。这一段山脊相当陡峭,就像堵高高的墙横挡在他们面前。山峰还比“维多利亚号”高出200多英尺。

“再过10分钟,如果气球升不上去的话,吊篮就会被岩石撞得稀巴烂!”

“塞缪尔先生,现在怎么办?”乔问。

“留下干肉,把其余的肉都扔掉。”

气球摆脱了50多磅的重量又上升了许多,但仍然无济于事,它还是比前面的山峰低。情况十分危急了。“维多利亚号”前进的速度非常快,眼看着就要撞上去了。这一撞气球肯定会被撞得粉碎。

博士看看四周,希望能找到什么可以扔的东西。可是吊篮几乎是空的了。

“迪克,必要时只好扔掉你的枪了,做好心理准备吧。”

“什么,扔掉我的枪?!”猎人着急地叫道。

“朋友,我之所以这样请求你,是因为这是万不得已呀!”

“不……塞缪尔!塞缪尔!”

“那些枪、子弹还有火药能救我们的命!”

“快撞上了,快撞上了!”乔着急地喊道。

10托瓦兹!大山还比“维多利亚号”高出10托瓦兹。

乔抱起铺盖扔了出去,仍无济于事。他也不问肯尼迪,又抓起子弹袋和火药袋往外扔。

这一回,气球升得比危险的山峰高了。阳光已能照亮气球的顶部。但是吊篮还是比峰顶的岩石略低一点,撞到上面难免粉碎。

“肯尼迪,肯尼迪!”博士急促地喊道,“把枪扔了,要不我们全完了。”

“等一下,肯尼迪先生!”乔叫了一声,“请等一下!”

听到喊声,肯尼迪扭过头来,只见乔已经在吊篮外面消失了。

“乔!乔!”他叫喊着乔的名字。

“可怜的小伙子!”博士也难过地说。

这一部分山顶有二十多英尺宽。山的这一面有一个不太陡峭的斜坡。吊篮底部刚好能掠过这块比较平坦的山顶。气球飞过去时,吊篮底部擦着山顶上尖尖的石块,发出很响的声音。

“我们过去了!”吊篮外面传来乔的喊叫。

弗格森高兴得心都要跳出来了。原来,勇敢的乔用手抓住了吊篮的外檐,脚踏着山顶在奔跑。他把整个自身的重量从吊篮里减去了,他牢牢抓着吊篮,因为气球往上升。到另一侧山坡时,前面出现了深渊,乔紧紧抓住绳索,手脚麻利地爬进吊篮里,回到了伙伴们身边。

“哦!天啊,我的乔!”博士说。

“我这么做,完全是为了肯尼迪先生的枪!自从阿拉伯人那件事以后,我一直欠他的情。我这个人不愿意欠债。现在可好了,我们两清啦。”

他把肯尼迪心爱的马枪递给肯尼迪,又补充了一句,“看到你失去它,我心里觉得非常难过。”

肯尼迪由衷地握住这位勇敢的小伙子的手,一句话也说不出来。

“维多利亚号”现在无事可做,只有一味地下降了。这样做容易极了,所以很快,它就降到距地面只有200英尺的高度,然后又恢复了平衡。大地好像患了痉挛症似的,凸凹不平。地面呈现出无数的突起,夜间乘着这样一只失去控制的气球很难避免撞上什么东西。天马上就要黑下来了,不管情愿不情愿,博士只得决定停下来,等第二天天亮再出发。

“我们找一个合适的地方降落吧。”博士说。

“啊！你最终还是决定在这里降落喽?”肯尼迪说。

“是的。我考虑了很久,想出了一个计划。这个计划我们可以马上执行。现在只有晚上6点,我们还有时间。乔,把锚扔下去。”

乔照他的吩咐做了。两只锚在吊篮下面晃来晃去。

“前面有一大片森林,”博士说,“我们可以飞到上面,到时锚会挂住某棵树的。无论如何,都不可以在陆地上降落。”

“我们能下去吗?”肯尼迪问。

“我再说一遍,我们分开肯定会危险的。另外,我还要请你们做一件看起来非常棘手的事儿。”

“维多利亚号”掠过这片广阔的森林时,不一会儿就突然停了下来,原来它的锚钩住了一棵树。夜幕降临了,风停了,气球几乎一动不动地浮在这片繁盛的埃及无花果树的树梢上。

第四十二章　舍生取义

——最后的牺牲——气体膨胀设备
——机灵的乔——夜半时分
——博士值班——肯尼迪值班
——他睡着了——火灾
——吼叫声——脱离火海

弗格森博士做的第一件事，就是根据星星的地平纬度测出他们所在的位置。他发现离塞内加尔河还有将近25英里。

“朋友们，我们唯一可做的，就是渡过塞内加尔河去。”博士在地图上标出记号后说，“不过河上既没桥也没船，所以我们只能不惜一切代价乘气球过去。要达到目的，我们还应该再减轻气球的载重。”

“可是，我实在看不出怎么做才好。”猎人回答，他是在为他的枪担心，“除非我们中间有一个决心牺牲自己，留下来在后边……好啦，该轮到我了。我请求给我这份荣誉。”

“你也真是的！”乔抢白道，“难道过去不都是我……”

“现在的问题不是从吊篮里跳出去，而是徒步走到非洲的海岸去。说到走路，我是一流的，我是个优秀的猎人，而且……”

“我绝不同意！”乔坚持道。

“你们崇高的奉献精神已经没用了，勇敢的朋友们，”弗格森说，“我相信我们还没到穷途末路的那一步。而且，即使真到了那种地步，我们也绝不分离，宁可一起留下步行穿过这个地方。”

“讲的太好啦！”乔叫道，“一次小小的散步对我们没有什么害处。”

“不过在此之前，我们还要做最后一搏，把我们的‘维多利亚号’变得更轻些。”博士说。

“怎么做？”肯尼迪问，“我们倒想知道，有什么办法解决？”

“把带燃气喷嘴的箱子、本生电池和蛇形管全部去掉，这些东西加起来有九百磅重！”

“可是，弗格森，那你怎么使气球膨胀呢？”

“我不用让气球膨胀了。”

“可是……”

“我已经准确地计算出现在剩下的升力，它可以把我们三个人以及剩下的一点东西带走。我们总的重量不到五百磅。”

“弗格森，”肯尼迪说，“在这方面你比我们能干，你是唯一能审时度势的。你说怎么做我们就怎么做。”

“我听候你的吩咐，塞缪尔先生。”乔说。

“朋友们，我再跟你们讲清楚，虽然这个决定可能会引起严重后果，我们不得不扔掉这些仪器。”

“嗨，扔就扔吧！”肯尼迪说。

“快，咱们说干就干。”乔也说。

这项工作并不简单，必须把整个装置一件件地拆下来。先拆下了混合箱，接下来是燃烧嘴的加热箱，最后是用来分解水的箱子。这些容器牢牢地镶嵌在吊篮底部，必须三个人齐心合力才能把它们取下来。好在肯尼迪力大无比，乔心灵手巧，博士又足智多谋，经过一番努力，终于完成了这项工作。拆下来的仪器被一件件地扔了出去，消失在茂密的无花果树丛中。

“那些黑人在林子里发现这些玩意儿一定会大为惊讶的，”乔说，“他们会把这些东西供起来的！”

接下来要做的工作就是拆掉那些一头插入气球、一头连接着蛇形管的直管。乔爬到吊篮上方顺利地切断了橡胶接头。但是他发现卸这些管子比拆水箱要困难得多，因为管子的上端是用黄铜丝紧紧地系扎在活门的圆柜上的。

这个时候，乔显示了他那无与伦比的灵巧。为了不划破气囊，他不顾气球摇晃，赤着脚抓着网罩一直爬到气球的最上面。在那儿他费了不少劲，最后终于一只手扒住光滑的球面，另一只手拧下了固定管子的螺帽。接着，他轻而易举地就把管子拆掉，把它从气球底部的零件中取了出来。

“维多利亚号”摆脱了这份相当重的负担，立刻挺直了身子，把锚绳绷得紧紧的。

近午夜时,这些琐碎的工作完成了,三个旅行者已感到非常疲劳。他们休息了一会儿,吃了点干肉饼,喝了点儿冷的甜酒。乔对此不停地抱怨。可惜,博士也没办法满足他,因为,用来加热食物的燃烧嘴已经被扔掉了。

吃完饭后,乔和肯尼迪累得躺倒在吊篮里。

"朋友们,躺下来休息休息吧,"博士说道,"我来值第一轮班,2 点钟的时候,我再叫醒肯尼迪,4 点钟的时候,肯尼迪叫醒乔,6 点钟,我们就出发;愿上天保佑我们旅行的最后一天顺利度过!"

没顾得上推辞,博士的两位同伴就四肢伸展在吊篮的底部躺了下来,不一会儿便进入了香甜的梦乡。

夜很宁静,天空中时不时飘来几朵浮云,遮住了弯弯的下弦月,暗淡的月光只能勉强照得出事物的轮廓。博士双肘撑在吊篮边上,一刻不停地向四周张望,他尤其注意脚下那片黑乎乎的树丛。厚厚的树叶像块幕布似的遮住了他的视线,使他无法看清地面上发生的一切。所以,他格外小心,哪怕树叶唰唰的响声都会引起他的怀疑,他还要找出合理的解释。

由于神经极度紧张,一阵阵的恐惧感袭上弗格森的心头,他感到孤独极了。在历尽了艰难险阻,旅行的尾声很快就要接近时,他的心情越来越不稳定,恐惧感也越来越强烈,好像目的地随时都可能从眼前飞走了一样。

再者,目前的处境实在让人放心不下:他们正待在野蛮人生活的地区,而且他们使用的交通工具随时可能出现问题,所以博士已经不再完全指望气球把他们送到目的地去。过去,他可以放心大胆地操纵气球,因为他对它有把握,但是现在情况完全不同了。

由于脑子里总想着这些,博士有时觉得好像这片浩瀚的森林中传来某种捉摸不定的嘈杂声,甚至觉得树林中闪了一下火光。他急忙举起夜间望远镜朝那个方向察看,但是什么也没出现,周围甚至更加宁静了。

毫无疑问,他刚才是产生了幻觉。他继续聆听,但是连一丁点儿响动也捕捉不到。这时,他的班到点了,于是他叫醒肯尼迪,叮嘱他一定要时刻高度地保持警惕,然后便在乔身边躺下来,沉沉地睡着了。

肯尼迪使劲揉了揉眼睛,平心静气地点上烟斗。他的眼皮沉重得几乎抬不起来。他靠在吊篮的一角，为了驱赶睡意，开始抽起烟来。

周围又恢复了死寂，一股微风吹拂树梢，吊篮也跟着轻轻地晃动，猎人本来就没睡够，刚才硬爬了起来，这时他的睡意再次袭了上来。他努力和睡魔抗争，一次又一次睁大眼睛望向外面的夜空，但是什么也没看见；最后，他终于向疲倦举手投降，倒在那里睡着了。

他究竟昏昏沉沉地睡了多久连他自己也不知道，后来，一种奇怪的、出乎意料的噼啪声突然将他惊醒了。他揉着眼睛，忽地一下站起来。明亮的火光照得他几乎睁不开眼，热浪扑面而来——树林着火了！

“起火了！起火了！”他几乎还没弄明白到底发生了什么事，便嚷嚷道。

博士和乔也爬了起来。

“怎么回事？”塞缪尔问道。

“肯定是森林火灾。”乔说，“可是谁能……”

这时，从被火光照得通亮的树叶下面传出来一阵阵叫喊声。

“啊！是野人！”乔叫道，“他们放火烧了林子，想把我们烧死。”

“是那些塔利巴人干的，就是埃尔·哈吉的匪徒！没错，肯定是他们！”

“维多利亚号”被火光团团围住。枯木燃烧的噼噼啪啪声与绿树枝着火的嘶嘶声交织在一起。藤、叶，所有生机勃勃的植物在摧毁一切的熊熊烈火中都被烧得蜷缩起来。眼前一片火光，烈焰中，大树表面烧得乌黑，烧焦的树枝成了灼热的木炭。火光冲天，映红了空中的浮云。三位旅行家明白自己被包围在这团火海中了。

“快逃！”肯尼迪叫道，“到地上去！这是我们唯一的生路了！”

可是，博士那只强有力的手把猎人拦住了，他冲到锚绳上面，一斧头砍断了它。这时火苗直冲上来，已经舔到亮堂堂的吊篮底了。但是“维多利亚号”摆脱了束缚，便一下子往上蹿了1000多英尺。

森林里传来了可怕的叫喊声和枪声。可是“维多利亚号”已经被晨风托住，向西边飞去了。

那时是早上4点钟。

第四十三章　塔利巴人

——追逐——被破坏的地区
——风势减弱——“维多利亚号”下降
——扔掉最后的储备粮——“维多利亚号”往前蹦跳
——开枪自卫——风变凉爽了
——塞内加尔河——圭纳瀑布
——热气流——飞越塞内加尔河

“如果我们昨天晚上没做准备，减轻气球负重的话，现在就全完了，连一点救都没有。”弗格森舒了一口气说。

“这就是做事情及时的好处，”乔接过博士的话说，“所以，我们才逃出了危险。一切顺理成章。”

“我们并没有脱离危险。”博士提醒同伴。

“你还怕什么？”肯尼迪问，“不经你的允许，气球不会下降，况且，即使落下去……”

“落下去，迪克？你瞧瞧！”

这时，他们刚刚飞出林子的边沿，三位朋友看见大约有30来个骑马的人，他们穿着肥大的裤子和迎风飘扬的斗篷。他们都全副武装，有的手持长矛，有的肩扛长枪，正扬鞭策马朝着气球的方向追过来，气球这时正以不快不慢的速度飞着。

那队骑马的人看见弗格森他们，便挥舞着手中的武器狂呼乱叫，黝黑的脸庞明显流露出愤怒与挑衅的表情。他们胡子稀疏，而且一根根竖得直直的，使整张脸显得更加凶悍。他们毫不费力地奔驰在这片延伸到塞内加尔河的低矮平原和平缓坡地上。

“正是他们，那些凶残的塔利巴人，埃尔·哈吉手下的亡命之徒。”博士说，“我宁愿在森林里被野兽困住，也不愿意落入这群强盗手中。”

“他们的样子一看就不是善良之辈!”肯尼迪说,“不过,倒是些精壮的家伙!”

“幸好这些畜生飞不起来。”乔插嘴道,“这总算不错的了。”

“你们看,”弗格森招呼道,“这些村庄都给毁了! 这些草棚全被烧了! 都是他们干的好事! 哪里有大片的耕地,他们就给哪儿带去荒芜和破坏。”

“毕竟,他们无法追上我们。”肯尼迪信心十足地说,“况且,我们过了塞内加尔河后就彻底安全了。”

“的确如此,肯尼迪。不过有一点,气球不能掉下去。”博士边说,边把目光转向气压表。

“乔,不管怎么样,”肯尼迪又说,“把枪准备好没错。”

“是的,肯尼迪先生,这么做起码没有害处。路上没有把枪扔了,真是件幸事。”

“我的马枪啊!”猎人感慨道,“但愿你永远别离开我。”

猎人特别细心地往枪里装上了子弹,幸好还剩下足够的弹药。

“塞缪尔,现在气球离地面有多高?”肯尼迪问博士。

“大约750英尺。但我们不能随意上升或降落,所以找到合适的气流是不大可能的。现在只能任凭气球摆布了。”

“太糟糕了,”肯尼迪说,“风又这么小。如果能遇上像前些天那样的飓风,咱们早就飞到这些强盗看不见的地方去了。”

“这些坏蛋正悠闲地跟着我们呢,”乔说,“他们的马只不过是在碎步跑而已。真是一次不错的散步呀!”

“要是在射程之内,我倒想打倒他们中的几个来乐一乐。”猎人叹口气,说道。

“说的不错,”博士说,“不过那样的话,你同时也会进入他们的射程以内,而且我们的气球已脆弱不堪,根本经不住他们那种长枪的射击。要是他们在上边打个洞,想想我们的下场吧!”

那些塔利巴人追了整整一个上午。快到11点钟时,气球仅仅向西飞了15英里。

博士密切注视着天边哪怕是最小片的云彩,因为他一直担心空气中会发生什么变化。万一风向一变,把他们往尼日尔河方向吹,那结果会怎么样呢？再说，他注意到气球明显有下降的趋势。从今天早上出发以来，它已经下降了大约300英尺了。而塞内加尔河离他们还有12英里左右呢。以目前速度计算的话，还要飞行3个小时才能到达目的地。

这时，一片叫喊声吸引了博士的注意，原来是那些塔利巴人正快马加鞭追赶过来。

博士查看了一下气压表，马上明白了怎么回事。

“气球在下降吗?”肯尼迪问。

“是的。”弗格森回答。

“真见鬼!”乔想。

一刻钟以后，气球离地面不到150英尺了。这时风大了些。塔利巴人拼命地催马飞奔。过了不久，空中响起了一阵枪声。

“太远了，你们这些蠢货。”乔冲着他们大喊。接着又对两个同伴说，“不过，我认为还是离他们远点为妙。”乔瞄准了跑在最前面的那个塔利巴人开了一枪。那人跌下了马，其余的人都站住了。趁此机会，“维多利亚号”离他们又远了许多。

“他们倒挺谨慎的!”肯尼迪说。

“因为他们十分确信能追上我们，”博士回答道，“如果我们再往下降的话，他们就会得逞的。所以，我们必须往上升。”

“我们再扔掉点儿什么呢?”乔问。

“把剩下的干肉全扔掉，这样能减轻三十磅的重量。”

“好的，先生。”乔立即执行了博士的命令。

吊篮几乎要触到地面时，突然，它在塔利巴人的叫喊声中重新升了上去，但是，过了半个钟头，“维多利亚号”又快速地降了下来。氢气正从气囊上的孔“吱吱”往外漏呢。一会儿，吊篮再次擦着地面了。塔利巴人向他们飞奔过来。可是又跟上回一样，吊篮一接触地面，“维多利亚号”又一下子蹿了上去，蹿到了前面一英里的地方，却又往下降了。

“我们不逃啦!”肯尼迪狂怒地大叫。

“乔，把储备的酒扔了!”博士又吩咐，“把仪器和任何有重量的东西全扔了！还有最后的那只锚也扔了！现在只能这样!”

“扔掉那两支枪!”弗格森喊道。

“至少也得等里边的子弹打完了再扔。”猎人回答；他朝着越来越近的骑马的人群快速开了4枪。四个塔利巴人在同伴们的狂呼乱叫声中掉下马。

扔掉了两支枪以后,“维多利亚号”重新蹿了起来。这次一蹿就往前蹿了很大一段距离。就像一个从地上弹起来的大皮球。多么少有的一个场面啊！三个倒霉的人只能借助地面一大步一大步地往前蹦,就像希腊神话中的安泰,只有触到大地才能重新恢复力量。不过看来这种状况也维持不了多久了。现在是将近正午,“维多利亚号”的氢气几乎要漏光了。气囊瘪了下去,变得松松垮垮的,球身被拉得老长。塔夫绸松弛了下来,变得皱巴巴的,互相摩擦着发出“唰唰”的响声。

“上帝把我们抛弃了,我们就要掉下去了!”肯尼迪喊道。

乔没有说话,他看着弗格森先生。

“还没有,迪克!”博士说,“我们还有150磅的东西可以扔呢!”

“哪里还有东西?”肯尼迪问。他以为朋友疯了。

“吊篮!”弗格森答道,“我们可以抓住网子,紧紧抠住网眼飞到河边去！快,快!”

三位勇敢的人毫不犹豫地抓住这一线生机。他们按博士说的,双手紧紧抠住网眼,身体悬在空中。乔一只手攀住网眼,另一只手砍断了吊篮与气球相连的绳索。气球即将彻底落地时,吊篮掉了下去。气球减轻负重后,一下子蹿到了300英尺的高空。

塔利巴人加紧抽打胯下的马,马儿发疯似的狂奔着。不过,这时“维多利亚号”遇上了一股强劲的风,把它一个劲儿地吹向横在西面天边的一个大山丘。这个情况对旅行者们很有利,因为他们可以从山丘上面飞过去,而那些强盗却不得不从北面绕过这个天然屏障。

三个朋友紧紧地攀在网眼上。他们把吊在他们下面的绳子打了几个结,结成了一个晃来晃去的网兜。

飞过山丘后,博士突然喊道:“河！河！塞内加尔河,朋友们!”

在他们前方大约两英里的地方,确实有一条大河滚滚奔流而去,河的对岸地势低缓、土壤肥沃,给他们提供了一个安全的避难所,而且很适宜降落。

“再坚持15分钟,我们就有救了!”弗格森说。

然而事与愿违,这时气球里的氢气已快漏光了。“维多利亚号”在一块几乎寸草不生的地面上空越飞越低。它掠过长长的坡地和多石的平原,那上面稀稀落落长着几簇灌木和几乎被骄阳晒得干枯的荒草。

"维多利亚号"好几次触到地面,又弹了起来。但是它蹦得越来越低,每次落地的距离越来越短,最后,气球上方的网眼钩在了一棵猴面包树的树枝上。在这片荒凉的土地上,只有这一棵孤零零的树。现在气球完全停在地上不动了。

"全完了!"猎人说。

"真可惜,离河只剩下百十步远了。"乔遗憾地说。

三个落难的旅行者下到地面上。博士拉着两个同伴就往塞内加尔河跑去。

这个地方离河岸还有一定距离,可已经听到了从河那边传来的震耳欲聋的轰鸣声。他们跑到河边,博士认出这里便是圭纳大瀑布。河上不见一条船,也不见任何活着的生物。

在这里,塞内加尔河河面有2000英尺宽。河水从150英尺的高处飞流直下,水声响彻天空。它自东向西滚滚流去。一排岩石由北向南横在河中央,瀑布中间耸起许多奇形怪状的岩石,就像挪亚时代大洪水前的巨大动物的遗骨化石。

显然,他们根本不可能逾越这道鸿沟,肯尼迪不免露出了绝望的表情。但弗格森博士一向胆识过人,这时他斩钉截铁地说道:"一切还没结束呢!"

"我知道。"乔对主人的信赖无论什么也动摇不了,他说道。

看到干枯的草丛,博士产生了一个大胆的想法。这是他们唯一的逃生机会。他立即带着同伴,急匆匆向气球跑去。

"我们至少比那帮强盗抢先了一个小时。"他说,"朋友们,我们不能浪费时间了。赶快把这些干草收集一些来,越多越好,至少需要一百磅。"

"塞缪尔,你拿它们做什么用?"肯尼迪问道。

"既然氢气没了,那咱们就利用热空气过河去。"

"啊!塞缪尔,你真是个天才!"肯尼迪高兴地叫道,"你真是太伟大了!"

乔和肯尼迪立即动手干活,不一会儿,那棵猴面包树下就堆起了一大堆干草。

与此同时，博士割开气球下面的气门，把口子划成大洞。然后博士小心翼翼地通过活门把剩余的氢气全都放了出去，做完这些以后，他在气球下面堆了些干草，并将干草点燃。

用热空气来膨胀气球不需要许多时间。华氏180度（100摄氏度）的高温足可以使灌进气球中的空气变稀薄，而重量却比氢气减少一半。因此，“维多利亚号”又明显地在恢复原来的模样。枯草有的是，在博士的照料下，火烧得很旺，气球眼看着鼓起来了。

那时是1点差一刻。

这时，那群塔利巴人在北边两英里左右的地方出现了。已经能清清楚楚听到他们的吼叫声和飞奔的马蹄声了。

“再过20分钟，他们就能追到这儿了。”肯尼迪惊慌地叫道。

“乔，再捡些干草来！再捡些干草来！过10分钟，咱们就能起飞了。”

“好的，先生！”

“维多利亚号”已经鼓起三分之二了。

“来，朋友们，我们还像以前那样抓住网绳吧。”

“好的。”猎人答到。

10分钟后，气球晃了几晃，又要飞起来。这时，塔利巴人已经逼近，离“维多利亚号”几乎不到500步远了。

“抓紧了。”弗格森喊道。

“主人，别担心！”

博士用脚把附近一大堆干草钩了起来，添加到正在燃烧的火堆上。

热气球终于在高温的作用下完全膨胀起来了，它擦着猴面包树的树叶摇摇晃晃升上了天空。

“我们走喽！”乔喊道。

回答他的是一阵枪声，有一颗子弹甚至从他的肩膀上擦了过去；肯尼迪弯下身子，一只手握枪还击，又一个敌人翻身落马。

看见气球升到了800英尺的高空，塔利巴人像野兽般狂叫起来。气球在空中遇到了一阵疾风，被吹得猛烈地晃动起来，令人心惊胆战。可勇敢的博士和他的两个同伴才不在乎呢，他们正在尽情欣赏着脚下飞流直下、跃入万丈深渊的瀑布。

三个朋友屏住气息，抓住气球上的网眼，随气球飞过塞内加尔河。10分钟后，气球缓缓向河对岸降落了。

那里站着十来位身穿法国军服的人。他们的脸上流露出意外、奇怪和惊恐的表情。当他们看到这只气球在河对岸升起时，不难想象他们是多么的吃惊。他们几乎认定这是个奇异的天体现象，但是，他们的长官，一位海军上尉和一位中尉已从欧洲报纸上知道有关弗格森博士的这次英勇壮举。他们立刻意识到发生了什么事。

气球一点点瘪了下去。它带着紧紧抓住网眼的三位勇敢的航空家一起缓缓下落。但是，从距离来看，他们能否落在陆地上，很值得怀疑。于是，这几位法国人急忙奔向塞内加尔河。当“维多利亚号”落在离左岸几托瓦兹远的水里时，他们马上救起了这三位英国人。

“是弗格森博士吗？”上尉大声询问。

“正是他本人，还有他的两个朋友。”博士平静地回答。

法国人把三个旅行者救到了岸上。而“维多利亚号”却瘪了下去，被一阵激流卷走了。它像一个巨大的水泡，在奔腾的圭纳瀑布中消失得无影无踪。

“可怜的‘维多利亚号’！”这是乔的告别致词。

博士忍不住热泪盈眶，他伸出手与两位朋友的手紧紧握在一起，大家一时百感交集，说不出话来，而这时什么话也都不用说了。

第四十四章　旅行尾声

——笔录证明——法国殖民地
——梅迪纳哨所——“巴西利克号”火轮
——圣路易——返回伦敦

那些法国人是塞内加尔总督派来的一支探险队的成员。这支探险队由海军陆战队上尉迪弗莱斯和海军中尉罗达麦尔、一名中士和7名士兵组成。这两天来，他们一直忙着勘测地形，以便在圭纳瀑布一带设立一个哨所。他们无意中见证了博士抵达塞内加尔河的情景。

很容易想象到，三位旅行家受到了多么热烈的祝贺和多么隆重的接待。亲眼看到弗格森等三人完成这项大胆计划的法国人，理所当然成了事实的见证人。因此，博士要求他们正式出具一份确认他和同伴到达圭纳瀑布的证明。

“您不会拒绝在笔录证明上签字吧?”他问迪弗莱斯上尉。

“当然啦，弗格森博士，我愿意为您效劳。”上尉答道。

三个英国人被请到了一个建在河畔的临时哨所里。在那儿，他们受到了细心周到的照顾，尽情享用了一顿非常丰盛的午餐。以下的证明文件也是在那儿完成的。这份文件如今存放在伦敦地理学会的档案中。

证明上写道：

声明，我们目睹了弗格森博士和理查德·肯尼迪与约瑟夫·威尔逊两位同伴，悬在气球球网下到达该地点。该气球落在塞内加尔河里，被水流卷走，沉没于圭纳瀑布中。

我们与上述当事人共同签署该文件，并见证以上事实。

塞缪尔·弗格森、理查德·肯尼迪、约瑟夫·威尔逊，海军陆战队上尉迪弗莱斯、海军中尉罗达麦尔、中士迪费、士兵弗利波、梅约尔、

佩利西埃、洛鲁瓦、拉斯卡涅、吉庸、勒贝尔

1862 年 5 月 24 日于圭纳瀑布

五个星期来，弗格森博士和他的两位好伙伴，历经千辛万苦，终于完成了横贯非洲大陆的壮举。他们这趟非凡的旅行，在确认了无可辩驳的证据后，就此结束了。三位旅行家现在与朋友们一起身处热情好客的部落里。这些部落与法国殖民当局的各个部落联系频繁。

他们是 5 月 24 日星期六抵达塞内加尔河的。同月 27 日，他们沿河岸往北走了一些，到了那里的梅迪纳哨所。

那儿的法国官员们热情地接待了他们，并拿出自己所有的好东西来款待他们。在他们的帮助下，博士和他的两位朋友才得以毫不迟延地登上“巴西利克号”小火轮，乘着它沿塞内加尔河顺流而下，一直驶向河口。

两周后，也就是 6 月 10 日，他们抵达圣路易城，受到当地总督的悉心关照，他们的身心已完全得到康复。乔对每一位听众都说了下面这番话：

“总之，我们这趟旅行平淡得很，没什么可谈的。要是哪位一心想去寻找刺激的话，我劝他还是别费那个劲。这次旅行到最后，简直可以说既枯燥又乏味。如果没有乍得湖和塞内加尔河两次遇上点意外的事，我真觉得要给闷死了！”

他们到的正是时候，一艘英国战舰即将起航回国，三位旅行家恰好搭上。6 月 25 日，他们到达朴次茅斯，第二天就回到了伦敦。我们这儿就不讲述他们在皇家地理学会受到的迎接，也不详述他们受到的殷勤款待了。肯尼迪带着他那支出色的马枪，很快动身回爱丁堡去了。他要急着回去给老女管家报平安，省得她整天为他提心吊胆。

博士和他那忠心耿耿的乔又恢复了过去的老样子，不过，他俩之间的关系发生了一点小小的变化。他们不再是主仆关系，而成了推心置腹的好朋友。

全欧洲的报纸都在不厌其烦地报道三个探险家的事迹，对他们的勇敢与执着赞不绝口。《每日电讯报》有一天刊载了一段旅行日记节选，发行量超过了 977000 份。

弗格森博士在皇家地理学会的一次公开会议上做了一次关于这次空

中旅行的报告。他和他的伙伴都获得了1862年度为奖励卓有成就的探险而设置的金质奖章。

弗格森博士此次探险旅行的伟大成就主要在于：最为详细地确认了巴尔特博士、伯顿、斯佩克和其他探险家探察过的各种情况和测定的地理位置。斯佩克和格兰特先生以及霍伊格林和门兴格尔先生目前领导的两支探险队正分别向尼罗河发源地和非洲中心进发。由于他们的努力，不久我们将能验证弗格森博士在东经14度到33度之间的广大地区进行的考察发现。